陳忱作・寺尾善雄訳

水滸後伝

秀英書房

まえがき

ご存知『水滸伝』は、梁山泊につどうた百八人の好漢《おとこ》たちが、のちに朝廷の招諭に応じて帰順し、方臘征伐に大功を立てたものの、その間に多数の者が戦死し、あるいは讒言によって殺されたりして、最後まで生き残ったのは、武松をのぞいて次の三十二人になってしまった。

公孫勝・呼延灼《こえんしやく》・関勝・朱仝《しゆどう》・李俊・李応・戴宗《たいそう》・燕《えん》青・朱武・黄信・孫立・孫新・阮《げん》小七・顧《こ》大嫂《だいそう》・樊瑞《はんずい》・蔡慶《さいけい》・童威・童猛・蔣敬・穆春《ぼくしゆん》・楊林・雛潤《すうじゆん》・楽和《がくわ》・安道全・蕭譲《しようじよう》・金大堅・皇甫《こうほ》端《たん》・杜興《とこう》・裴《はい》宣・柴進《さいしん》・凌振《りようしん》・宋清

この三十二人のほか、李俊が太湖で義を結んだ四人、梁山泊の兄弟の子弟四人、新たに加わった王進、欒廷玉《らんていぎよく》、聞煥章《ぶんかんしよう》、扈成《こせい》の四人の合計四十四人が、運命の糸にあやつられて再び大同団結し、海外に乗り出してシャム王国（後にタイとなる現実の国ではなくて、あくまでも仮空の国）を建設して富み栄え、めでたく大団円を迎えるという、〝そのむかしの梁山泊にも増した勢いを盛り返し、驚天動地の、どでかいことをしでかした〟いきさつを述べたのが、この『水滸後伝』である。

とはいえ、本書は原著者の、まる切りの創作ではない。『水滸伝』第九十三回（ただし百回本）の末尾に、つぎの一節がある。

――酒宴のなかば、費保は立ち上がって李俊に杯をすすめ、五こと六こと話しかけた。かくて李俊の名は海外に聞こえ、声は四界にひろがり、去って化外の国の主人《あるじ》となって、中原の境を犯さず、という次第とは相成る――

また第九十九回には

――李俊ら三人は、費保ら四人をたずねて行って、かねての約束を果たし、七人して相談をまとめた上で、家財をはたいて船を建造し、海へ乗り出して異国に渡り、のちにシャム国の王となった。童威、費保たちは、いずれも異国の役人となって栄華を楽しみ、別に付近の海上をも討ちしたがえたが、これは李俊の後日譚である――

とある。したがって『水滸後伝』は、この一文にヒントを得て創作され、物語が展開、終結したものであることは、いうまでもあるまい。と同時に、ゆらい中国の有名な小説は、いずれも続作を持っており、『水滸後伝』も『水滸伝』の続作の一つだが、『水滸伝』の結末において必ずしも幸福な状態ではない梁山泊の好漢たちに、何とかもっと救われた感じのする大団円を迎えさせてやれないものか……という民衆の願いにこたえたものといえよう。

本書はフィクションではあるが、物語の背景となった北宋末、南宋初めごろの歴史的事実が、随所に顔を出すので、興味を倍加させられる。すなわち、金の圧迫による北宋朝野の動揺、金との戦いの敗北、東京《とうけい》（開封）の明け渡し、徽《き》宗・欽宗帝の金への連行、宋の南遷等々がそれである。

さらに日本軍の侵攻がしばしば出てくるのは、この本の書かれた直前の、倭寇の跳梁をふまえたものといえる。また、李俊がシャム国王になったという筋は、明の遺臣・鄭成功が台湾に拠った事実の反映、あるいは、成功の抗清闘争に寄せる、ひそやかな願望を小説に託したのだという、注目すべき意見もある。

『水滸伝』の続本は三種あるが、訳者は、そのうちの最もすぐれた作とされている陳忱《ちんしん》のそれ（四十回本）によった。

陳忱は浙江省太湖、すなわち本伝の李俊らの活躍した舞台の近くの産で、生没年代は正確には判らないが、大体において明の万暦四十一年（一六一三）ごろに生まれ、清の康熙九年（一六七〇）ごろに死去したものとされている。この本の書かれたのは、前述の鄭成功の事蹟をふまえたとすれば、成功が台湾に拠った康熙元年（一六六二）、陳忱の五十一歳以降ということになろう。

周知のように『水滸伝』は、農民起義をうたい上げた作品として、解放後の中国では高い評価を得ているが、本書も、その正統を嗣ぐものとして、最近にわかに脚光を浴びてきた。それは明の末期、すさまじく燃え上がった農民の一大起義を、身をもって体験した陳忱の見聞と実感とに基く、現実的意義が、前伝の基本的精神と一致しているからである。さらに、後半において好漢たちが海外に渡って旗上げをするのは、清の天下となった中華の地にあることをいさぎよしとせず、脱出して新天地を拓きたいとする、陳忱の積極的な願望の反映であるとともに、現実との闘争から逃避して安逸を得たいとする、彼の消極的な願いのあらわれでもあろう。

本書の訳出にあたっては、中国の講談本特有の表現の冗漫さ、叙述と語りの部分の重複、日本人にはなじめない詩、装飾的描写等々を思い切って簡略化あるいは削除するとともに、理解を助けるため、原文にはない語句を挿入するなどして、平易かつ判りやすい文章にしたつもりである。したがって本書は、原文そのままではないことを、ここにお断わりしておきたい。

いささか余談ながら、江戸期の作家、滝沢馬琴が『水滸伝』を種本として『南総里見八犬伝』を書いたことは、よく知られているが、馬琴はさらに、この『水滸後伝』を底本として、もう一冊を書いている。『椿説弓張月』がそれである。もって馬琴の、水滸への傾倒ぶりを知ることができよう。

本書が成ったのは、ひとえに秀英書房の森道男社長から中国講談後シリーズとして、さきの『後西遊記』に続くものをというご慫慂による。末筆ながら特記して深甚なる謝意を表するものである。

戊午盛夏

訳者しるす

水滸後伝

目次

一八　来寇《らいこう》した日本軍を撃破し、シャム国内を完全に平定する　――261

遠来の山塞軍の助力を得て、李俊らは薩頭陀《さっとうだ》軍を大いに打ち破り、シャム国都を回復して両凶徒を誅した。シャム王妃は李俊に王位を譲ることを申し出、同志たちも賛成したため、李俊《りしゅん》はやむなく王位についたが、そこへ先に薩頭陀《さっとうだ》から救援を乞われていた日本軍が来襲して来る。李俊らは、これを徹底的に撃破し、さらに威令になびかぬ三島を討伐して、シャム全土を完全に平定した。

一九　金軍を破って南宋の高宗《こうそう》の急を救い、李俊《りしゅん》は勅命《ちょくめい》によりシャム国王となる　――277

全土平定を機に、李俊《りしゅん》は二十四島の視察《しさつ》に乗り出し、その途中で、かつてシャム国王に警告した道士に逢う。さらに金軍に追われて困しんでいる宋帝を救い出して金軍を破り、先導役の趙良嗣を捕えて誅殺する。柴進《さいしん》らは帝を護送して南宋の都・臨安に行き、そこで閑居中の武松《ぶしょう》と会う。シャムへ帰って来た柴進《さいしん》らを追っかけるように、宋帝の李俊らに対する叙任の使者が到来した。

李俊《りしゅん》は正式に国王となり、他の好漢も、それぞれ位階を授かった。これを機に、それまで独身であった李俊《りしゅん》以下はいずれも結婚したのだが、李俊《りしゅん》の妃に聞煥章《ぶんかんしょう》の娘が冊立《さくりつ》された。ある日、高麗《こうらい》王が突然やって来て、公孫勝《こうそんしょう》に師事して出家したいという。願いは聞き届けられた。かくしてシャム国内は瑞気に満ち、兄弟たちは一日、盛大な宴を開いて泰平を謳歌したのであった。めでたし、めでたし。

カバーデザイン／伊藤　正法
本文さし絵／北斎水滸伝より

水滸後伝

一

阮《げん》小《しょう》七《しち》、大暴れして故郷を出奔《しゅっぽん》し、
登《と》雲《うん》山《ざん》山塞に好漢が続々集結

山東省は寿張県にある梁山泊から、ほど遠からぬ石《せき》碣村《けつそん》——阮小七の故郷だが、この物語は、その故郷における阮小七のことから始まる。

浙江の方臘《ほうろう》征伐に功を立てて凱旋した小七は、蓋天軍都統制（臨時征討軍司令官）に任ぜられたものの、生来のガサツ者のこととて、政治なんぞはとんと判らず、着任して二ヵ月間は酒をくらって人と喧嘩をするぐらいで、退屈この上ない。いつぞや幇《ほう》源洞を打ち破ったときに奪った天子の着衣を、坐興まぎれに取り出して着ていい気になっていたところを、王稟《ひん》と趙譚《ちょうたん》に見付かり、僭上の振舞と文句をいわれた。宋江の取りなしで、その場は一応おさまったものの、王稟らは宰相の蔡京《さいけい》に「小七に謀叛の下心あり」と告げ口をしたため、小七は折角手に入れた官職を解かれてしまったのである。

当の阮小七は、却って気らく、と母親を伴って故郷の石碣村に舞い戻り、旧宅の地所に草屋を建て、二、三艘の漁船を手に入れて、村の漁夫数人を雇い、石碣湖で漁をしながら生活を立てていた。

それは四月のある日、うららかな陽の光と満目の緑とに心浮かれた小七、酒と肴を手に湖畔の柳の木蔭に坐り込んだ。手酌で十数杯も傾けて、すっかりいい気持になったまではよかったが、折りからのそよ風にクサメの一つもして、むかしを偲ぶひとりごとを始めるころから了見がおかしくなり、気が滅入《めい》り出した。

「俺は何てドジな間抜けだ。兄弟三人、梁山泊に入って驚天動地の活躍をしたものの、朝廷の招諭に応じて方臘征伐に加わったばっかりに、二人の兄は戦場の露と消えて骨さえ故郷には帰って来ぬ。首尾よく生き永らえた俺も、官職を授かったのも束の間、讒言されて官を放逐されてしまった。ま、これも致仕方あるまい。却って気らくというものだ。

ただ宋江兄貴を始め、多くの同志が奸臣ばらに謀られて非業の最期をとげたのは如何にも無念。いっそ帰順なんかせずに梁山泊の全軍をこぞって東京（開封）を衝き、君側の奸をことごとく斃して国民の期待に応えるべきであった。いやいや、これもすべて返らぬ繰り言。明日はひとつ酒肴を用意して山塞を訪ね、今は亡き同志のお祭りをするとしよう。それがいい」

飲みかつしゃべっているうちに、すっかり酔いが回った。小七、皿、小鉢のたぐいは放ったらかして、千鳥足でふらふらしながら帰宅、そのまま頭からぶっ倒れて寝込んでしまった。

翌朝、日が高くなって起き出した小七は、下男に命じて豚と羊とを屠り、ローソク、線香、紙銭を買いととのえ、酒二かめを持たせて梁山泊に漕ぎ渡り、忠義堂の跡へとやって来た。見渡せば、百八人の好漢《おとこ》たちが立籠った頃の盛んな有様とは打って変って、すさまじいばかりの荒れよう。そのさまはというと、
万山は荒寥として野水のみ蒼く、三関は崩れ、四塞もうつろである。空は清朗ながら残霧は暗い。断金亭下にはなお珠貝のかけらがあり、忠義堂前には刀や槍の残欠がちらばっている。破れた旗の一部が松の梢にかかり、戎衣の襟だけが柏の葉の上で朽ちかかっている。傍らの岩が血のように赤いのは、戦死者の心肝を埋めたからであろう。イバラが風にそよいでいるのは、焼け焦げた毛髪が飛んでいったせいに違いあるまい。欄間に掲げた額はツバメのフンによごれ、石碑に彫り込んだ忠烈な人たちの名前は苔に埋もれかかっている……

阮小七は、あちこち一わたり歩いてみたが、昔日の感にたえず、こみ上げる悲しみやる方なく、下男に命じて供物を忠義堂の空地に並べさせ、線香、ローソクに火をつけ、六、七十の大碗になみなみと酒をつぐと、上手に向かって深々と頭を下げた。

「晁天王、宋江の両兄者、兄弟衆の英霊よ、とくと見そなわし給え。この阮《げん》小七、ここに酒肴を供えて遙かなる在天の御魂をお祀り致します。奸臣どもに謀られて命をおとしたとはいえ、その令名は四海に轟き、天に代って道を行ない、忠心以て国の為を図った男伊達よ、と万民その徳を仰がぬ者はありません。何とぞ安んじ給い、この小七の微意、乞う来りて享けられよ」

言い終えて仰げば、覚えず流れる二筋の泪、なおも叩頭をくり返し、紙銭を焼いた上、下男に肉を刻ませ、酒を温めさせ、一同車座になって飲み始めた。飲むほどに酔うほどに、阮小七の胸中を去来するのは、かつての日の梁山泊の栄光である。山塞に集うた日の物語を、手ぶり身ぶりよろしく下男たちに物語って聞かせているうちに、陽ははや西山に傾きかけた。そこで空になった器をとりまとめ、舟にもどろうとしていると、

山の向う、遙かな街道を、旗を押し立て、供を従えた一人の役人が馬上ゆたかにやって来るのが見えた。

「これは面妖な。いまごろ、こんな辺鄙《へんぴ》な山の中に、役人なんか来るわけはないのに」

とつぶやいているうちに、くだんの役人は忠義堂へと登ってくる。

この役人は、だれあろう、そのむかし、陳宗善元帥に従って梁山泊に帰順を勧告に来た蔡京邸の小者の張という男である。主人の威を借る狐に似て威張り散らすので頭にきた阮小七、十瓶の勅封の御酒をこっそり飲んで地酒とすり換えておいたことがある。また、張の持参した勅書の文面が気に入らねえと好漢《おとこ》たちは向かっ腹を立てて、勅書を引き裂いてしまったものだが、マアマア主義の宋江がなだめ、その場を収めて張を山の麓まで送り、張はほうほうの態で都へ逃げ帰るという一幕があった。

この張という奴は大変な口上手で人にとり入るのがうまく、蔡京の信任を得た。蔡京の口ぞえで済州府の通判という目付役に就任したが、三月も経たぬうちに同府の知事が省の最高法官に昇進して転出したので、張は通判の身分のまま、まんまと済州府の全権を握るに至り、蔡相国の権勢をかさに着て、同僚を踏みつけるわ、人民を搾り上げるわのやりたい放題、人々の怨を買っていた。

こやつが山塞へやって来たのは、

（宋江一味が離散したとはいえ、天下にその名を轟かせた梁山泊、ひょっとして財物を隠しておるかも知れぬから、それを見付けてくすねてやろう。また、もし残党でもひそんでいたら引っ捕えて出世の手づるに……）

という、さもしい魂胆。ひまつぶしを兼ねて見回りにやって来たところ、間のよいことに阮小七たちが酔っぱらっていたという次第。それと見た張、

「うろんな賊ども、またまたこんな所で徒党を組みおる。それっ、者ども、召し捕れい！」

と叫んだ。阮小七、その言葉を聞かなければ済んだのだが、さっきからの胸中のモヤモヤが、この一言で噴騰するものに変わった。「どこで一杯やろうと大きなお世話だ。役人面しやがって、俺をどうしようっていうんだ」

供のうちに彼を見知った者がいて、

「こやつは活閻羅《かつえんら》の阮小七ですぜ」

と告げたものだから、張はどなった。

「この性懲りもない盗っ人め。ここでまた謀叛をたくらむ所存と見た。四の五の言わずに尋常に縛につけい！」

阮小七は目ん玉をむき、青々とした豹の彫物のある胸をはだけて、

「おきゃがれ、この良民泣かせの木っ端役人め。捕えられるものなら捕えてみろ」

と罵って馬の前にとび出し、張を鞍から引きずり下ろそうとしたが、従者どもに遮られて果たせない。折悪しく身には寸鉄も帯びていないので、とっさに従者の手から棒をひったくって、真っ向から打ってかかる。従者どもは慌てて傍を固めたが、小七の剛力に敵うべくもなく、振り回す棒をくらって、みな地上にへたばってしまう。こりゃいかん、と思った張の奴、馬首を回して一鞭入れ、後も見ずに逃げ出せば、従者たちも這い上がり、足腰をさすりながら主人の後を追う。まごまごしている奴の襟をむんずとつかんだ小七、さざえのような拳固をふり上げたところ、その従者は豚が殺される時にも似た悲鳴をあげて赦《ゆる》しを乞う。小者を痛めつけても仕方がないと小七は、

「おととい来やがれ」

とドンと背中を一つ突けば、従者はこけつ転《まろ》びつ逃げて行く。

「俺さまの手の中に刃物がなかったのが、彼奴らにとっての幸いだった。それにしても、張の奴の素っ首たたき落とせなかったのは残念だった」

とひとりごと。もはや酔いも醒めたので家路を急ぎ、母に事の次第を語ったところ、母は嘆くことしきり。

「お前一人を頼りにしているのに、そのお前が短気を起こしてのこの不始末。明日にでも、あいつが因縁をつけに来ねばよいが……」

「なーに、大したことはありませんや。来たら来たときのことでさ」

と母を慰めたが、その夜は何のこともなく、翌日もまた無事に過ぎた。三日目の夜半、人のざわめく気配に耳ざとく目覚めた小七、戸の隙間からのぞいてみると、たくさんの人影が折りからの月光に浮かび上がっ

ている。

「ござんなれ」と小七は手早く着物を着、刀を腰につけ、細身の槍をかい込んで、改めて外をうかがえば、百に余る人影の中に馬にまたがった張通判の姿も見えた。その時、

「者ども掛かれーっ」

という張の声とともに、垣根の壊される物音が聞こえたので、小七は急いで裏門から飛び出し、大回りして表門へやって来てみると、兵たちは家探しに散っていて、張の囲りにはだれもいない上に、張は家の方に気をとられて後ろに小七が回っていることに気がつかない。「しめた」と小七、張の脇腹めがけて槍を突き出せば「グェッ」の一言を残して張は馬上から墜落、小七はすかさず近寄って刀をひらめかせると、張の首は胴体から離れて、さしもの悪人もあえない最期をとげた。

「佞姦邪智の悪役人、張通判の首、阮小七が討ちとったり」

血のしたたる生首を片手でさし上げ、刀を大きくふり回すと、家の中から兵士たちが驚いて飛び出して来たが、小七の威勢に怖れて敢えて近付こうとしない。その足元めがけて張の首を抛り投げ、刀を構えてにじり寄れば、兵たちは「ワっ!」とおめいて逃げ出す。一人の気おくれは全員のそれを呼び、百余人もの端武者ども、雲を霞と、主人の死骸も放ったらかして遁走してしまった。

「まずはよし」と小七は家の中に入って母親を呼んだが、応答がない。探したところ、寝台の下にもぐり込んでふるえていたので助け出したのだが、二人の下男は逃げ出したものと見えて影も形もない。

(もうこんな所には住んでおられぬ)

とっさにそう判断した小七は、さっそく身の回りの品や金目の物をまとめ、張の死骸を引きずり込んで家に火を放ち、張の乗っていた馬に母を乗せて家を後にした。

嘆き、こぼす母をなだめ、すかしながら進むこと三日、道行く人の噂を聞けば、自分の張通判殺害事件について早くも手配がまわり、捕えた者には銭三千貫の懸賞がついているという。小七は仕方なく町や村を避けて山ぞいの道ばかりを選んで旅を続けたのだが、元

水滸後伝地図

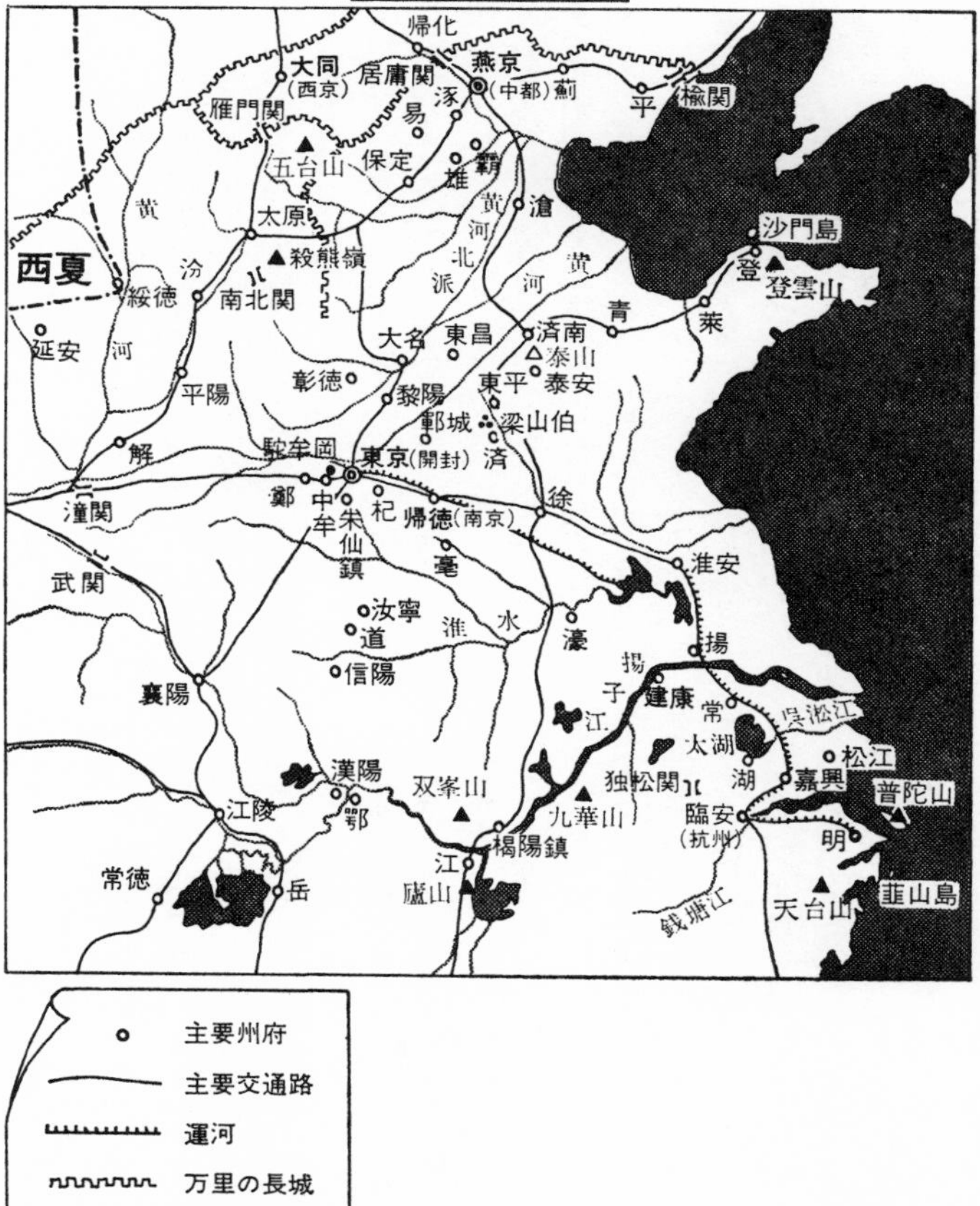

25　阮小七，大暴れして故郷を出奔し，登雲山山塞に好漢が続々集結

来が粗忽者のこととて、どこというあてはない。ただ故郷を遠く離れることしか念頭になかったのである。

十日あまりも過ぎたころ、とあるけわしい山の麓にさしかかった。折からの暑気と連日の旅の疲れからか、母は俄かにさし込みが来て、うめき始めた。幸い近くに古い破れ廟があったので、馬から降ろしてそこへかつぎ込み、薬を飲ませる水を探しに表へ出た。ようやく水を探し当て、竹筒に汲んで急ぎ持ち帰ってみると、肝心の母の姿が見当たらないし、荷物も消えてしまっている。

（虎に食われたか、人にさらわれたか。虎にやられたのなら血の痕があるはずだし、第一、虎は荷物なんかに目をくれるはずはない。こりゃ人さらいに遭ったのでは？）

と腕を組んだところへ、ヌッと入って来た一人の大男がある。気も動転していた小七、いきなりその男の襟首をつかんで、

「やい、この野郎、おふくろを返しやがれ」と毒づいた。男はキョトンとして言う。

「籔から棒に何てこと言うんだ。わしはいま、あることでムシャクシャしている上に、余り暑いので一休みしようと、ここへ立寄ったばかりだわい」

どうやらウソではなさそうなので、小七はしぶしぶ手を離し、たずねられるままに母親を見失ってしまったこと、ついでに石碣《けつ》村から来たこともしゃべった。

「ン？　石碣村からだって？　そんなら梁山泊に近い？」

「そうよ。梁山泊とは水一筋のところよ」

「ならば、宋江の部下の黒旋風李逵《りき》という男のことを知らぬかい？」

「知らぬでもないが、もう死んじまったよ」

「じゃもう一つ。一丈青扈三娘《こさんじょう》というのは、その後どうなったかね？」

「方臘征伐のとき、亭主の矮脚虎《わいきゃくこ》王英ともども討死してしまったわい」

それと聞いた男は、はらはらと涙を流すので、いぶかしんだ小七、

「扈三娘は、あんたの何にあたるんだ？」

「何を隠そう。わしは三娘の兄の扈成《こせい》だ。家が李逵のバカに焼かれ、父をはじめ一家の者が殺されたとき、

わしはうまく逃げのびて、仲間と一緒に貿易に手を出し、シャムの近くの島に二、三年住んだ。先月のこと、外国通いの船が島に立寄ったのを幸いに、それに便乗したのはいいが、途中で時化《しけ》を食って船は沈んでしまった。うまく漁船に救い上げられ、荷物も犀角《さいかく》や琥珀《こはく》を一行李だけ拾い上げたので、登州まで運んでから船を降りた。東京へ出て荷を捌き、久しぶりに郷里に戻って家業を建て直そうと思ったのだが……」

とまで言って、あとは口ごもる。

「で、どうしたんだ?」

「お話にならねえよ。またひどい目に遭っちまったんだ。暑いし、荷は重いしで、ある家の門のわきの柳の木の下に荷を下ろして一休みしていると、中から若僧が棒を手にした屈強の手下五、六人を連れて出て来てぬかすんだ。

――怪しい奴だ。目下、その筋からのお達しで、役人をあやめた梁山泊の残党を探している最中。うろんな奴の吟味は厳しくせよとのことだから、荷物は入念に改めねばならぬ――

わしは身に覚えのないことだから、平気で荷物を調べさせてやった。と、中から貴重な品が出て来たので、若僧は欲しくなったのだろう、手下に命じて運び入れようとしやがるので、わしは怒った。

――関所でもないのに、何てことさらすんじゃい――

すると若僧はぬかした。

――何をこの海賊野郎、この盗品が何よりの証拠だ。お役所にしょっぴいてやる――

とどのつまり、殴り合いになったのだが、こっちは一人でしかも得物はないと来ている。とこうするうちに、わしはノされて荷物は運び込まれてしまった。粒粒辛苦の末、やっとの思いで運んで来たおたからは奪われたんだが、品物は確かに外国品なので、役所へ訴えて出ても言いわけは通るまい。それでムシャクシャしているんだ」

聞いた阮小七、扈成と名乗る男の手を握りしめ、名乗りを上げて自分の側の事情をうちあけ、力を合わせて母親を探し、荷物を取り戻そうと申入れる。扈成には無論、異存のあろうはずはない。そこで連れ立って半里あまりの十里牌という村にある一軒の居酒屋に寄って改めて近付きの盃をあげ、仕事の段どりを話していると、衝立の蔭から顔を出して「小七兄さん」と呼びかけた女がいる。一目見るなり小七、

「おっ、これは姐御、こいつは奇遇だ」

と驚きの声をあげる。この女こそ地《ち》煞《さつ》星の一人で、母大虫《ぼだいちゅう》と渾名《あだな》のある顧大嫂《こだいそう》である。さっそく扈成と引き合わせ、奥の亭に場所を移して、二人の好漢は、ここへ来たわけをこもごも物語る。耳を傾けていた顧大嫂、

「ちょっと待って、門口に大きな柳の木？　もしかしたら、その下に小さな祠《ほこら》はなかったかしら？」

「そういえば、あったあった」

「小七兄さん。そいつは毛の小伜ですよ。以前、わたしの弟の解珍・解宝の二人が虎を探しに毛隠居の庭に入ったとき、弟を強盗だと言い立て、毛隠居の息子の王正が州の書記をしていたのを幸いに、二人を犯人にしてしまい、牢に入れちまいました。わたしは夫と力を合わせて牢を破り、弟を救い出した上、毛一家を皆殺しにして山塞に入ったのですが、その折り、毛仲義の伜がうまく逃げのび、成人して毛豸《ち》と名乗って王正の後釜に坐り、書記をしています。こいつがまた大変なわるで、いままでに何度もわたしたちに因縁をつけ、意趣返しをしようとねらっていますが、おっしゃる若僧も、そいつに違いありません。まともに掛け合える相手ではないのですから、うちの人が帰って来たら相談してみましょう」

「孫新兄貴はどちらへ？」

「ちょっと城内の兄貴のところまでやぼ用で」

といっているところへ、これまた地煞《さつ》星の一人で、大嫂の亭主の小尉遅《うっち》孫新が汗みずくになって帰って来た。阮小七を見て驚くやら喜ぶやら。さっそく扈成を紹介する。ところで城内の兄貴、つまり同じく地煞《さつ》星の一人、病尉遅《うっち》孫立が孫新を呼んだ用というのは……

「それがお話にならんのだ。兄貴も年寄りじみて来てな。鄒潤《すうじゅん》（地煞《さつ》星の一人で渾名《あだな》は独角竜）と交際するなというんだ。新任の府知事の楊戩《ようかん》には欒《らん》という手だれの武芸者がついているのをよいことに、えらく羽振りがいい。そこへあの毛豸《ち》の小伜め、知事を何の彼のと焚きつけては、俺たちの落度を探してやがるので、奴に引っかけられねえようにという老婆心からだ。兄

貴の前じゃ、はいはいと言っておいたが、人間として親友を見捨てるわけにゃいかねえわい」

と孫新。鄒潤の名を久しぶりに聞いて喜んだ小七、会いたいものだというと、

「三月まえ、旧家のならず者と博奕《ばくち》の上で喧嘩をおっ始め、相手の一家を皆殺しにして、むかしの通り登雲山に二百人ばかりの手下とともに立籠っているわさ」

「わしと同じだ。降りかかった火の粉は払わにゃならねえ」

小七がそこで、これまでのいきさつを話すと、孫新

「そういうことなら、おふくろさまはご無事だよ。心配しなさんな。というのは、けさ、わしは登雲山の小頭に会ったところ、鄒潤がわしに会いたいとのこと。そのとき、山神廟の中で婆さんを見付け、持物を奪おうとしたが手を離さないので、仕方なく婆さんもろとも山塞へかつぎ込んだ、と言っていたっけ。それが、おぬしのおふくろさんに違えねえ」

阮小七は驚いた。

「手下どもが途中で危害を加えやしねえだろうか」

「でえ丈夫ってことよ。鄒潤は梁山泊の掟に従い、勝手に人に危害を加えちゃならぬと手下にきつく言い聞かしているから」

「兄貴、これからすぐわしと一緒に山塞へ行ってくれ」

「まあ、そうせくな。お前《めえ》さんのおふくろと判りゃ、鄒潤は下へも置くめえ。夜になれば涼しくなるし、幸いに星明かりもあるから、万事はそれからのこと。なあに、つい目と鼻の先だ。まあ落着いて一ぺえやりねえ」

孫新は言うが、阮小七は気がかりで好物の酒に手を出そうともしない。そうこうするうちに日も沈んで、空には星がきらめき出したので、小七、扈成は孫新の案内で登雲山へと向かう。一行を見つけた手下の知らせで鄒潤は木戸口まで出迎えた。

「小七兄い。知らぬこととはいいながら、おふくろさまは一足先きに砦にお迎えしちまったよ。悪く思わんでくれよ」

そこへ母親も出て来て、山塞では手厚くもてなされているというので、小七も礼を述べる。扈成を鄒潤に

引き合わせ、四人で相談した結果、毛豸《ち》の奴をこの際やっつけてしまおうということに一決、その夜は足腰立たぬまで痛飲したのであった。

　翌日、小七、孫新、扈《こ》成の三人は、鄒潤の案内で山塞を見て廻ったのだが、規模こそ梁山には多少及ばぬものの四、五千人は収容できるし、険阻さ、要害の堅さなどは、梁山にそっくり、固めさえしたら千軍万馬をもってしても攻め入るには難いと思えたので、三人は大喜び、万一のときは、ここへ立籠れるわい、とうなづき合った。

　やがて日も暮れたので、鄒潤は腕の立つ手下十人をえりすぐって殴り込みの用意をさせ、そろそろと山を降りる。孫新宅にひとまず落ちついて一杯やっているうちに、時刻ははや夜半、星が降るようにきらめいている。一同、足音をしのばせて毛の邸へ。

　門は固く閉されて、あたりは森閑としている。孫新がカギ縄を使って難なく邸内に入り込み、もれる灯りを頼りに近付いてみると、中では裸の毛豸《ち》の奴が、扈成から奪った行李の中から宝石をつまみ上げて、蒲団の中の女に話しかけているところだった。

「ちえっ、かたじけねえ。濡れ手で粟のおたからものの数々。金《かね》に踏んだら二千銀というところか。あした知事に、いくつかさし上げりゃあ、やがて出世は疑いあるめえ」

「あんたも相当なわるだわね」

「おきゃがれ、そのわるに毎晩ヒイヒイ泣かされているのは、どこのどいつだ。あした知事に申上げてやる。孫立、孫新、顧大嫂はむかし梁山泊で強盗を働いていましたので、財宝をしこたま貯め込んでおります。加えて、こいつらは鄒潤としめし合わせて、またもや謀叛をたくらんでおります、と罪をでっち上げて引っ捕えれば、金と地位とがまた転がり込むという寸法だ」

　窓の下で聞いていた孫新、身をひるがえして外へ出、事の次第を同志に伝える。中間《ちゅうげん》小者はことごとく酔っぱらって白河夜船の最中であることも探って判っているので、一同は塀を越えて邸内に入り、戸を蹴破って豸の寝室になだれ込んだ。

　彼の毛豸は前口上を終わり、女房のわきへもぐり込んで、これから一戦をおっ始めようという矢先だったが、物音に驚いて振り向くところを、早くも鄒潤の刀の一閃に首と胴とは離れ離れになってしまった。傍らの女房も慌てて寝台から転げ落ちたが、これまた顧大嫂の刀を首筋に受けて息絶える。孫新と大嫂とが箪笥をあけて、金目の品を二つの包にまとめれば、扈《こ》成は扈成で寝台の下から奪われた自分の包みを引きずり出す。もはや長居は無用と、手下どもに荷物を背負わせ、油を流して火をつければ、どっと上がる火の手。一同は意気揚々と引き上げたのである。

一行は十星牌に戻ったが、夜明けにはまだ間がある。

「このたびの所業《しわざ》、明日にも役所に知れるのは必定。あんた方は先に山塞に行っていてくれ。わしは城内へ行って様子を探り、兄貴にも御輿を上げてもらうことにする。どっちみち後仕末をつけた上で山に入ることになろう」

という孫新のことばに、阮小七、鄒潤、扈《こ》成は山に戻った。

ようやく夜が明け出したので、近所の人々は火事場へやって来た。そこへ裏門から逃げ出して助かった毛家の下男の一人が顔を見せ、

「下手人は登雲山の鄒潤と十里牌で居酒屋をやっている孫新・顧《こ》大嫂夫婦、梁山泊の残党でさあ」

とふれ回る。村人たちは、

（人泣かせの毛豸め、いい気味だ）

と心の中では思ったものの、ことばには出さずに散ってしまう。下男はあたふたと州庁へ駆けつけると、知事は今しも登庁したところである。訴えを聞いた知事は直ちに左右の者に、

「欒《らん》統制を呼べ」

と命じた。この欒統制は余人ならず、かつて祝家荘が招いた武術師範の欒《らん》廷玉である。祝家荘が破られたとき、一筋の鉄棒を振り回して梁山泊軍の囲みの一方を崩し、ようやく落ちのびた末に楊戩《せん》の邸に身を寄せたのだが、その弟の楊戡《かん》が登州の知事に就任すると、その武芸を見込んで都統制として弟に随行させたもので、毛豸一家の殺害、焼き打ち事件を聞いた楊知事は、欒《らん》廷玉に賊一味の討伐を命じようと思って呼んだわけである。

さて、楊知事から討伐命令を受けた欒廷玉、

「登雲山の草賊どもは大したことはありませぬが、

孫新の兄の孫立という奴はなかなかの手だれ。こ奴が一味に相呼応することがあってはちと面倒。まずはこ奴を引っ捕えて後顧の憂いを断った上で、草賊討伐に向かうのが得策かと存じますが、出来れば知事閣下にもご同道願わしく……」

「その方のよきにはからうがよかろう」

というわけで楊知事と欒統制は、あまたの部下を引き連れて孫立の家へと向かう。

片や城内の兄孫立の家を訪ねた孫新、気がせくままに「実は……」と切り出そうとしたところへ、門番が顔を出して、

「知事さまと統制とがお見えです」

と告げる。孫立は、

「こんな早朝に何ごとで?」

と頭をかしげたが、くさいと睨んだ孫新は、いぶかしげな兄を放ったらかして、裏門からずらかってしまった。

二

欒《らん》廷《てい》玉《ぎょく》も災に遭《あ》って仲間入りし、杜《と》興《こう》は牢屋で女難、剣難

知事と統制の一行を迎えた孫立、客間に通して挨拶をしたところを「召し捕れっ」の一言で、何が何やらわけの判らぬまま縛り上げられて州庁に引っ立てられた。白洲に回されると、楊知事は声を荒らげ、

「孫立、その方は登雲山の逆賊および弟の孫新と結託して毛書記一家を殺害なし、再び謀叛を企ておる由の訴えが出ているぞ」

孫立はもとより身に覚えのないことなので弁明につとめたが、知事の方は、どうあっても罪に落とす肚なので聴かれるはずはない。訊問はほどほどに切り上げて牢にぶち込み、欒《らん》廷玉に山塞討伐を命じた。欒統制、かしこまって二千の兵を率い、登雲山へと出発した。

こちらは孫新、人ごみにまぎれて兄が引っ立てられて行くのを目撃するや、泡を食って家に戻り、顧大嫂に事の次第を話して急ぎ家財を取りまとめて山塞入り。山ではちょうど阮小七、扈《こ》成、鄒潤の三人が、願望を果たしたお祝いをやっている最中だったが、孫立が捕えられ、欒《らん》廷玉が討伐にやってくると聞かされて色めき立つ。

「何と？　欒廷玉《らんていぎょく》だって？　それはわしの先生だ。砦の門と山の登り口をふさいで決して相手にならぬこと。大丈夫、わしに策がある」

と扈《こ》成が言うので、防戦の構えを施して、またもや酒盛りとなった。心配性の孫新、

「百か二百の手勢じゃ烏合の衆、糧食の貯えもないのに、一体どんな成算があるんだ」

「神策われにあり、じゃよ。ただ、わしの名前を出しちゃいけねえ。とにかく三日間持ちこたえたところで、かくかくしかじか」

と秘策を泄らす。一同、膝を打って感心し、それぞれの持場を固めることを申合わせた。

さて、登雲山についた欒《らん》廷玉、己の勇を恃《たの》むだけに何ほどのことやあらんと部下に攻撃を命じた。兵たちは一斉におめき叫んで山登りにかかる。と、砦の上からは岩石や目つぶし、木材が落ちて来て、はや数十人が傷ついた様子、はや日も暮れかかったので、ひとまず攻撃を中止して陣に戻った。

翌日、天明とともに再び戦いを挑んだが、応戦する者は一人もいない。砦の手下ども、高いところから罵詈雑言を浴びせるだけ。飛び道具を使おうにも、生い

繁った竹藪に加えて山はけわしく、矢も弾丸も届かない。かといって近付けば上からは物騒なものが落ちてくるので、うかつに近寄ることもできない。欒《らん》廷玉のいら立ちのうちに一日目、二日目も暮れた。

三日目の夜、欒廷玉が陣中でくさっていると、「扈《こ》成という者が、お目通りを願い出ております」という注進である。珍しい男がまた何用で？　といぶかしがりながら連れて来させる。一別以来の挨拶のあと、扈成はいう。

わたしは荷物もろとも山塞の奴に捕えられ、仲間になれと強要されて困っておりましたところ、師匠が討伐に来られると聞いて心中ひそかに喝采を叫びました。山賊どもは師匠の勇武を知っているので、どいつもこいつもびくびくもの。みんな砦の口を固めに出掛けて山塞は空っぽのため、こうして逃げ出せたのです」

聞いた欒廷玉は喜んだ。攻めあぐねていら立っていた時なので、ウカとその口車に乗ったのである。攻め口はないかとせき込んで訊ねると、

「正面三方は守りを固めているので無理ですが、山の後に間道があり、幸いガラ空きですから、ここからお攻めなされませ」

廷玉はますます喜び、かつ扈成を信用して酒肴を用意させる。

「盗賊どもは大したことはなさそうだが、引っ捕えて牢に入れてある孫立という奴、腕が立つので、脱獄でもされたら事面倒だ。城中の兵は残らず連れて来ているので、本拠は手薄、万一のことがあったら一大事。そこでモノは相談だが、賢弟、きみの手腕はよく判っているので、兵三百をあずけるから、城内へ赴いて守備に当たってほしい。首尾よく草賊を討伐して帰ったら、きみの手柄を知事に上申しよう」

扈成にもとより否はない。話はまとまり、翌朝、扈成は三百の兵を指揮して城内へ戻り、厳正に服務したので、彼の肚の一物を知らぬ知事にまで、すっかり信用されてしまった。

ほどなく山塞で打ち合わせた城内討入りの夜が来た。扈成は数百金を出して三百の兵にしたたかに酒を飲ませたため、兵士は足腰立たぬまで酔っぱらって寝込んでしまった。夜半どき、号砲一発とともに山塞の連中が城門に殺到したわけだが、守備兵は酔いがなお残っ

ているため前後のわきまえもなく、扈成の「城門を開いて迎撃せよ」という命令に応じて門を開けてしまう。阮小七、孫新らはどっとなだれ込み、真っ直ぐに牢に進んで孫立を救い出した。酔余の兵士にはもとより戦意はなく、ただ逃げ惑うばかり。孫新と顧大嫂《こだいそう》に孫立救出を任せた阮小七と鄒《すう》潤は、役所の奥向きに乱入して知事を一刀のもとに斬り殺してしまう。そのころには山塞軍の放った火のため、城内は叫喚の地獄絵が展開していた。

　夜が明け放たれると、火事を消して官庫の中にある数々の財物、甲冑、武器を運び出して車に積み込み、一同、意気揚々と山塞に引揚げたのである。

　こちらは欒廷玉《らんていぎょく》、城内の方はこれで一安心と、さっそく忍びの者を放って山塞の後方を探らせると、たしかに間道がある。そこで二日間は準備に費して三日目の夜——つまり城内が山塞軍に襲撃された夜——兵七百を砦の正面に配して山塞軍が逃げ出すのに備えさせ、自らは一千を率いて間道を粛々と進んだ。ほどなく山塞の裏木戸に着いたので、全軍おめき叫んで木戸を破って突入すれば、あにはからんや、人影ひとつない、もぬけの空。

「しまった。はかられたか」

　欒廷玉は地団駄を踏んで口惜しがったが、とっさに城内のことが気がかりとなり、急ぎ兵をまとめて表木戸から跳び出せば、正面に配していた部下の七百、すわ賊軍が背後から攻められて慌てて逃げ出して来た、と感違いして矢弾の雨を浴びせる。味方だ！と叱りつけて攻撃を中止させたときには、もはやかなりの損害が出ていた。

　どうにか兵をまとめて帰途につくと、山寄りの場所のこととて一天にわかにかき曇って車軸を流す雷雨、全員ズブぬれになるわ、谷川の水はあふれて渡れぬので大弱り、明け方になって雨はようやくやんだので出発したのだが、道はぬかって行進は捗らない。途中まで来たところで城内からの伝令に会い、城中の変事を告げられて欒廷玉は仰天する。兵士は兵士で、城内にいる家族の身を案じて慌てふためき、隊伍も軍律もあったものじゃない。気もそぞろに道を急いでいると、突如として響いた砲声——

　何事っ？　と足をとめたところへ突っかかって来た

のは孫立。廷玉、得たりや応と槍をひねる。二十余合も戦ったが勝敗は決しない。横合いから阮小七も三叉の刺股を突き出し、孫新、鄒潤また手下を督励して回りをとり囲む。官兵たちは疲労と空腹とで、さっぱり戦意はないので、ただ逃げ惑うばかりである。

支え切れぬと見た欒廷玉《らんていぎょく》、槍を突き出すと見せて俄かに背を返して駈け出したが、ついて来るのは十人ほどの子飼いの者ばかり。ようやく危地を脱して森まで来たところで廷玉は考えた。

（これで、わしももうおしまいだ。登州府にも東京にも帰れなくなっちまった）

そこへ駈けつけて来たのは扈《こ》成、

「師匠、ご無礼のほど平に！」

廷玉は歯を嚙み鳴らし、眼を怒らせた。

「おのれ、骨を砕き、髄をすすっても飽き足らぬ奴、よくものうのうと、わしの前に現れおったな」

「お怒りはご尤ながら、これには深い仔細のあること」

廷玉もひとかどの人物、弟子の言いわけも聞かずに槍をしごくほどの単細胞ではない。

「仔細を申せ。聞こう」

と手にした槍を立てれば、扈成はこちらへ来たいきさつから、登州府を襲った次第を余すところなく物語り、

「この上は、師匠にどのようなご成敗を受けようとも、お恨みには思いません。さあ、すっぱりやって下せえ」

と悪びれた様子もなく、そこへ坐り込んで首筋を叩いた。

「なるほど、わけは判った。したが、いまさらお前を斬ったところで、わしの失敗のつぐないにはならぬ。ただ、お蔭で身の置き所がなくなってしまったのが恨めしい」

師匠、ようやくこっちの思惑にはまって来たわい、と見た扈《こ》成、そこで口調を改め、熱誠を面に現して山塞入りを説く。これもすべて他の連中との打ち合わせの上での計画であったことはいうまでもない。

長い時間、思い入れの態であった廷玉、

「これも天命か、仕方がない。お前のすすめに従うとしよう」

喜色を満面に漲らせた扈《こ》成、とって返して他の好漢《おとこ》たちに上首尾を告げ、一同打ち揃って酒と肴とを携えて森へやって来て重なる非礼を詫び、入山の決意に感謝する。一たん心を決めてしまえば、そこは廷玉も快男子である。その場で血をすすり合い、兄弟の盟《ちか》いを立てて一同は山塞へと急いだのであった。

翌日、山塞では序列会議が開かれた。中国人特有の譲りあいが長々と行なわれたのち、第一席に欒廷玉《らんていぎょく》、第二席に孫立、第三席阮小七、第四席扈《こ》成、第五席孫新、第六席顧大嫂、第七席鄒潤と決まって、あとはお定まりの大宴会。手下どもにも十二分の酒肴がふるまわれたことは勿論である。

「府城に押し入って知事を害《あや》め、官物を奪った以上、朝廷の討伐は必至、十分な備えを固めねばならぬ。各各、怠りあるな」

という欒《らん》頭目の言に異存のあろうはずはない。三カ所に木戸を設け、屋敷を建てて女房を落ちつかせ、さらに垣や柵を強化した上、梁山泊にならって〈替天行道〉と大書した旗を押し立てる一方、武器を充実させ、兵をつのり、馬匹を買い入れる。義侠を募ると聞いて四方から山塞入りの希望者が引きも切らず、三日も経たぬうちに総勢二千人にも達したので、これを連日調練し、ここに志気軒昂、軍備充実、訓練周到、軍紀厳正な山塞軍が誕生したわけだが、義を旗印にするだけあって、強欲非道を伐ってその財物をかすめるだけで、一般良民には手を出さないものだから、民衆の評判は至ってよく、ために官軍も、うかつには手出しをしかねる有様であった。

ある日、街道へ物見に出ていた手下から、

「四、五荷の荷駄が通行中」

という報告が来た。阮小七、

「ここのところ太平無事で腕が夜泣きをしていた。兵糧も不足気味だし、ひとつわしが」

と勇めば欒《らん》頭目、

「孫新、貴公も一緒に行ってくれ。もし小あきんどなら見逃してやることだ」

二人は承知し、五、六十人の手下を従えて出掛ける。山を急ぎ下りてみると、果たして筋骨たくましい一人の大男が荷物を宰領して通っている。追いついた二人が、

「この野郎、待ちやがれ」

と大声をあげると、件の大男、

「うせおったな。この小盗人め。相手を見て吠えつきやがれ」

と言うより早く手にした樫《かし》の棒を取り直して打ってかかる。阮小七、鋼造りの刺股《さすまた》を突っかけたが、二人で顔を見合わせたとたん、どちらからともなく、

「おう、これは…」

の声があがり、双方、手にした得物をカラリと捨てて手を握り合った。

この男はだれあろう。実は撲天鵰李応《はくてんちょうりおう》の番頭で、同じく梁山泊の地煞星《ちさっせい》の一人、鬼瞼児杜興《きれんじとこう》だったのである。

杜興の語るところによれば、主人の李応は役人づとめが嫌で、独竜岡に戻って元の家業につき、仕事も順調に発展した。杜興は李応の命で売掛け代金の取立かたがた、若干の品を買い込んで帰る途中とのこと。

小七と孫新も、それぞれ今までのいきさつを語って、山塞へ誘えば、杜興もむかしのよしみを懐しんで同行し、一同と久濶《かつ》をのべる。山塞の好漢《おとこ》たちは、こもごも加盟をすすめたが、杜興は言う。

「家を出てかなり日が経つので、一応は帰らねばならん。それに東京へ行く用事もあるので」

「東京へ行くんなら、女房の弟の楽和《がくわ》に手紙を届けてもらえまいか」

と孫立。杜興は、お安い御用、と承知して、その夜は一同、愉快に杯を交わした。

翌朝、孫立は手紙と三十両を杜興に渡し、これを旅費にして急ぎこちらへ来てほしいと伝言、杜興は一同に送られて出立した。

杜興は泊りを重ねて東京に着き、商用をすませて楽《がく》和《わ》の仕えている王都尉の邸を訪ねた。用人が出て来て、さっそく中へ案内され、奥まった一室へ通された。楽和はいま主人と碁を打っているので、しばらくお待ちを、ということなので待っていたが、いっかな出て来る様子はない。しびれを切らした杜興、戸を開けようとすると、こはいかに、外から鍵がかかっているではないか。

（？）

と思っているところへ、さっきの用人が六、七人の

屈強の男と現れ、

「こやつは楽和の身寄りの者、痛めつけて楽和の居所を吐かせよう」

といって縛り上げ、有無をいわさず府庁へ引っ立てた。さっそくお白洲が開かれ、楽和との関係を糺《ただ》されたが、杜興は偽名を名乗り、旅の道すがら楽和の身内の者に頼まれただけで、関係はないと言い張る。だが、身体を改められて、例の手紙と三十両が出て来たので、もはや抗弁の余地はない。知事は手紙を読み、その内容と孫立の名を見て、

「一味と決った。引き据えて存分に打てい」と命じる。牢役人は杜興を引っ立てて気も遠くなるほど打ちのめしたが、杜興は歯を食いしばって耐え、知らぬ存ぜぬの一点張り。知事もその強情ぶりにあきれて命じた。

「ひとまず牢に放り込んでおけ。あとでもっときつい拷問《ごうもん》にかけよう」

こういう次第になったについては、次のようないきさつがある。

阮小七の張通判殺害と登雲山山塞一味の登州府襲撃事件は、急ぎ政府に報告されたため、中央では、梁山泊の残党の叛逆と見て事態を重視し、梁山泊の余党は在朝在野に拘らず、すべて拘禁せよ、という命令を全国に発した。

そこへ、

「楽和は孫立の義弟でございます」

という訴えがあったため、それを知った楽和は、いち早く行方をくらましたのだが、そうとは知らぬ杜興、のこのこ出かけて行って逮捕されたのである。

牢へぶち込まれた杜興は、人に頼んで主人の李応に「上京して救出してほしい」と申し送ったが、ほどなく返事が届いた。それによると「梁山泊の残党詮議が厳しくて上京できない。やむを得ず金を送るから、役人どもを買収して罪を軽くしてもらえ」とのこと。地獄の沙汰も何とかやらで、その金のおかげで杜興は牢役人に大事にされ、証拠不十分ということで、百叩きの末、三百里の遠島処分で事はおさまった。遠島の道中も、金のおかげで安楽な旅となったことは、いうまでもない。

彰徳府の牢に入れられた杜興、ここでも金の力にものをいわせて、獄神を祀る御堂の係という、らくで手

のよごれぬ仕事をもらい、まずはのんきな囚人生活。ところで典獄の李煥《りかん》という六十ぐらいの実直な人物、杜興の人柄に打たれて身の廻りの世話をさせるようになった。杜興もその信頼に応えて蔭日向《ひなた》なく働くので信用はますます深まり、遂には奥向きにまで出入りするようになった。

李典獄は女房を早くなくし、いまは趙玉娥という妾と二人暮らし。この妾は二十四、五の女ざかりなので、老人の典獄は、あの方では満足を与えることができない。年中、欲求不満をかこっていたが、若くてたくましい杜興を見て情火を燃やしたのは『水滸伝』の潘《はん》金蓮と武松の場合と同じこと。だが、杜興は堅物なので、女の意馬心猿なんかには気づくはずもない。女はあせるばかりである。

ある日、玉娥は彼に買物を命じ「買って来たら、すぐ奥へ持っておいで」と言い付けたのは、魂胆あってのこと。杜興が外へ出て近くの居酒屋の前にさしかかったところ、店先で一杯やっていた男から、

「杜の兄貴じゃねえか」

と呼びとめられた。ふり返ってみると、なんと梁山泊生き残りの一人の錦豹子《きんぴょうし》の楊林である。聞けば、役人をやめて同じく地煞《さつ》星の一人の鉄面孔目裴宣《はいせん》と飲馬川でのんびりやっていたが、手元不如意になったので、もとの稼業に逆もどりした。たまたま、大金を持ったある若者が、この監獄へ来ると聞き及んだので、当たりをつけるために、ここで待っているのだという。

杜興も、いままでのことを物語り、ともに盃をあげたのだが、彼は主用の途中なので自分の個室まで連れ込み、

「ここでちょっと待っていてくれ。買物を渡しといて、また戻ってくるから」

といって奥へ行き、妾に品を渡したところ、妾は、

「まだ、わたしの気持が判らないの？　この朴念仁」

と息をはずませながら、にじり寄ってくるのを、

「これは、おたわむれを」

と言い捨てて外へとび出し、個室にもどった。二人して積もる話を続けているところへ、東京の馮《ふう》の若さまのお越しです、お取次を、と名刺を届けた者がある。楊林、そっと外をうかがうと、探りを入れていた例の

若者なので、慌ててかくれ、杜興はその若者を案内して典獄の所に赴く。いまを流行《はやり》の衣服を着こなした、なかなかの好男子である。名刺を見た典獄、

「わしの甥だ。すぐ通せ」

と言い付け、さらに、

「あれにも挨拶に出るように言ってほしい」

と命じた。妾が出て来て見ると、絵に描いたような好男子なので、女はたちまちポーッとなる。若者もまた無類の好き者と来ているので、以心伝心、二つの心はすっかり通《かよ》ってしまった。

この若者の父は馮彪《ふうひょう》といって童貫《どうかん》旗下の近衛軍高級幕僚、童貫の信任をかさに着て賄賂《わいろ》のとり放題という悪たれだが、この一粒種の息子の舎人には目がなくて、わがまま一杯に育てたものだから、どう仕様もないグウタラになってしまった。加えてこの舎人、美しい女には命を捨てても、という好色漢であり、片や玉娥も前述のようなわけだから、二人の気持は、たちまちピッタリと合った次第。

しばらく飲んだところで典獄は、

「折角のお越しゆえ、五、六日はごゆるりと」

と引きとめ、東側の部屋に泊めることにしたので、二人とも、機会はそのうちに、と目で合図し合って、その夜はおひらきとなった。

一方、部屋に戻った杜興「目指す若者は、いまの客だ」と楊林から告げられたのには困った。典獄とはいえ、好人物の上に目を掛けてくれる人の客人だからである。手出しは遠慮してくれ、と頼み込んだ。

「仕方ない、見のがすとするか。ならば、そうと裴《はい》宣《せん》兄いに知らせなくっちゃ」

ということで、楊林は翌日、別れを告げて出立した。
二、三日経って、李典獄は役向きの用事で山西へ出張することになった。待てば海路の日和《ひより》と喜んだ舎人と玉娥とが出来てしまったのは当然の勢い。それからというものは、膠《にかわ》のごとく漆《うるし》のごとく、二人は一刻も離れず、女中の目さえ憚《はばか》ろうとはしなくなった。
こうなると邪魔なのは杜興である。これまでのちやほやはどこへやら、玉娥は事ごとに辛く当たる。だが、杜興はジッと耐えて他日を期した。

ほどなく典獄は帰宅したが、二人の関係には気づかないのをよいことに、妾はソラ涙を流して訴えた。

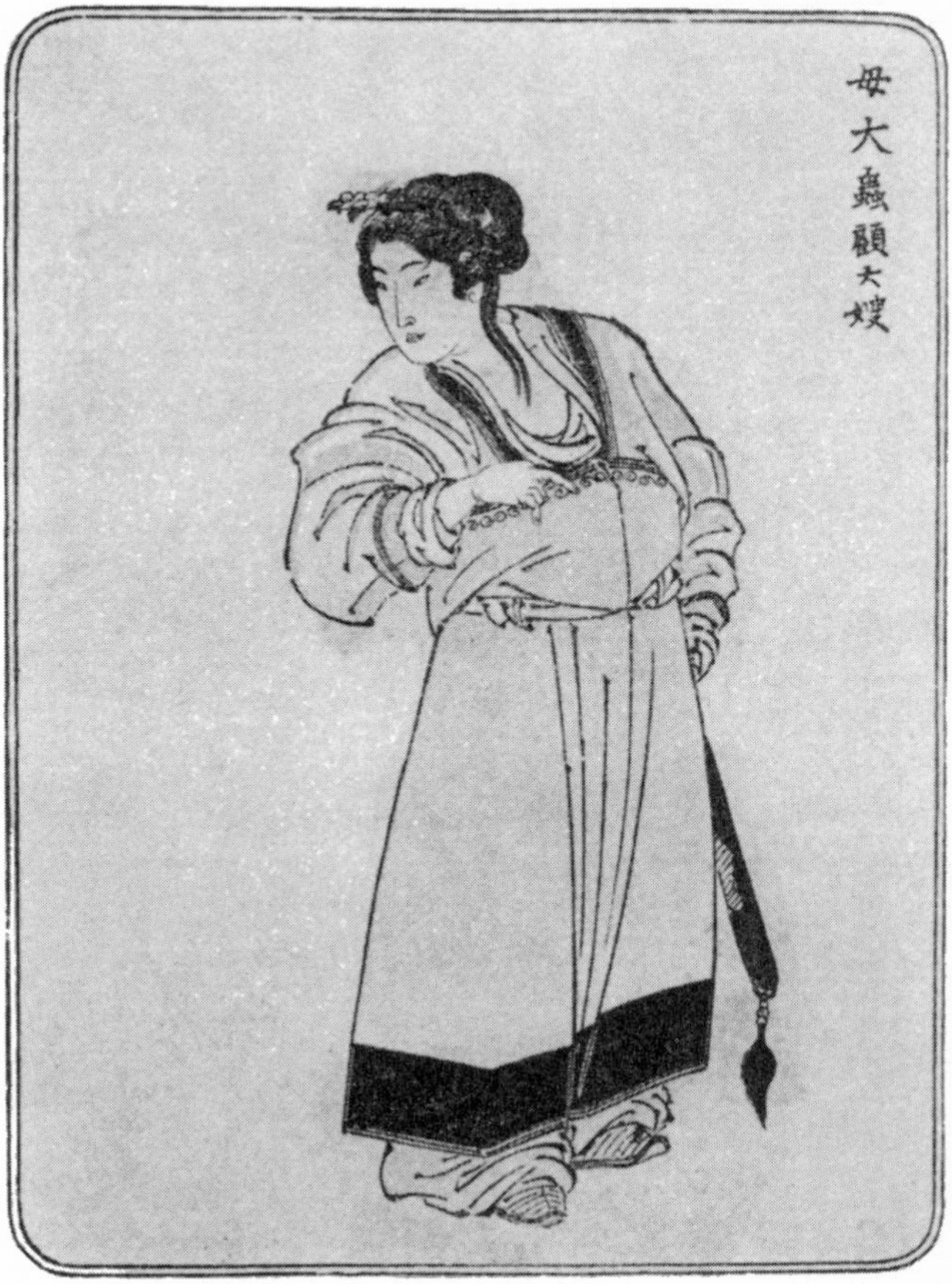

43　欒廷玉も災に遭って仲間入りし，杜興は牢屋で女難，剣難

「あなたがお出掛けになると間もなく、杜興の奴、しょっちゅうやって来ては、いうことを聞けの無理難題、果ては力づくでわたしを手ごめにしようとしました。あんな奴をこの上なおも信用なさるのでしたら、わたしお暇をいただきます」

びっくりしたのは典獄だが、あの男に限って、という気があるものだから、その場は一応、女をなだめておき、翌日、近くへの出張に杜興に供をさせて事実の有無を訊ねたところ、杜興は言う。

「お訊ねがなくても、手前の方から申上げる所存でした。実はかくかく……」

と、ありていに報告すれば、典獄も馬鹿ではない。

「なるほど、いや、あり得ることだ。わしにも手だてはある」
二、三日たったが杜興は処分された様子もないので、妾は典獄にけしかける。
「あんな奴に、わたしが馬鹿にされても、あなたは何ともないの？」

この言葉に典獄は却って杜興の言い分の正しさを知ったのだが、それにしても妾の不義の証拠をつかむ必要がある…とは司法官らしい判断。とにかく、杜興をここにおらせぬことが先決と思い、看守に言った。

「杜興は、ここへ来てもう大分経つが、よくやってくれるので西門へやって、まぐさ倉の番をさせ、いくらかの役得にありつかせてやりたいのだが…」

看守は、かしこまって杜興を呼んで言い付ける。杜興には拒む権利はないので、命ぜられた通りに西門のまぐさ倉庫番として出かけるほかはなかった。

「旦那さまは、もうお齢寄り。何事もご用心が肝心でございます。特に奥さまには、気をおつけなさいますよう」

と言えば、典獄は「わかっている」とうなずき返したのである。

三　李《り》応《おう》ら、脱獄して飲《いん》馬《ば》川《せん》山塞へ、樊《はん》瑞《ずい》、術くらべに勝って難に遭《あ》う

さて、杜興《とこう》を去らせた典獄は、さっそく奥へ入って妾に言う。

「杜興の奴は西門外のまぐさ倉の番に追っ払った。これでお前の気も済んだろう。ところで、若さまも長いこと家をあけなさったので、ここらでお帰ししてはどうか」

聞いた妾は、嬉しいやら悲しいやらでドギマギの態である。すると舎人も、

「私も、もうそろそろ帰らなければ、とは思いますが、この四、五日、足腰がだるくて、とても馬には乗れますまい」

と言う。典獄は、なるほど、杜興の言った通りだわい、と改めて心にうなずいた。

そこで翌日、新入り囚人を獄に入れたあと、こっそり立戻って戸口に身をひそめると、中では二人のしのび笑いの声、隙間からのぞいて見れば妾は舎人の身体にもたれかかって睦言《むつごと》をかわしている。

「爺さんが私を帰すといったって、別れられるものか」

「大丈夫よ。あなたは腰の痛みがとれぬと言い張ってね。どうしても帰すというなら、あの老いぼれを先に旅に出してしまうまでよ」

怒り心頭に発した典獄、我を忘れて部屋の中へ押し入り、

「不義の現場を見つけた。姦夫姦婦そこ動くな」

二人が泡を食って逃げ出そうとするところを典獄、まず舎人をむんずとつかまえて頭突きを食らわせれば舎人は遁《のが》れようとして力まかせに押し返す。頭に血がのぼっている典獄、よろよろと倒れて気を失ってしまった。玉娥も仰天して慌てて扶け起こしたものの、はや後の祭り、日ごろ若い妾のために身体を弱らせていたのが祟り、遂にあの世へ行ってしまったのである。

こちらは杜興、まぐさ倉へ来たものの、何枚かの洗濯物を女中に預けていたのを思い出してやってくると、監獄の近くで楊林とばったり遇った。楊林は言う。

「大変だ、典獄はけさ死んじまったぞ」

杜興は仰天して監獄にとび込み、女中に訊ねてことの次第が判った。

「おのれ、淫夫姦婦め」

その場で踏み込んで二人を殺《や》ってしまおうとも思っ

たが、ここで殺したら後がまずい、まあまあと自らをなだめ、万事は楊林に相談してと彼を待たしてある居酒屋へとって返す。相談の末、計画は成った。

妾の方は典獄の納棺をすませて喪服は着たものの、ますますあでやかに粧《よそお》って、いまや誰はばかるところなく舎人との歓楽の日々。

「これでもう遠慮する者はいなくなった。ただ、新典獄が赴任してくれば、ここには居られなくなる。棺は適当に埋葬し、二人で東京へ上ろう。なーに、私の父は権力者、だれにも指一本出させるものか」

と舎人は言うので、玉娥も大喜び、さっそく諸事を片付けて旅立った。

二日の後、さしかかったのは紫金山である。野盗の出没する所と聞いていたので、おっかなびっくりで進んでいたところ、草叢の中からいきなり矢がとんで来て馬上の舎人ののどを射抜いた。舎人たまらずドウと落馬して、そのまま息絶えた。と、現れ出た追剝ぎ、やにわに轎《かご》の中から玉娥を引きずり出して胸を一突き。剣は柄まで通り、これまた血しぶきの中で絶命する。

そこへ現れ出た、もう一人の盗賊ともども、舎人と玉娥の持っていた金品を奪うと、待たせてあった馬にとび乗って逃げ去った。お察しの通り二人の賊は杜興と楊林で、人目を避けて姦夫淫婦を襲う手筈を決めていたのである。

ところが、轎《かご》かきは杜興の顔を覚えていたので、逃げ戻って役所に訴えて出る。片や杜興、楊林の二人、もはや彰徳府にも戻れぬので、ともに飲馬川までやって来た。二人を迎えた裴宣《はいせん》は言う。

「ここへもう一ぺん山塞を構え、血気の若者を集めてドデカイことをやろうじゃないか」

杜興も、その話には大賛成であったが「ともあれ主人の李応に一応ことの次第を話して諒解を得たい。主人ともども必ずやってくるから、それまで裴宣の兄い、山塞再建の方を頼みます」ということで話はまとまり、翌朝、杜興と楊林の二人は済州へ向けて出立した。

二日の後、ある町へさしかかると、一人の壮漢が派手に言い争いをしているのに出会った。見ればこれまた地煞《さつ》星の一人、一枝花蔡慶《さいけい》ではないか。野次馬を押しのけて、

「蔡慶じゃないか。どうしてこんな所でいさかいな

んかやってるんだ」

と声をかけると、

「これは、ご両所。よいところへ来てくれた。いや、なにね。ゆうべ、この連中と合い宿になり、わしが一足先きに出立したところ、後から追いかけて来て、荷物を盗んだとか何とか、言いがかりをつけやがるんでね」

楊林は大喝した。

「これは俺の舎弟だ。言いがかりなんかつけやがると許さんぞ」

見れば強そうな男なので、彼の連中もひるんで、コソコソと逃げ出す。それを見送って一別以来のあいさつを交わし、近況をたずねると、兄の蔡《さい》福を方臘《ほうろう》征伐で失ったあと、北京（大名府）にいたが、母方の叔父が凌州《りょうしゅう》で知事をやっているので、少々無心しようと思って旅に出たのだと言う。

「そりゃ好都合だ。一緒に行こう」

ということで、三人はともに足を進める。ほどなく山東までやって来たので、

「凌州からの帰りに、道を飲馬川にとって、ぜひ山塞に寄ってくれ」

と言って袂《たもと》をわかった。

一方、息子の舎人を殺された馮彪《ふうひょう》は、杜興を指名手配するとともに、主人の李応をも捕えて杜興の行く方を吐かせる手筈を決めて、済州の知事に、そのことを命令した。命令を受けた知事は「万夫不当の勇者である李応の逮捕は容易なことではないので、計略を用いて捕えるほかはありません」という下僚の進言を聴入れ、自身で供揃えも美々しく李応の家へ乗り込んだ。

李応の方は、杜興が流罪になって早くも三月、音沙汰もないので無事つとめているものと思い込んでおり、舎人殺害の一件など夢にも知らない。知事の俄かの訪問の真意を疑うすべもなく、あわてて客間に通すと、

「その方、不審の儀あり、役所へ同道いたして言い聞かせる」

てんで、さきの孫立の場合と同じく、わけもわからぬまま役所へ引っ立てられ、杜興の行く方について厳しく問い糺《ただ》されたのだが、音信もないし、事件を初めて聞いたくらいだから、もちろん知るはずはない。ま、拷問《ごうもん》はあとでということになり、ひとまず入牢となっ

た。が、そこは金持ちの李応のこと、役人どもに気前よくバラまくので、牢内の生活も大して苦痛はなかった。

こちら杜興と楊林に別れた蔡慶、凌州へやって来たものの、当てにしていた叔父はすでに他へ栄転したあと。仕方なく独竜岡へ杜興と楊林の二人を訪ねることにして済州への道をとっていると、運よく楊林に出会い、李応の入獄を知った。聞けば杜興は、李応の家族に難の及ぶのを避けるため、飲馬川へ護送して行き、楊林は李応救出のために済州へ向かうところだと言う。蔡慶はもとより直ちに助力を約し、その晩は二人で手《て》段《だて》を考えた。

翌朝、二人は打ち揃《そろ》って監獄を訪れ「東京の枢密院から済州へ公用で来た者だが、知り合いの李応が入牢中と聞いたので」と面会を申入れた。枢密院の中央官吏が、たんまり付け届けのある李応に面会とあっては断りもならず、中へ入れる。牢内で鬱《うつ》々としていた李応、二人を見てびっくりしたが、声をひそめて語る二人の救出策に喜色をとり戻した。

話を終えた二人は、かなりの金を牢役人にさし出し、

「李応は間もなく東京へ送られるはず。いろいろお世話になったので、ひとつ別離と謝意を兼ねて一席設けたい。この金で準備の方をよろしく」

と頼めば、役人にもとより異存のあろうはずはない。日暮れを待って酒肴がととのえられる。李応、楊林、蔡慶に、牢役人、牢番ことごとくを招いての盛大な宴会となった。一同、すっかり上機嫌に酔ったところで楊林「わが家に伝わる秘蔵の銘酒をさしあげたい」と言って腰のふくべから、うやうやしく牢役人、牢番についで回る。本来なら毒見をしないと用心して飲まないのだが、酔っぱらってすっかり気を許している牢役人、牢番、何の不審もなく飲み干した。ところが、これにはしびれ薬が仕込んであったので、一同そこにぶっ倒れて動けなくなってしまった。

にんまりと笑い合った三人、さっそく役人どもの官服を剝ぎとって着込み、堂々と表から逃げ出し、市中見廻りをよそおって、深夜の町を濶歩《かっぽ》する。城門はしまっていたが、ほどなく一番鶏も鳴いて門も開いたので、これ幸いと城門から逃げ出した。

途中で官服を脱ぎ捨てた三人、笑い興じながら進む

と、一軒の居酒屋がある。歩き続けて腹ペコになっていたのでとび込んで酒と肴と飯を注文する。飲んで食って腹一杯になったところで、ふと脇を見ると、たくましい身体つきの中年の一士官が、四人の兵卒を従えて休んでいる。挨拶して聞けば、何と先きに殺した馮舎人の父親の馮彪《ふうひょう》で、犯人の杜興がまだ捕えられていないのに業をにやし、自ら出張って来たとのこと。聞いた三人は声も出ない。支払いもそこそこに居酒屋をとび出した。

と、出合い頭にぶつかったのが公用飛脚、李応の顔をしばらく眺めていたが、

「早いとこ熱燗でたのむ。火急の文書を届けにゃならんのでな。実は昨夜、李応が牢を破って逃げた報告じゃ」

といったが、「あっ」と叫んで、

「そういえば、いまの男は確かに李応。どうも見たことがあるような顔だと思った」

と口惜しがる。聞いた馮彪も、

「すると他の二人も共犯か。あの中に杜興めもおったかも知れん。道理で、わしの話を聞くと、コソコソ逃げ出しおった」

と残念がり、直ちに三人のあとを追って駈け出す。ほどなく追いつきはしたのだが、所詮、三人の敵ではない。馮彪は脳天を割られて、あえない最期をとげてしまった。

さて李応ら三人は道を急ぎ、ほどなく飲馬川に着いた。裴宣らに手厚く迎えられたのだが、家族がすでにここに来ていると知った李応、

「かくなる上は、この山塞を固めて難攻不落の砦とせずばなるめえ」

とふるい立てば、裴宣、

「もう手下を二百人ほど集めてあるのだ。ところで、ここから小一里ほどのところに竜角山という山があり、その頂上に佑聖殿《ゆうせいでん》という道教の寺がある。そこの道士を畢豊《ひつぽう》という盗賊が殺して寺を乗っとり、五百あまりの手下を集めている。こやつは我々を敵視しているので、機先を制してこれを片付け、手下をみんないただこうではないか。その下工作のために、熊勝《ゆうしよう》という心きいた男を小頭として潜入させてあるんだ」

一同、名案と賛成したが、そのためにも足場を固め

ねば、とあって、砦の強化、兵器の充実、訓練の周到に努力を傾けた。

間もなく先方にしのび込ませてある熊勝がやって来ていう。

「畢豊めはガサツ者で色好み、手下のことなど少しも考えぬくせに罰だけは厳しいので、みんなの心は離れてしまいました。先日も麓《ふもと》から王媚娘《おうびじょう》という家柄のよい娘をさらって来て、いまやその女の許に入りびたり、酒びたりです。私が手引きいたしやすから、今晩にも……」

山塞側では喜び、夜の九つを約して、いろいろ打ち合わせる。やがて日は暮れた。李応、裴宣、楊林は、百人の撰りすぐった手下を従えて出発、蔡慶、杜興は留守番として残った。けわしい山道を進むと、約束の九つが来た。木戸には打ち合わせた通り、熊勝が腹心の手下二十人余りと待ち受けており、

「いま奴は酔っぱらって女にたわむれておりやす。こうおいでなせえ」

と先に立つ。足音をしのばせ本殿うらの畢豊の家の窓からのぞき込むと、奴は嫌がる女を抱きすくめて、酒を無理やりに飲ませている。山塞軍、

「この悪党め、くたばりやがれ」

とおめき叫んで中へなだれ込めば、悪者ながら首領となる奴だけあって、身のこなしは早い。とっさに女を放り出すと、窓から外へとび出した。裴宣があとを追いかけたが、勝手知った山のこととて、畢豊の逃げ足は早く、暗闇の中で見失ってしまった。

かねてこころよく思っていなかった首領が逃亡したので、手下どもはみんな飲馬川の方へ移りたいと願う。そこで五百人の手下と金銀五千両、食糧二倉分、良馬三十頭のほか、おびただしい兵器をも分盗って飲馬川へ凱旋することとなった。

千年も法統の続いた寺は、いずれ道士を見つけて復興することとし、女は家まで送り返す。夜も明け切ったころ飲馬川に帰着、上々の首尾を祝して、盛大な酒宴を開いたわけだが、その席上、席位序列の話が出た。李応が、

「この山塞は、もともと裴《はい》の兄いが始めたもの、どうか、いままで通り首領に」

といえば、裴宣は、

「兄貴の武勇に敵う者はいない。まして梁山泊では兄貴は天罡星《てんこうせい》の第十一席、それにくらべて、あっしは同じ十一席でも地煞星《ちさつせい》の方だ。ここはどうあっても李応兄いに」

という。辞退もならず李応は第一席につき、続いて裴宣を第二席、蔡慶を第三席につけようとすると、蔡慶は、

「そのまえに、ちょっと申上げてえことがありやすんで」

と言い出した。何事かと一同、耳を傾けたところ、

「あっしら兄弟二人は、もと北京のしがねえ首切り役。それが盧俊義《ろしゅんぎ》兄いを救ったことから宋江兄いに山塞へ伴われやした。方臘《ろう》征伐で兄は討死し、家では老母と女房とが、あっしの帰りを待っておりやす。ここにいても、ものの役に立たねえあっし、申しわけねえが、ここはひとつ、あっしを家へ帰らせてはもらえますめえか」

みんなでひきとめたが、蔡慶の決意は固い。仕方なく楊林を第三席、杜興を第四席とし、蔡慶には十分の金銀を与えて旅立せた。

さて、北京への道を進んだ蔡慶、泊りを重ねてついたのが虎峪寨《こよくさい》という町である。見れば二基の楼が組まれ、のぼりを立て幕がめぐらされ、千人ばかりの人が見上げているのは、神おろしでもやるのだろうか。東西の楼上にはそれぞれ道士が坐っているのだが、東の方のは何と地煞星の一人の混世魔王樊瑞《はんずい》なのに蔡慶はびっくりした。

何が一体おっ始まるのか、と首をかしげたとき、中央の台上に立った町の有力者らしい一人の紳士、

「お二人の長老の秘儀をとくと拝見できるのは無上の光栄、何とぞご存分に術を闘わして下され。お勝ちになられた方は手前、終生師と仰いでお仕え致しましょうほどに」

と口上を申述べれば、樊瑞はへりくだって、

「わしは諸国行脚の者、たまたま通りかかって長老の秘技を聞き及び、ご教示を乞うだけのこと。敗れてもともとです。何とぞ神技をお見せ下さい」

といえば、東の道士、大きくうなずいて傍らの侍者の捧げた剣を受けとり、空中に符を描いたのち口に何やら呪文を唱える、と、一天俄《にわ》かにかき曇《くも》ったと見る

間に、南東は巽《たつみ》の方角に一陣の狂風がまき起こり、天空に雷鳴が轟き渡ると、巨大な猛虎が現れ出て西の楼に駈け寄り、あわや樊瑞にとびかからん勢い。だが、一尺余りのところで針付けとなって、それ以上は近付けない。にっこり笑った樊瑞、手をあげて件《くだん》の虎を指さし、

「本性に立ち戻れい！」

と叱りつければ、虎はたちまち一枚の紙に早変わりして、風のまにまに飛んで行く。

それを見た道士、こんどは鈴を鳴らして「しっ」と一声あげると、一匹の大うわばみが現れ出て、たちまち樊瑞の身体に巻きつく。見物人は、もうこれでおしまいだ、と胆をつぶしたが、当人は一向に動じない。手にそのうわばみをつかんで息を吹きかけると、これまた一本の縄になって落ちて行く。どっと起こる見物人の感歎の声の中で、蔡慶もひや汗をぬぐう。

二つとも術を破られた東の道士、然《しか》らばと両手を空に広げて何やら唱えれば、幾万とも知れぬ熊ん蜂が現れ出て樊瑞を囲み、じゅうたん爆撃よろしく、ところ構わず刺す。と見る間に道士は指の先きから火を放ったので、樊瑞の身体は焔《ほのお》に包まれてしまった。

こんどこそ勝負あったと見ていると、樊瑞は袖の中から小石を一つとり出して投げ、手にした払子で一払いすれば、大雨が沛然と降って来て、さしもの火焔は消えてしまい、熊ん蜂はすべて籾殻《もみがら》となって落ちたが、見物人には一滴のしずくさえつかない。またもやあがる大歓声である。

彼の道士、もはや施す法術もなくなったので、楼を下りてコソコソと自分の道観に逃げ戻ったが、見物人は勝った樊瑞に、なおも術の披露をせがんでやまない。そこで仕方なく、一つ、二つの術を見せたので、見物人はやっと満足して散って行った。この試合を主催した例の紳士は下りて来た樊瑞のもとに駈け寄って深々と一礼した。

「これほどの神変不可思議の秘技をお持ちとは、つゆ存ぜず、まことに失礼いたしました。何とぞ拙宅へお越し下され、ご教示を賜わりたい」

樊瑞は、それをさえ切って言う。

「いやいや、ほんの戯《ざ》れごと。ただの幻術に過ぎませぬ。さきにも申した通り、手前は廻国中の身、これ

にて失礼」

と礼を返す。そこへ蔡慶が近付いて目で合図したので、

「これなる友人も待っておりますれば」

と行きかけようとするので、紳士は慌てて袖をとらえて言う。

「ならば、その友人の方もご一緒にぜひ」

そうまで言われては、ムゲにも断われないので、やむなく同道する。結構な料理が出、仙道の話など始めようとしたとき「都の童貫さまの使者が火急の用件で来た」という家族の知らせに、紳士は「お話は明日にして、今夕はごゆるりと」と言い残して下がった。

残された樊瑞と蔡慶、一別以来の話をしたわけだが、樊瑞は言う。

「わしは役所づとめが嫌なので、諸国を行脚して仙道修業中、さる神人にめぐり合って五雷の正法を授かった。そこで一清道人の公孫勝兄いを訪ねて行く途中、この李良嗣《りりようし》という紳士が道術を好むと聞いて立寄ってみたのだ。ところが彼の郭京《かくけい》という、ひる間に術比べをやった道士め、早くから李どのに取り入って道観を建ててもらい、手厚く遇されていたのだが、己の地位を奪われることを恐れ、大した術もないくせに、わしに公開試合を挑んだという次第。とにかく、ここは長居無用、あす早々に出立しよう」

こちらは李良嗣、童貫の使者に会ったところ、使者は言う。

「童枢密閣下はこのたび、強敵遼に備えるための北京の守備軍司令官に就任されましたが、仙道の大家の林霊素先生から〝門下生の郭京は物の役に立つ男、ぜひお使い下さい〟との推挙があったので、かくはお迎えに参上した次第です。

李良嗣はさっそく使いを郭京の許に出したのだが、当の郭京は樊瑞に痛めつけられて気息えんえん。けれども童貫の使者と聞いては放ってもおけぬ。まかり出て挨拶をしたが、使者に昼間の試合の一件でからかわれ、面目もなげに黙っている。くだんの使者は、あざやかな手並みを見せたという樊瑞にひどく興味を抱き「あすにも会いたい」と申入れたが、それを聞いた使者の従僕の一人、こっそり樊瑞と蔡慶のいる部屋へのぞき見に来た。話合っている二人の顔をとくと見定め

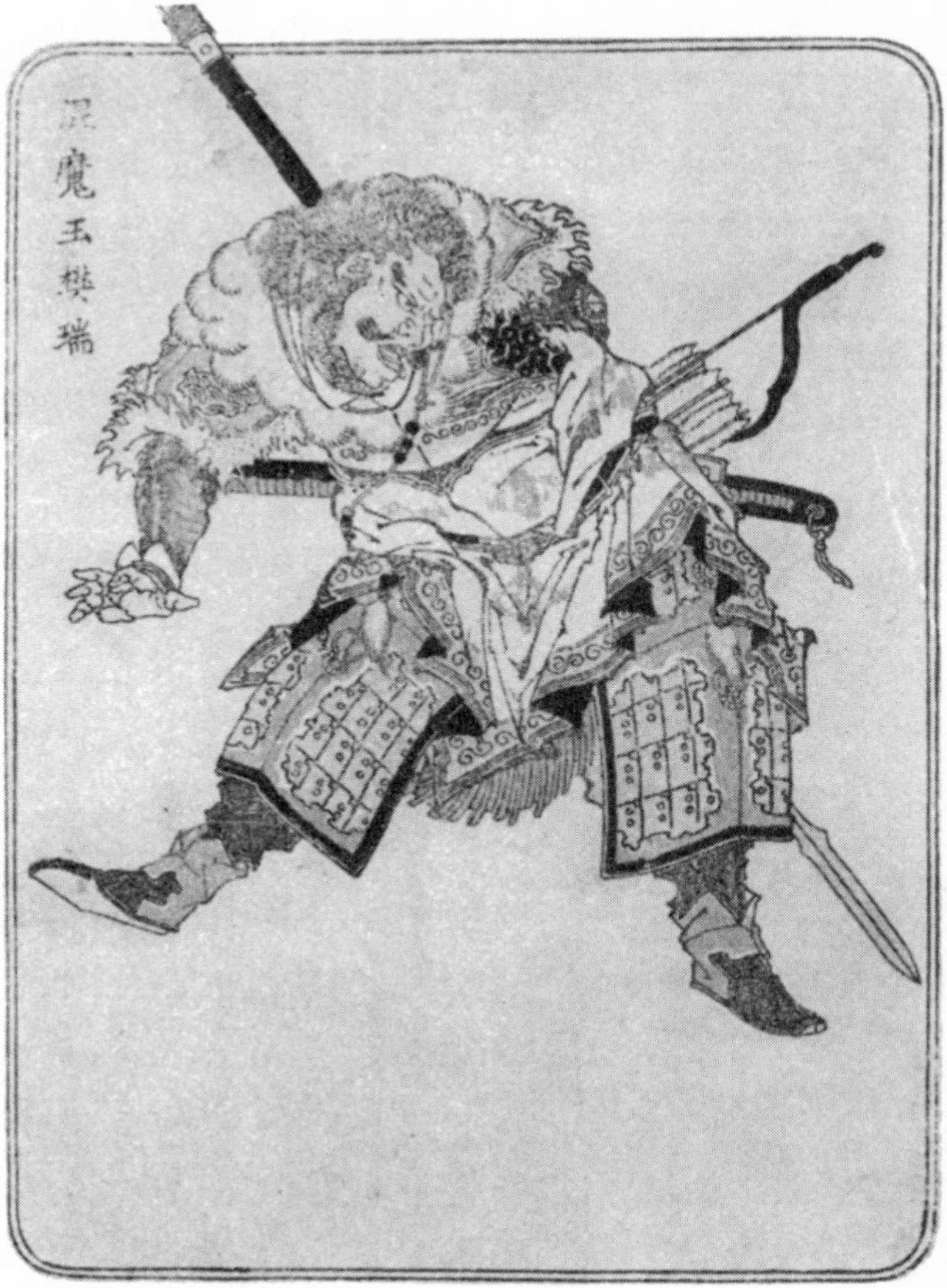

55　李応ら，脱獄して飲馬川山塞へ，樊瑞，術くらべに勝って難に遭う

た上、あたふたと戻って来て使者に報告した。

「一人は確かに馮《ふう》の若さまを殺した奴、それと友達なら、あの道士だってロクな奴じゃありますまい」

うなだれてひかえていた郭京、ここぞとばかり口をはさんだ。

「それで判りました。彼の道士こそ梁山泊の残党、公孫勝に違いありませんし、友達という奴も同類です。使者どの、ここはひとつ二人を引っ捕えて、お手柄を立てられてはいかが」

使者もそれに賛成したので、李良嗣もその気になったが、

「ただ、あの道士、なみなみならぬ手だれ。もししくじったら藪へびになってしまうが」

郭京は膝を乗り出して言う。

「大丈夫です。われら術者が忌むのは不浄物ですから、奴めの眠っているすきに人のクソと犬の血とを頭からぶっかければ、術は使えません。そうすれば、あとはわけはありますまい」

計略は決まって夜半を待つことになった。

さて樊瑞、何者かが外からうかがっていることに気づいたので、

「どうやら闇討ちに遭いそうだから、着物は着たままでいよう」

と言って土くれを持って来て呪文《じゅもん》を唱え、蔡慶に渡し、

「もし何かの気配があったら、とっとと逃げ出そう。これが土遁の術で、人にはわしらの姿は見えないんだ」

夜半になると案の定、郭京を先頭に下男たちが押し入って来た。二人は起き上がって隅に身をよせたが、闖入者《ちんにゅうしゃ》には見えない。樊瑞が郭京の顔めがけて息を吹きかけると、郭京はたちまち気を失って寝台の上に倒れる。それと見た二人は、隠身のまま表へ出た。樊瑞は言う。

「かくなる上はおぬし、家族ともども飲馬川山塞へ行くほかはあるまい。わしも公孫勝兄いを訪ねるのはやめて、山塞へ入ろう」

蔡慶も同意し、暗にまぎれて立ち去った。

片や押し入った下男たち、見れば件《くだん》の道士が寝台上で高いびきなので、手にした汚物をぶっかけた上、き

りきりと縛り上げた。本宅の前までかついで来ると、郭京は息を吹き返して叫んだ。

「このわしを何とするのじゃ」

見れば、こはいかに、なるほど郭京である。全身クソまみれ、鼻も曲る臭さである。郭京重ね重ねの災難も、もとはといえば身から出た錆《さび》、恥じ入って声も出ない。

梁山泊の残党二人をとりにがした李良嗣、この上は上京して童貫に会って然《しか》るべき任務を与えられ、手柄を立てるほかはないと見て、翌朝さっそく数々の礼物を携え、郭京、使者ともども北京へのぼり、童貫に謁して言う。

「遼《りょう》を屈服させるには、手前に一つの策がございます。それはまず金を味方に引き入れ、両方から挟撃ちすることです。遼を討滅ののちは、遼に対する以上の歳幣を金国に与えて歓心を買えば、金は喜んで末長く友好を願うに違いありません。遼の平州の守将の張穀《ちょうこく》と涿州《たくしゅう》の知事郭薬師《かくやくし》は、ともに手前とは盟友の間柄、啗《くら》わすに利をもって説得すれば、遼の藩屏《はんぺい》は取り除かれ、力はいちじるしく弱まること必定でございます」

童貫は大いに喜び、李良嗣を枢密院《すうみついん》の参謀に任じて重用し、郭京も軍営に留められて役についた。あるとき開かれた軍議で良嗣は進言した。

「遼の討滅については、すでに成案あること、先日の献言の通りですが、獅子身中の虫とも称すべき梁山泊の残党、再び山塞に集《つど》うて悪事を働きつつある。このまま放置すれば、国の患いとなる火を見るよりも明らか、いかが思召されまするか」

言われて童貫、

「これは、うかと失念《しつねん》しておったわ。さっそく手を打たねば」

ということで、配下の統制張雄に五百の兵を与え、郭京を先導として、まず河北省の二仙山に公孫勝逮捕に向かわせ、公孫勝を捕えたのち、飲馬川山塞に進撃することとした。

その公孫勝は東京(汴《べん》京=開封)で宋江と別れたあと地煞星首座の朱武《しゅぶ》を弟子にして、ともども二仙山に入り、紫虚宮の裏手の林中に小庵を構え、俗世を捨てて仙道に励んでいたのだが、ある日、召使っている童子があたふたと駈け込んで来て言う。

「大変です、お師匠《ししょう》さま。どこかの兵隊が紫虚宮をとり囲み、住持をつかまえて〝公孫勝を逮捕しに来た。どこにいるか白状せよ〟と痛めつけております。住持も仕方なく自白するでしょうから、兵たちは間もなくこっちへやって参りましょう」

二人はそこで隠身の術を使って、松の木かげから様子をうかがっていると、張雄、郭京の二人が、縛った住持を先に立ててやって来るのが見えた。

「公孫勝先生は、ずっと庵にお住まいで、山をお下りになったことはありません。虎峪寨《こよくさい》とやらの一件は、恐らく人違いでしょう」

と住持がいえば、郭京はいきり立ち、

「このわしを負かす奴は、天下に公孫勝しかおらぬわ」

とは、身のほど知らぬうぬぼれ。庵にやって来たが、もとより中はからっぽ。

「きさま、前もって知らせて逃がしたな」

と住持をひっ立てた。後に残った公孫勝、首をかしげたが判らない。すると朱武が膝《ひざ》を叩いて言う。

「先日、買い物があって山を下りたところ、飲馬川に山塞ができて、梁山泊の残党が立籠《たてこも》っているといううわさを耳にしました。あるいは、その連中が何かしでかしたのかも知れません。それにしても、師匠に累が及ぶとは解《げ》しかねますな。手前ひとつ飲馬川へ行って真偽《しんぎ》を確かめますが、いずれにせよ、ここはもはや危険、居を移しましょう」

二人は荷物をまとめて庵を去り、間道伝いに飲馬川へ向かう。山塞へ着いて名乗りを上げると、一同、大喜びで二人を出迎え、一別以来の挨拶をかわす。

「お二人はいまや浮世を捨てた方なのに、どういう風の吹きまわしでこちらへ?」

と李応がいえば、公孫勝、ここへ来るに至ったいきさつを物語る。話を受けた樊瑞、

「梁山泊の一党で、土遁《どとん》の術を使えるのは公孫勝兄いお一人と思い込んでいるので、感違いしたのでしょうよ」

公孫勝は、やっと判った。すると李応、かたちを改めて切り出す。

「どのようなご事情からとはいえ、お越しいただいたからには、もとの梁山泊の席順通り首領の座につい

ていただきたい」

だが、公孫勝は首をふって、

「いやいや、わしはいまや世捨て人、ことの次第が判ったのでおいとまし、また山中へ隠れるとしよう」

というが、李応はそれをさえ切って、

「兄弟はまだほかにもたくさんおり、事を起こして人違いされ、安住できなくなる場合もありましょう。この際、手前に双方とも都合のよい分別があります」

と言い出した。一同、

「それはおもしろい。聞こうではないか」

ということになった。

四

飲馬川勢《いんばせん》、討伐軍を撃退、花母子《かおやこ》は美貌ゆえに捕えられる

さて李応がいうには、

「公孫勝兄いが清閑を好まれるのなら、この地はまことに打ってつけ。うら手の山裾《やますそ》の白雲坂に庵をしつらえて閑居くださるなら、ご用の品はこちらから運び、事あらば方策をご教示いただけるというもの。ふだんは門を鎖して仙道に精進できるという、双方にとり、まことに都合のよい手だてではありませんか」

一同、まことに妙案と賛成するので、公孫勝も実地検分に出掛ける。なるほど李応の言にたがわぬ絶妙の地なので、公孫勝と朱武の二人は、そこに小庵を設けて住むことになった。

数日ののち、物見から知らせが入った。

「約二千の兵、枢密院の旗を掲げてやって来ます。応戦のご用意を!」

「柵《さく》を厳しく固めて敵の出方を見よう。応戦してはならぬ」

と李応は命じる。やって来たのは、もちろん張雄と郭京の軍だが、さきの二仙山急襲で公孫勝逮捕に失敗したことを報告すると、童貫は、飲馬川山塞に逃げ込んだものと睨み、都統制馬俊を大将、張雄と郭京を副将とし、新たに二千の兵をさずけて攻撃に向かわせたのである。

馬俊の率いる大軍は山塞に着いたものの、防備は厳重な有様なので手を出しかね、山のほとりで喊声を上げるだけ。やがて昼さがり、砲声一発とともに李応は、樊瑞および楊林を左右に従えて陣の前にとび出た。郭京は樊瑞を指さし、

「出て来おったな公孫勝。きょうこそは遁さぬぞ」

とののしれば、樊瑞はカンラカラカラと打ち笑い、

「この阿呆め。本物の公孫勝兄いなら、てめえなんぞは、とっくにあの世へ行ってらあ。おれは混世魔王の樊瑞さまよ。てめえの目は節穴か!」

ののしられて郭京は大いに怒り、あわやとび出そうという構え。その意気を阻喪させてはならぬと張雄、大薙刀を構えてまず打ってかかれば、李応もこれを迎えて十合ばかり槍を合わせたのち、背を向けて逃げ出す。これが駈引とは知らぬ張雄、馬をとばして追いすがる。頃やよしと李応、とっさにふり向きざま手裏剣を投げつければ、狙いたがわず張雄の肩先にグサリ。張雄は痛傷《いたで》に耐えかね、鞍にしがみついて陣に馳せ戻

63　飲馬川勢，討伐軍を撃退，花母子は美貌ゆえに捕えられる

る。

それと見た樊瑞と楊林、それっと下知すれば、山塞軍は怒濤《どとう》となって攻めかかる。馬俊これを支え切れず七百メートルも退却したが、この一戦で三百人余りも失ってしまった。

「賊はなかなか手強い。援兵を頼むとしよう」

ということで、その夜はそのまま休憩したのだが、一方の山塞軍も引き揚げ、公孫勝、朱武も交えて軍議を開いた。朱武が言う。

「兵は神速を尚《たっと》ぶ。意気沮喪《そそう》しているに違いない敵軍に夜討ちをかければ、勝利は確実。さすれば童貫めも、おじけをふるって二度としかけては来まい」

それは上策と、李応は時を移さず楊林、杜興、樊瑞、蔡慶の四手の伏兵を置くとともに、自身は本隊を率い、敵陣めがけて潜行する。やがて真夜中、大喊声とともに突入すれば、不意を衝かれた官軍は大慌て。武器をとるひまもあらばこそ、ただ逃げ出すばかり。馬俊は李応の一槍に斃れたが、張雄と郭京とは風をくらって命冥加《みょうが》にも遁走した。わらわらと逃げのびた官兵たち、危地を脱してホッとしたのも束の間、ドッと起こる鬨《とき》の声、これぞ埋伏していた四隊の山塞軍である。悲鳴をあげるいとまもなくその餌食《えじき》となり、うまくのがれた奴は百人そこそこという手痛い敗戦となった（訳編者口上＝こたえられませんなあ、こういうところの描写は。気分がいいの何のって、ビールの一ダースも飲んで、ゲップの十も出す心地よさです）。

張雄、郭京の二人は敗残兵をまとめて、しおしおと北京に戻れば、童貫は激怒し、大兵を率いて自ら再討伐に向かおうとする。そこへ突如、辺境からの急報があった。

「遼の大軍が来襲、国境警備軍だけでは支え切れません。急ぎ救援軍を派遣していただきたい」

童貫は、やむなく自らの出陣を思いとどまったところへ、さらにまた、

「先ごろ上申して来た李良嗣の遼撃破の奇策、本人を上京せしめて陛下に直接言上させるよう」

という中書省からの命令が来た。李良嗣は喜び勇んで東京にのぼり、蔡京の介添《かいぞ》えで道君皇帝に拝謁仰せつけられ、先に述べた奇策を言上すれば、皇帝の機嫌《きげん》は殊にうるわしく、良嗣に秘書丞《ひしょじょう》の職を授けた。この

とき副総理の呂大防《りよたいぼう》が進み出て、遼と断交して金と結ぶことの非を説いたが、良嗣の献策に魂を奪われていた帝の怒りを買って、すごすご退去した。やがて遼を滅ぼした金は、次には宋に圧力をかけるようになり、宋は南遷のやむなきに至って呂大防の予言は適中するのだが、それは後の話。

ほどなく良嗣は金への友好使を命ぜられて東京を発ち、金に到って国境線、歳幣の額、遼挾撃の期日、兵力などを取り決めて帰国したため、帝の信任はいやまさり、宋室の姓の趙までいただいて趙良嗣と名乗るに至った上、侍御史の官を加えられて、童貫ともども北京守備につくよう命ぜられ、童貫とならぶ実力者にのし上がった次第だが、赴任《ふにん》のため黄河畔まで来ると、駅舎の入口に一人のうらぶれた男がうずくまっている。見れば何とエセ道士、敗軍の将の郭京である。尾羽うち枯らしおったな、とは思ったが、捨ててもおけぬと見て、役人に命じて連れて来させた。郭京は恥じ入って頭も上げられない。聞けば、敗戦の責任を追求されるのを恐れて逃げ回っているのだという。良嗣は、可哀そうになり、もう一度機会を与えてやることにした。

「適当な所があるので推薦してあげよう。江南は建康府（南京）の王朝恩知事を頼られるがよい。王知事は現右大臣王黼《おうほ》どののご子息で、いき好みの方。悪いようにはなさるまい」

と言って一通の紹介状と三十両とを与えた。郭京は大いに喜んで、さっそく江南を目指したのだが、昨日までのウラぶれた逃亡生活とは打って代って美衣に三十両の金、宿役人を叱りつけ、汪五狗《おうごく》という囚人を供出させて供の小者とし、山東路を建康めざして旅立った。

泊りを重ねて建康の近くまで来た。ある木賃宿に泊り、汪五狗が食事の仕度《したく》をする。ほどなく、かしわの大盛りを持って来たので食べていると、二人の土地の男が入って来て、

「このニワトリ盗棒！」

と声をあげる。事実、汪五狗は盗んで来たのだから小さくなっている。押問答をしていると、向いの部屋から一人の客が出て来て、

「このお客さんは、ニワトリを買うつもりだったが、だれもいないので、後で支払うことにして、とりあえ

ず持って来たのだ。そうわめくな。代金はわしが払ってやるよ」

と言って小粒を一枚与えた。二人は「代金さえ貰えれば」と礼を述べて立去った。郭京は、その鮮かなさばきに厚く謝して名をたずねれば尹文和《いんぶんわ》と名乗る。年は若いが人品いやしくないので、すっかり気に入ってしまった。

翌朝、郭京と尹文和と名乗る男とは、連れ立って出立、ともに建康に入ったが、郭京は尹文和と別れて神楽観という道観を訪ね「竜虎山という天師府から所々の道観、道士を査察《ささつ》するために派遣された者」というふれ込みで道士たちをだまして宿をさせ、手厚くもてなさせた。

一夜あけると郭京、汪五狗に然るべき服装をさせて小者に仕立て上げ、趙良嗣の紹介状を手に王知事を訪ねたのだが、王朝恩は若くて坊ちゃん育ち、追従を喜ぶところへ、郭京は、おべっかがうまいと来ているので、初対面からウマが合ってしまい、さっそく朝恩の家に住むことになった。神楽観に置いてある荷物をとりに出たところで、また尹文和とバッタリ遇《あ》った。

(この男、才がきくうえに人柄もいいから、仲よくしておいた方がよい。そのうちに役に立つことも……)

と思った郭京、

「王知事は名門の出で、気っぷもよい上に客を好みます。貴殿と拙者とは旅での知り合いながら、相許した仲、いかがです。拙者の許にお越し下さるまいか。表向きは拙者の弟子ということにして」

尹文和は黙って考え込んでいる様子だが、この男、実は楽和《がくわ》なのである。義兄の孫立が登州で事件を起こしたと聞き、巻添えになるのを恐れて東京を出奔したのだが、登雲山に昔の仲間が立籠ったことはまだ知らない。かといって登州府へ義兄を訪ねて行くわけにはいかない。思案しているうちに、ここ建康の王都尉の許に柳という知人がいるのを思い出し、それを頼って来る途中で郭京と知り合ったのである。いま郭京の誘いを聞いて思った。

(脛《すね》に疵持つこのわし、なまじなところへは落ちつけぬ。この男の住いは大家の奥深いところというから、却《かえ》って好都合かも知れぬ。こやつといい、主人の王知

事といい、ろくな奴ではなさそうだが、しばらく自己韜晦《とうかい》して様子を見た上で次の手を考えるとしよう）

そう心が決まったので、

「過分のおことば、光栄の至りです。何分ともよろしく」

と鄭重《ていちょう》に頭を下げる。郭京も喜んで楽和を伴い、王知事に紹介する。郭京はひまさえあれば法術のまねごとをやって見せ、楽和また如才なくお伽《とぎ》の腕前を発揮して王知事を娯しませるので、知事はもちろん、邸じゅうの者に好かれるようになった。

そうこうするうちに春がめぐって来た。王知事は郭京、楽和を従えて建康切っての遊楽の名所、燕子磯《えんしき》に遊山としゃれ込んだ。酒もたけなわとなった頃おい、傍らを二人の佳人、十五、六の若衆と侍女とを従えて、しとやかに歩を運ぶのが目にとまった。若くて色好みの王知事のこと、のどから手の出そうな顔をすれば、男色に目のない郭京も、供の若衆によだれを流す。つれて来た汪五狗に、

「どこの女子か、つきとめて来い」

と命じる。楽和は色をなして、

「良家の子女と察せられます。滅多なことをなされては、閣下のご体面にかかわりますぞ」

とたしなめたので、王知事はそのまま思いとどまったが、郭京の方は俄かに不機嫌になり「酔いを醒ましてくる」と言って、プイと立ち上がり、ぶらぶら歩き出した。しばらく往きつ戻りつしていると、例の二人の佳人、運よく戻って来て船に乗り込むのが見えた。ところが、その船頭は、以前から邸《やしき》に出入している顔見知りだったので、うなづいてとって返し、再び杯をとり上げた。

したたかに酔った郭京、その夜は眠りこけて明け方に目を醒《さ》まして思う。

（いまいましい尹文和の奴、親切心からつれて来てやったのに、余計なことをして興をそぎやがる。そのうちに因縁をつけて叩き出してくれよう。それにしても、あの若衆のかわいかったこと、何とかして手に入らねえものか……）

妄想にふけることしばし、夜が明けると汪五狗に命じて船頭のところへ走らせた。五狗は間もなく帰って来て言う。

「船頭の話では、何でも花といって、やはりお役人の家柄。雨花台に住んでいるそうですが、それ以上は判らぬとのことです」

聞いた郭京、朝食をすませると、さっそく汪五狗を連れて雨花台に向かう。自分で探し出そうという肚《はら》である。ぶらぶら歩いて行くと何たる幸運、向うから彼の若衆が馬に乗ってやって来るではないか。これぞ天のお引き合わせ、と喜んで声をかける。

「これはこれは、花のお坊ちゃん。昨日はお楽しみでしたな」

「遊びに行ったのではありません。父の墓参ついでに磯辺を通ったまでです」

「それはそれは。お住まいはこの辺りで」

「ほんの五、六町さきです」

なおも、あれこれ話しかけようとすると、

「急ぎますので、これで失礼」

と、馬に一鞭《ひとむち》あてて行ってしまった。後を見送った郭京、気のすまぬまま、その方角へなおも歩いて行くと、庵があったので、入って茶でも所望しようかと思っていると、一人の老尼が出て来た。この老尼なら、花家のことを知っているかも知れぬ、と急に思いついて声をかけ、案内されるままに中へ入って聞けば、この尼は素心といい、花家はこの地の郷士で、主人はすでに亡くなったが、花夫人はこの庵の施主であり、しばしばお詣りに来るという。なおもたずねると、老尼は声をひそめて言う。

「旦那さまは梁山泊から帰順された方で、坊ちゃんは十六におなりですが、なかなか利発な方。ほかに秦《しん》という叔母さまがおありですが、この方もいまは、やもめ暮らしです」

とべらべらしゃべる。なるほど、では花栄の家族だったか、それなら打つ手はあるわい、と早くも悪企みを抱きながら、庵を後にした。

帰って来た郭京、さっそく王知事に会って話せば、王知事もまた二人の美人に一目惚れしていたので、喜んで耳を傾ける。郭京はここぞと膝を乗り出し、

「梁山泊の残党がいま再び事を起こし始めているので、朝廷では厳重に取締まる方針です。だから、兵を出して逮捕し、やしきに連れ込んでしまえば、もうこっちのものです」

と言えば、王知事はもう目ざす女が手に入ったような顔つき。

「ただ、うとましいのは尹《いん》文和の竪造です。落度を見つけて追い出さないと、そのうちにかぎつけて奥さまにでも告げ口されたら、ことですぞ」

「判った。東京へ手紙を出す予定があるので、あいつをつかわすとしよう」

相談はまとまり、尹文和こと楽和を呼んで言い付ける。楽和にとって東京は最もニガ手の所、かといって、命令を聴かぬ以上、このままここに居すわるわけにも行かぬので、

「ご厄介になって半年以上、そろそろお暇《ひま》をいただいて江北へと考えていたところです」

と婉曲《えんきょく》に断わったものだから、王知事、郭京ともにこれ幸いと、十両の餞別《せんべつ》を出して、態《てい》よく邸から追い出した。

翌朝、郭京は一隊の兵を引きつれて花家に出向き、花夫人、秦夫人、花公子を召し捕り、知事邸の東の館の二階に閉じ込めた。しばらく経って郭京はやって来て、おためごかしに言う。

「梁山泊の残党は捕えて東京へ護送し、家族は官に収めて奴婢《ぬひ》とするのが定めですが、奥さま方のお心持次第で、つらい目を見ずに済みますぜ」

「……」

「王知事は、いたく秦夫人にご執心、しかも正室を近ごろ亡くされているし、秦夫人にはお子さまもないのですから、いかがでしょう。王知事におかしづきなされては。若さまはこのままこの邸にあって、勉学なされればよろしいのではありませんか」

聞いた秦夫人、眉を逆立て、

「貞女は二夫にまみえずとか。そのような辱《はずか》しめを受けるくらいなら、むしろ死を選びます」

と怒り、とりつくしまもないので、郭京はすごすごと下へ降りて行くほかはなかった。二人の夫人は身の不幸を嘆き、いっそ自害を、と言うのを聞いた花公子、

「これは朝廷の方針云々にかこつけた、知事とあいつの陰謀です。死ぬことはいつでもできます。もう少し様子を見ましょう」

と言うので、死ぬのは一応思いとどまる。やがて女中が食事を運んで来たので、

「ここの奥さまは、いつ亡くなられましたの」

とたずねたが、女中は笑うばかりで返事をしない。

花夫人が再三問いただすと、やっと口をきいた。

「奥さまはいらっしゃいますが、亡くなったことにしておけという、きつい命令なのです」

「この苦しみを奥さまに訴えたいのです。どうかお目にかからせて下さいまし」

「それはできかねます。けれども、あなたさまは操《みさお》の堅い方、どうあってもなびかぬことを、直々に殿さまに申上げられては?」

そう言い残して女中は下へ降りた。いら立った花公子、すぐにもとび出して行きたいが、階下には見張りがいて、それもできないので、いたずらに拳を握ってみるばかり。

こちらは知事邸を出た楽和、江北へ行くというのは、元よりウソなので旅籠《はたご》を求めて落ちつき、まず有名な雨花台を探勝しての帰り道、のどのかわきを覚えて例の小庵のところまで来ると、どこかの下僕と思われる老人が老尼に、

「うちの奥さま方三人が、王知事に捕えられてしまいました。どうしたらよいのでしょうか」

と泣いて訴えている。老僕は、楽和の姿を認めたので口をつぐんだが、しきりに首をひねっている。

「爺さん、わしに見覚えがあるのかね?」

「はい。うちの亡くなった旦那さまのお知り合いに、どことなく似ていらっしゃるので」

「その旦那さまというのは?」

「花栄と申します」

聞いた楽和は驚いた。梁山泊の仲間なのである。

「わしは楽和だ。読めたぞ」

といって先日の燕子磯の一件を物語り、救出の約束をしたので、老僕は喜んで手を合わせる。そこへやって来たのが汪五狗、楽和がすばやく物蔭に身をひそめて聞いているとは知らず、二夫人に説教してもらいたいという郭京の頼みを伝えに来たのである。

そこへ楽和が顔を出すと、汪五狗はびっくりしたが、

「王知事が人をよこして、そのことで相談があるので戻って来いといわれたのだ」

という楽和のことばを信用した上、花家の老僕に酒を買って来させて振舞ったものだから、気をよくして、

いろいろなことをしゃべり出した。郭京の人づかいが荒く、人間扱いをしてくれないので逃げ出したいのだが、路用もないので我慢していることから、庵主を呼んで、なびくよう説得してもらうこと、王知事と郭京とはいま不在であることなど、洗いざらいにブチまけた。

聞いた楽和、「これは、ほんの気持だが」と二両の金を汪五狗の袖の中へ押し込んだところ、汪五狗はそれを押しいただき、

「尹《いん》さまが、こんなよい方なら、あっしはもうたとえ火の中、水の中、仰《おお》せの通りにいたしやす」

と手放しの喜びよう。楽和は、ちょっと厠《かわや》へ、といって老僕に目くばせして連れ出し、

「王知事と郭京とが留守とあれば絶好の機会、お前さんは家中の金目の物をとりまとめ、舟を用意して今夜、秦淮河《しんわいが》の河っぷちで待っていてくれ。わしは三人を救い出してくる。ぬかるなよ」

老僕は承知して立去り、楽和は、すっかり気分をよくした汪五狗、庵主ともども知事邸に向かった。邸の者は楽和の顔を見てびっくりしたが、そこは平素人気のあったこととて、だれも疑わない。

「この間、燕子磯ではよく顔をおがまなかったが、そんな美人かい。ひとつ、わしにも目の保養をさせてくれ」

と言うと、汪五狗、

「尹さまが、それほどさばけた方とは知りませんでした。さ、どうぞ」

と、これまた少しも疑わず、二階への戸を開けて楽和と庵主を通す。楽和は二階へ上がったが、両夫人、花公子とも面識がないので不安の様子。そこで手短かに名乗りを上げて、ここへ来たいきさつと、救出方法とを物語ったので、三人はようやく安心した。

夕方になった。食事をすませた楽和は、汪五狗の部屋を訪ねて、ブラ下げていた徳利を渡せば、酒に目のない五狗は喜んで、さっそく手酌でやり出す。と見る間にそこへブッ倒れて前後不覚の態。その腰から鍵をとった楽和、二階への戸を開けて、

「嫂上《あね》、坊ちゃん、早く」

と呼ぶ。三人が下りてみると、汪五狗も二人の侍女も死んだように眠りこけているのは、いわずと知れた

シビレ薬のせいである。外へ出れば折もよし朧《おぼ》ろ月夜、河畔には老僕が舟を用意して待っていたので、それに乗り込む。

「北の方角は、わたしにとっては鬼門、杭州が一番よいと思われますので、彼の地にしばらく落着いて様子を見ましょう」

という楽和の言葉に、母子三人は「万事よしなに」と頭を下げる。舟は進んで竜江関から鎮江、水門口、姑蘇《くそ》、呉江へと。そこで舟がかりしようとしたところ、俄《にわ》かに大風が吹き起こって大湖の水が向うから押し寄せ、舟は一向に進まぬ。

折から二艘の小舟が二丁櫓《ろ》を操って矢のように漕ぎ寄せて来る。へさきには一人の壮漢、手に三又の漁叉《やす》を手に、ヒューッと口笛一つ吹いて船頭を水中に突き落とす。二夫人は肝を潰《つぶ》して寄り添い、楽和と花公子は盗賊ご参なれと身構えれば、件《くだん》の壮漢は早くも舟の中へ躍り込み、腰の刀を抜いてふりかざしたが、立ちはだかった楽和を見て、

「そこの大男、おぬしは誰だ！」

とどなる。その声を耳にした楽和も叫ぶ。

「なんだ。出洞蛟童威《こうどうい》ではないか、わしだ、わしだ。鉄叫子《てっきょうし》の楽和じゃよ」

「月もかすむ夜空、すんでのことに兄弟を殺《や》るところだったわ」

と壮漢は刀を腰に納める。

「童の兄い、舟には花栄兄いの奥さんとご子息がお揃いだ」

「それはそれは。話はあとにして、とにかく太湖へ行こう」

と先に立った。彼の壮漢、いうまでもなく梁山泊生き残りの豪傑の一人、童威だったのである。見えぬ運命の糸は、こうして、かつての同志たちを一人また一人と、たぐり寄せては集結させて行く。その先に何があるのか、何が起こるのか、それは当人たちにも、かくいう訳編者《わたくし》にも判らない。作者陳忱《ちんしん》の墨壺の中にあるばかりである。手に汗を握って物語の展開に期待しようではないか。

五　李《り》俊《しゅん》ら、太《たい》湖《こ》で悪ボスを懲らし、元《げん》宵《しょう》の夜に捕えられ脱獄

お話かわって、こちらは混江竜李俊、もと潯陽江《じんようこう》の漁師だが、方臘征伐から無事凱旋《がいせん》すると、病いと称して官職を離れたのは、いっそ賢明な身の処し方といえた。宋江に暇乞《いとまご》いした彼は、生まれ故郷に落ちつき、曽《かつ》て太湖で義を結んだ赤鬚竜費保《せきしゅりゅうひほう》・捲毛虎《けんもうこ》倪雲《げいうん》・太湖《たいこ》蛟高青《こうこうせい》（上青）・痩臉熊狄成《そうれんゆうてきせい》の四人の男伊達《おとこだて》を訪ね、舟をわが宿としては、日夜酒を飲んで楽しんでいたが、あるとき李俊は切り出す。

「わしは幸いに少しは目先がきいたお陰で、朝廷に巣食う奸人ばらの毒手にかかることもなく、こうして兄弟たちと楽しい毎日を送ることが出来ているのは嬉しい。水村は静かであるが、どうも土地がじめじめしていて気に入らねえ。どこか、からりとした場所を見付けて家を建て、永住しようじゃねえか」

「兄い。それはいいところに気づいた。元来、太湖の中には七十二峰あり、そのうち東山と西山とが高くて広く、人もたくさん住んでいるので、このうちの西山に居を構えるとして、まず見物に行こうじゃありませんか」

と費保が賛成したので、一同舟に乗って西山へ出掛ける。なるほど景色もいいし、人家もたくさんある上に、土地も肥えていて果物や野菜も豊富だし、松や竹も生い繁っている。そこで湖畔の土地を買い受け、ささやかな家を建て、家族持ちもそれぞれに居を構えた。特に李俊は「旦那」と呼ばれて土地の人の尊敬を一身に集めるに至ったのである。

この湖中の住民は、いずれも太湖でのすなどりをなりわいとしているが、網舟だけは大資本がないとやれない。そこで李俊は兄弟たちと出資し合って四隻の網舟を買い入れ、漁師を傭《やと》って漁をやらせることにしたが、この舟の稼ぎ時は秋冬の候、それも西北の風の強い時と限られていた。風が強くないと帆が張れないからである。

ある十一月の日、強い西風が吹いて来たので、李俊と兄弟は、すなどりの実地見学かたがた網舟に乗り込んだが、夜に入ると風がやんだので北方の縹緲山の蔭に舟がかりした。翌明け方に雪が降り出したところから、雪見としゃれ込んで頂上に登り、車座になって一杯やっていると、突然、大音響とともに大きな火の塊りが、空から山麓《さんろく》に向かって落ちるのが見えた。一同びっくりして早々に酒宴を切り上げて山を下りて見れば、こはいかに、一丈あまり雪の地面が焼けて融け、一枚の石板があった。

長さ一尺、幅五寸、白玉さながらで、何やら文字らしいものがある、読めば何と、

「天に替りて道を行ない、久しく忠義を存す。金鼇《きんごう》の背上、別に天地あり」

とあるが、一同何のことやら判らぬが李俊、

「これは明らかに天が霊異をお示しなされたのだ。〈天に替りて道を行なう〉とは以前に梁山泊の忠義堂の前に立ててあった旗に大書してあった文句、わしらが以前にやったことと符合する。あとの金鼇云々は、何のことかわからぬが、とにかく持ち帰って供えておくとしよう。後日、何かの霊験があろうやも知れぬ」

ハッキリは判らないものの、何かの前兆のような気がしたので、うやうやしく持ち帰って安置したのである。

ところで太湖の北岸に丁自燮《ていじしよう》という郷士がいた。福建の知事だが、親の喪のために帰郷しているのである。彼の悪名高い都の蔡京《さいけい》の弟子だけあって、狡猾《こうかつ》な上にワイロとりの親玉、在任三年間に土地の皮まで剝《は》ぎとる悪たれ、人は巴山蛇《はざんじや》と呼んで忌み嫌っていた。太湖の近くの常州の知事は呂志球《ろしきゆう》といって、これまた悪という点では丁といい勝負、悪同士ウマが合ってか、とても仲がよい。さて丁の奴、ひまなのでつらつら考えてみると、役人時代とかわって誰もワイロを持って来ないので、ひどく物足りない、うまい儲《もう》け口はないかと考えた末、呂知事に頼んで布告《ふこく》を出してもらった。

「この太湖の北部水域は丁家の所有であるから漁獲を禁止する。もし違反する者があれば重く罰する」

この布告のおかげで太湖の半分以上は丁のものとなり、もし越境する者があると、荒くれ者の下僕をやって網を引き千切り、捕えて片っ端から役所に送っては呂知事に処罰してもらうようになった。小さな漁船は泣きながらも心得て北太湖には行かなくなったが、例の網船ばかりは全くの風次第、風に乗ったが最後、とめようとしてもとまるものではない。そこで漁夫たちが思案に困って泣きつくと、丁は、

「では鑑札を与えて許可制にする。その代り、漁獲高の半分は入域料として出せ」

全くの濡れ手に粟で、丁はボロ儲けできるようになったので大満悦だが、肚の納まらぬのは李俊とその兄弟の費保・倪雲・高青・狄成・童威・童猛の七人、一泡ふかしてくれようと網船に乗り込み、北をさして真っしぐら。近付いてみると十隻ばかりの小舟に、それぞれ四、五人ずつが乗り込んでいるのは見張りと覚えた。李俊らの船が鑑札を持たぬので、

「この盗っ人どもめ、丁家の縄張りと知っての殴り込みか」

とどなるが、費保はせせら笑って、

「何をっ、この下郎ども。ここはみんなの湖だ。ひとり占めしてやがる巴山蛇めの面の皮を、どうあってもひんむいてやらにゃあ気がおさまらんわい」

とののしれば、舟の連中は一斉に手鈎《てかぎ》をふりかざして網を引っかけようとする。費保らの面々もこれに応じて棹《さお》を手に、突くやら叩くやら。所詮は敵うべくもなく、小舟側の三隻は引っくり返って十人ほどが水に落ちてしまった。と見た李俊は、

「勝負あった。船を戻せ」

と命じ、一同、溜飲《りゅういん》を下げて引揚げる。納まらないのは小舟側の奴《やっこ》たち。ことの次第を丁に訴えると丁は

「梁山泊の残党ども。向うから虎のひげを抜きに来おったか」

と、さっそく常州府の呂知事に訴え出た。呂知事、すぐにも逮捕、とは思ったが、相手は何しろ勇武のほまれ高い梁山泊の徒、一筋縄では行かぬと見て、計略をめぐらすこととした。それはやがて来る元宵節に、各戸はすべて賑々しく燈籠を出して豊年を祝えと布告を出す。そうすると、連中は自分の胆っ玉の太さを恃《たの》んで見物にやってくるであろうから、その時を狙《ねら》えば、わずかの人数で捕えられる、というのであった。

こちらは李俊ら、胸はスカッとしたが、呂知事と丁のことだから、このまま済むとは思えない、とにかく相手の出方を見ることにして、当分は再度の手出しはひかえよう、ということに決めた。

いつしか年も改まって、はや元宵節《げんしょうせつ》、十三日夜から十八日夜にかけて、常州の町は大変な賑《にぎ》わいである。李俊たちの間にも、常州府は呂知事と丁の縄張りだから、なにか仕掛けられるかも知れぬ、この際は遠慮した方がよいのでは…という慎重論もあったが、前の事

太湖全図

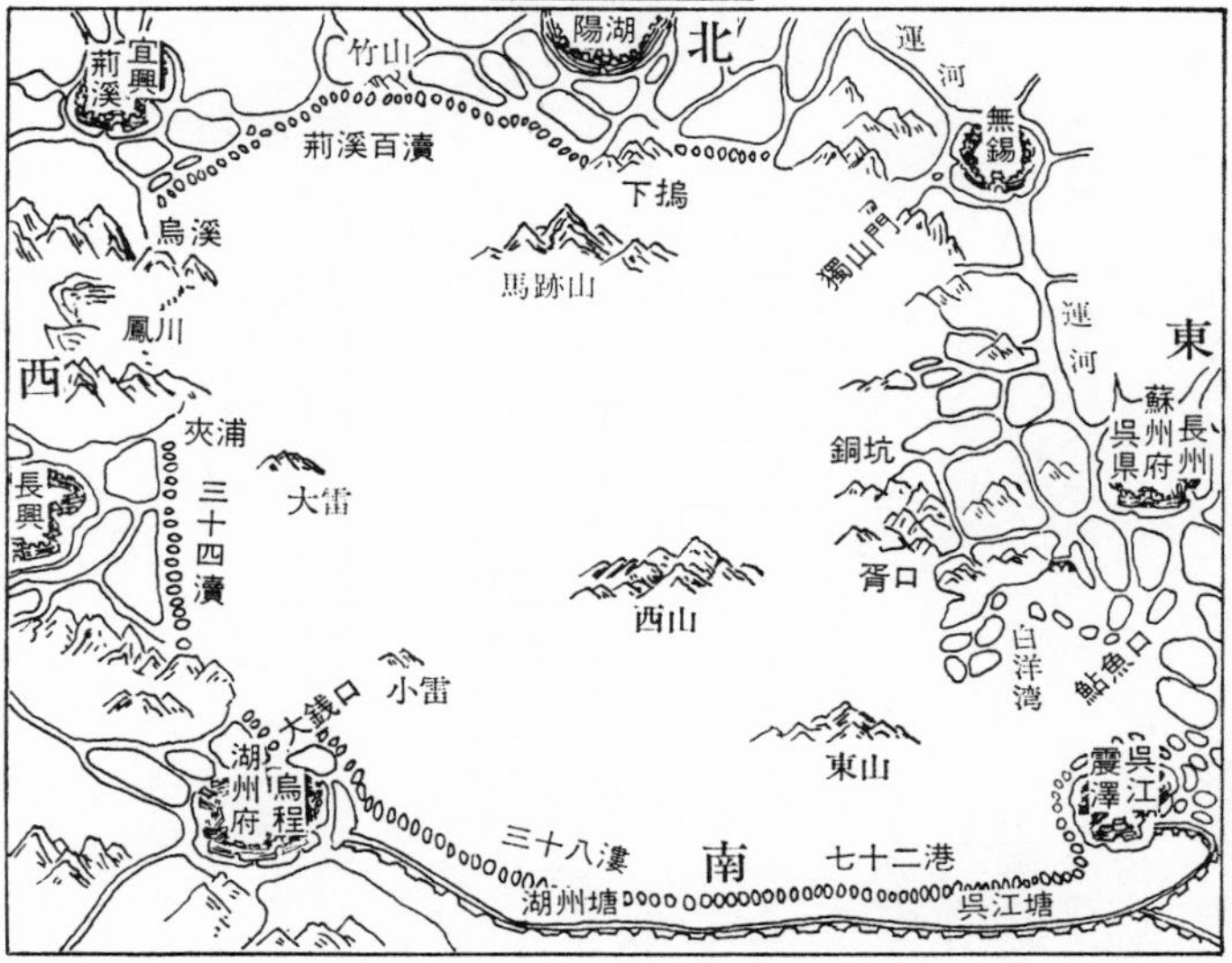

77　　李俊ら，太湖で悪ボスを懲らし，元宵の夜に捕えられ脱獄

件で報復を恐れて常州へ足を踏み入れもしなかったとあっては、男伊達の名にかかわる、という勇ましい意見が大勢を制した。

十五日の朝が来た。兄弟七人は二艘の舟に分乗して出発、常州府の外れに舟をつないだが、万一の場合を考えて童威、童猛兄弟は舟に残り、日が暮れたら城門で立ち番をすることとし、李俊ら五人は懐中《かいちゅう》に匕首《あいくち》をしのばせ、混雑にまぎれて町へ入った。

町の中は、くまなく燈籠が飾られて昼間のよう。人出もまた大変なものである。一同は、しばらくそぞろ歩きしたのち、一軒の居酒屋に上がり込んで酒盛りを始めた。やがて四つどき（十時ごろ）になったので、倪雲と高青、

「そろそろ引き揚げようではないか」

といったが、狄成、

「まあよいじゃないか。もう少し、まだ城門は閉まるめえ」

と、なかなか腰を上げようとはしない。そこで倪雲と高青の二人は、

「じゃ、お先に。城門の下で待っている」

と出て行った。すぐそのあと、二人の黒衣の男が入って来て残る三人の顔をながめたが、

「あ、これは失礼、人違いでした」

と言って、そそくさと出て行ったが、三人とも盃を口に運ぶのに忙しくて気にもとめなかった。実は黒衣の二人、お察しの通り、役所の探索方だったのだが…。

ほどなく踏み込んで来たのは、四十人もの捕方である。「しまった！」と三人、慌てて逃げ出そうとしたが、ときすでに遅く、李俊・費保・狄成の三人とも捕えられてしまった。そのまま牢に放り込まれたことは、いうまでもない。

こちらは一足先きに居酒屋を出た倪雲と高青、城門のところまで来ると、知事の急な命令だといって、城門は閉まりかかったので、慌ててとび出す。外には童威と童猛が待っている。

「ほかの兄弟は？」

「まだ酒を飲んでいるわい。だが、城門が急に閉まったのが気に入らねえ。残っている兄弟たちの身に変わったことがなければいいが…」

ここでヤキモキしても仕方がないと、四人は舟まで

一応もどった。夜が明け、開門を待って城内へ入ってみると、早くも人のうわさ。

「ゆうべ、梁山泊の残党三人が捕えられたそうな」

四人はびっくりしたが、一緒にいては人目につき易い。そこで、あまり顔の知られていない童威一人が残って様子を探り、他の三人は舟に戻って結果を待つことにした。

童威は牢に行き、牢番に鼻薬をきかせて面会を求めた。李俊と費保、

「兄弟、おめえさんの心配した通りになっちまったよ。面目ねえ。だが、あいつらの狙いは、いくらかでもせしめようという点にあると、わしはにらんだ」

「かも知れん。とにかく帰って金の工面をするからしばらく辛棒《しんぼう》してもらいてえ」

童威は、とりあえず十幾両を牢番に渡して三人の世話をよしなに頼み、舟に戻った。

行きはよいよい、帰りはこわい、で、四人は意気消沈して西山に戻って来た。急いで金をかき集めると二千両ほどになったが、そのまま持って行くのもシャクと、そのうち百両だけを携《たずさ》えて常州府の牢に行くと、李俊は言う。

「何と、一万両耳を揃えて出さなけりゃ釈放しねえと吹っかけて来やがった。そこで、さんざん値切って三千両に負けさせたところ、十日以内に持参しろとぬかしやがるんだ」

「わしには、とうに判っていたので、ありったけ掻き集めてみたが、二千両しかねえ。不足分は帰ってから何とかして工面しよう。とりあえず、この百両を係の書き役にやって、期限をのばさせるとしよう。十日以内に、また来るからな。待っていてもらいてえ」

童威はそう言って西山に戻り、一同に次第を話した末、

「わしには一つ思案がある」

という。その思案というのは、

「むかしとった杵柄《きねづか》、これしかねえ。わしと弟とは蘇州あたりに出向き、倪、高ご両人は湖州方面へ出張って、通る奴からいただくとしよう」

つまり、強盗を働こうというのである。ほかに方法はないので、一同も賛成した。蘇州方面に向かった童威、童猛兄弟が、楽和、花公子の舟を金持ちの舟と睨

んで押し込みを働いたため、はしなくも両方のかつての梁山泊の同志の再会とは相成った次第。

　童威はそこで、楽和らの舟の先に立ち、追風に乗って西山へ戻ったところへ、倪雲と高青も帰って来た。双方、これまでのいきさつを話し、李俊らの救出について相談すると、しばらく黙って考えていた楽和、やがて、にっこりと笑って言う。

「いい考えがある。金なら花家の姉上がお持ちなので、それを借用すれば間に合う。だが、悪党にやってしまう手はねえ。今夜はゆっくり休んで、あす大船二艘を仕立てて常州へ向かうとしよう」

　聞いた一同、何のことやら判らないが、楽和が自信あり気なので、それに任せることにして、その夜は寝についた。翌朝未明、楽和は花公子に言う。

「きょうは一つ、どうあっても坊ちゃんのお力を借りてえんです。あなたは王《おう》右大臣の息子になりすまし、かくかく、しかじか」

　と口上を教え、童威と童猛は下僕に身をやつし、楽和自身は用人、倪雲、高青は従者となり、身にはそれぞれ匕首を呑んで船に乗り込んだ。

　常州府へ着くと四人かきの大轎《おおかご》を雇い、花公子は美美しい衣服に着換えて乗り込む。楽和は手に二つ折り、真っ赤な大型名刺を捧げて府庁の門を入り、取次を呼んで刺を通じさせた。呂知事、それを見ると慌てて出迎えたが、タテから見ても、ヨコから見ても、一点非の打ち所もない名門の子弟なので、すっかり信用してしまった。

「して、若殿は如何なるご用にて当地へ？」

「私はずっと建康の兄の許で学問をしておりましたが、父から〝呂知事は名門の裔、加えて文名世に隠れもない高士、訪ねて師と仰げ〟との言いつけ。幸い母が天竺寺へ参詣したいとのことゆえ、その供をして、かくは参上した次第です」

　と、よどみなく述べたので、呂知事は、このような立派な貴公子の門下生ができたこと、権門に手蔓《てづる》ができたことで大喜び、では早速、母堂さまに敬意を表しに…というのを押しとどめて、その場は退散した。船に戻った花公子一行、知事がやがて答礼に来るものと見越して計画をめぐらす。

　案の定、ほどなく知事は大げさな供揃いで船までや

って来た。花公子は舟から降りて出迎え、

「船中は手狭《てぜま》、まずは、あれなる場所にて」

と接官亭に導き、主客がそれぞれ座を占めた。と、知事の傍にすり寄った童威、童猛の兄弟、知事の上衣の袖をしっかと捉え、匕首を抜き放って、その首に当ててすごんだ。

「じたばたしやがると命はねえぞ」

知事は仰天して三十枚の歯は根も合わず、ただふるえるばかり。救援に出ようとした従者も、知事の首筋に白刃が当てられていては、うかつに手が出せない。

「やい知事、てめえ、よくも兄弟を捕えて、あこぎにも大金をゆすりとろうとしやがったな。牢内にいる三人を、いますぐここへ連れて来るなら、命だけは助けてやらあ。万一いやとでもぬかしやがるなら、てめえの首はここで胴体から離してやる。ついでに、そこのヘッポコ野郎ども、一寸《ちょっと》でも動いてみろ、知事の命はねえぞ。さあ、知事の野郎、性根を据えて返事をしやがれ」

楽和が叫ぶと、知事、

「ま、まってくれ。三人はすぐ連れてくるから、命だけは助けて…」

と、さっそく、ふるえる手で三人の釈放書を書いて下役に渡せば、ほどなく牢から出された李俊らがやって来た。

「これでよかろう。もうわしを放してくれ」

と知事は哀願したが、楽和は赦《ゆる》さない。

「あわてるな。おめえは丁の野郎とグルになって、勝手な運上金をこしらえ、しこたま儲けやがったな。それを出せ」

知事は仕方なく、夫人に手紙を書いて小役人を走らせたところ、夫人も夫の一命には代えられないと、家中の有り金をはたいて持たせる。

「もうよいではないか。帰してくれ」

と知事は額を地にすりつけて頼んだが、楽和はまだ離そうとはしない。

「命までとろうとはいわねえ。もう一働きしてもらおう。あの丁という奴、どうも気に入らねえから、おめえと一緒に行って、キッパリかたをつけよう。そしたら自由にさせてやらあ」

知事は仕方なく同行したが、倪雲と高青が相変わらず、匕首を見えないように脇腹に当てたまま、そばにくっついているので、うかつに助けを求めることもできない。

丁は、ちょうど家にいたが、知事の急な来訪と知って大あわて、傍らに目の鋭い壮漢がくっついていることに、何の不思議も感じない様子である。挨拶がすんで双方が座についたとき、我慢し切れなくなった費保、狄成の二人は、隠し持った匕首をひらめかせて丁の両側に駆け寄り、両腕をとらえて叫んだ。

「この野郎、金を払いに来てやったぞ。金は金でも延べ金だあ」

丁の顔は早くも土色、魂は宙にとんでしまい、

「こ、これは一体、どうしたことで…」

と舌を引きつらせれば、李俊は、ここに至ったいきさつを手短く語って聞かせる。

「てめえを殺すなんざあ、犬っころを殺《や》るよりたやすいわい。しかし、こっちの条件を三つばかり聞くなら、命だけは助けてやるが、どうだ」

「三つはおろか、三十でも仰せに従います」

「いい覚悟だ。じゃあ、てめえが役人をしていたころに人民を泣かせて貪った金と、湖を勝手に私有して捲き上げた金、しめてどのくれえになるか、言ってみろい」

「十万両ほどになります」

「俺たちにゃあ一文も要らねえ。今年は凶作で、人民は税金を納めかねているので、てめえの金をそっくり、それに充《あ》てるのだ」

そして呂知事に、

「おめえは書記に命じて、丁の奴が今年の年貢を代納する旨の告示を百枚ほど書かせ、方々に貼り出す一方、人民に受領証を出すんだ。これが第一」

さらに丁に言う。

「おめえの倉には、米がどれくらいあるんだ」

「三百石余りです」

「近くの小作人を呼び集めて、彼らに分配しろ。これが第二。第三は、今後、太湖の魚を独り占めしちゃあならねえ。これまで大小の漁船から取り立てたあがりは、倍にして返すこと。判ったか」

丁は黙って叩頭《こうとう》するばかり。二人が言われた通りに処置するのを見届けた上で、呂知事と丁とを連行して

船に戻り、帆を上げて立ち去る。湖の中の、とある洲に二人をおっぽり出した。残された二人は、驚きと口惜しさの余り、ブツブツこぼしていたが、やがて尾行して来た供の舟に拾われて、やっと人心地がついた。

西山へ引揚げた一行、事の無事、いや、予想以上のうまい落着に、互いに肩を叩き合って喜んだ。きょうの上首尾は、すべて楽和のおかげと、李俊は楽和を拝謝する。

「おぬしに、こんな知恵があろうとは、全くお見それした。それにしても、なぜあの丁の野郎を殺《や》ってしまわなかったんだ」

と言えば、楽和は答える。

「いやいや、あんなケチで欲の深い奴にとって、財物は自分の生命や身体と同じぐらい愛着があるもの。それを一度に奪われたのだから、その腹立だしさ、口惜しさは、とてものことじゃねえ。それをこれから一生の間、思い知らされるんだから、これは一思いに殺されるよりも辛えことだ。それに奴は、悪たれとはいっても高い位にある役人、それを殺《や》っちまったら、事は大きくなる。ま、あのへんのところが手ごろな処置さ」

聞いていた一同、手を打って感心する。そこで祝いの酒宴となったわけだが、席上、楽和がまた切り出す。

「兄弟衆、聞いてくれ。呂知事と丁の野郎、このまま泣き寝入りするはずはねえ。俺たちとしても手だてを考えておかなけりゃ」

「大丈夫ってことよ。ここなら漁師を集めりゃ三、四百人にはなるし、太湖は広え。ひとつ、ここに一大山塞を作ろうじゃねえか」

と費保は意気込むが、楽和は首を振る。

「なるほど太湖は広いが、何といっても袋小路。湖の入口を塞いで蘇・湖・常三郡の兵が押し寄せて来たら、いくさに馴れねえ漁師なんぞ、一たまりもあるめえ」

「もう一ぺん梁山泊へ立籠るとするか」

「いや、あそこにはもう大きなことをやる地息《ちいき》がなくなっちまったので無理だ」

聞いていた李俊、

「楽兄いの言うことは尤《もっと》もだ。彼奴らはきっと仕返しをしに来るだろうが、それも三、四日のことじゃあるめえ。とにかく、このたびの大難をのがれたのはありがたいこと。亡き宋江兄貴はじめ、あの世にいる兄弟衆の加護のおかげだ。今夜は思いっ切り飲んで、長久の計は、あす考えるとしよう」

というので、一同それに従って痛飲した。

宴が果て、李俊は寝床に入ったが、なかなか寝つかれない。夜中ごろ、うとうとしていると一人の大男がやって来て言う。

「李俊どの。星主宋江どのが山塞でお待ちです。手前がお迎えに参上しました」

宋江の招きと聞いて李俊、起き上がって仕度をし

「舟の用意を」というと、大男、

「いや、舟は無用。空を飛んで参りましょう。用意してあります」

外へ出てみると、なるほど金色のうろこを持った一匹の大蛇がいる。それにまたがって空を飛んで行くと、ほどなく梁山泊は忠義堂の前に下り立った。見れば忠義堂は、以前と変わって輝くばかりの壮麗さ。中央には宋江、左右には呉学究、花知寨がひかえている。

「弟よ。わしは天宮でいま安穏に暮らしているが、むかしの住いが懐しく、時折り兄弟たちとここへやって来ている。わしは不幸にも非命に斃《たお》れたが、君の前途は洋々、どうかわしらのやり残した仕事を仕上げてもらいたい。天に替って道を行ない、忠義の心を忘れぬことだ。ここに四句の詩がある。のちのち霊験があるはずだから、よく覚えておいてほしい」

宋江はそう言って読み上げる。

「金鼇《きんごう》の背上に蛟竜起こり
徼外《とつくに》の山川は気象雄なり
罡煞《こうさつ》（天罡、地煞）算し来れば一半を存し
尽く玉闕《ぎょけつ》に朝して皇封を享《う》けん」

李俊がそれを口ずさんでいるうちに、あたりは暗黒となって忠義堂も宋江らも消え失せ、やがて李俊は気がついた。これ一場の夢だったのである。見れば残んの灯がまたたき、外にはようやく暁《あかつき》の色があった。

一同を起こして夢のお告げを話して聞かせたが、ふと気づいてみると「金鼇の背上」という文句は、いつぞやの石板の文字とぴったりではないか。知恵者の楽和が言う。

「宋江兄貴の英霊は、なおわしらの上にあり、冥加

を垂れておられる。ゆうべは、いい考えが浮かばなかったが、この詩は、わしらは外国へ出掛けて一旗あげた方がよいと教えてくれているんだ」

「わしも同じ考えだ。海外は広い。わしらが存分に活躍できる場所もあるに違えねえ。兄弟たちは、みな水の上の手だれ。こんな所で小人ばらと角突き合ったって始まらんわい」

一同「それはいい」と賛成する。だが、このとき、李俊らがシャムに渡って、シャム国を手に入れ、李俊がその王になろうなどとは、神ならぬ身、夢にも思っていなかったのだが、この詩は、それを予言していたのである。

ともあれ、善は急げと、四艘の網船を船よそおいし、二百人ほどの元気な漁師を撰りすぐって商人に身をやつさせ、家財をまとめ、家族ともども乗り込ませた。呉淞江《ウースンこう》を出ると視界はたちまちひらけ、渺々《びょうびょう》たる大海原がひろがるばかり。そこで一応、船がかりして計画を練ることにしたが、気になるのは、この網船で大海の波濤を乗り切れるかどうかということである。そこで近くの浜辺にいた老人にたずねた。

「海へ出るには、どのくらいの大きさの船が必要ですかな」

「船の大小ではありませぬわい。造りが海に合うか合わねえかでがす」

「あの船で大丈夫だろうか」

楽和が、もやってある網船を指さすと、老人は、かぶりをふった。

「底が平たくて、へさきが丸いのは、波風に弱いんでさあ。海へ乗り出して五、六ぺんも波をくらったら、おしまいよ。旅のお方、あそこにある帆柱を立てた二艘の船をご覧なせえ。ああなくちゃあ海は渡れましねえ」

見れば、堂々とした船が二隻、向うに碇泊している。李俊、

「なるほど、やっぱり聞いてよかった。それにしても、あんな大きい船を新たに造るとなると、いつ出来上がることか判らねえ、はて、どうしたものじゃろうか」

楽和は、しばらく考えていたが、やがてにっこり、

「兄貴、心配はいらねえ。すばらしい船が二艘、さ

あ、いらっしゃいと、わしらを待ってござるわ、くよくよしねえこった」

「冗談はよせ。だれひとり知り合いのねえこの浜で、何を言い出すんだ」

六　李《り》俊《しゅん》ら、船を奪って金《きん》鼇《こう》島《とう》上陸、シャム国海軍を撃破して国都へ

すると楽和は、くだんの二艘の大船を指さして笑いながら言う。

「あれだよ、兄貴。あれを借りりゃいいんだわさ。たやすいことよ」

李俊も、ようやく察しがついた。そこで二人でその船に近付いて見ると、二人の毛唐の商人が人夫たちを指揮して荷を積んでいる。

「枢密府」と大書した旗を掲げており、日本への貿易船で、舟夫《かこ》、梢取《かじと》り合わせて百人あまり、明朝出帆と見えた。仔細を見てとった李俊と楽和、船にとって返して、ひそかに相談をまとめた。その相談というのは——

夜半になると、例の大船の連中はみな白河夜船である。費保と倪雲を先頭に、一同が船に乗り込み、喊声《かんせい》をあげる。毛唐、人夫は慌てふためいて逃げ出そうとするのを、片っぱしから十人あまりも斬って捨て、

「舟夫・梢取りは逃げちゃあならねえ。逃げる奴は命はないぜ」

と怒鳴れば、みんな大人しくなる。死骸を海中へ投げ捨て、血潮を洗い流すと、家族を網船から移した。


船内には、珍貴な品が山と積まれているのに一同大喜び、永居は無用と帆を張れば、船は折からの東北の風に乗って西南方へ出す。

海を航行すること一昼夜、陸の方に高山があり、かすかに鐘の音が聞こえて来る。舟夫の言によると普陀《ふだ》山《さん》の観世音菩薩の寺（浙江省《せっこうしょう》舟山列島）とか。信心深い花夫人と秦夫人の二人は、霊山と聞いて、お詣りしたいと言い出す。李俊も、

「おれたちゃあ、ずいぶん殺生したんだから、ひとつ後生を願い、死者の冥福《めいふく》を祈るとするか」

扈成だけが船に残って番をすれば、ほかは連れ立って上陸し、参拝をすませてまた船へ。また二日ほど行くと、浙江と福建の境の韭山関《きゅうさんかん》についた。陣代《じんだい》が兵三百と軍船十艘を率いて警備に当たり、倭国（日本）からの侵犯と、外国への密航者に備えているのだが、李俊らの船を認めると号砲一発、軍船を海上に一文字にならべ、自身は大刀を手にして舳先に突っ立つ。いまにも一斉射撃を命じそうな気配である。楽和は大声をあげた。

「待った。我らは枢密府の証明札を持参して、福建

へ琥珀《こはく》を買入れに行く者だ」

楽和は、先日、毛唐の商人から奪い取った墨付を、読んでも判らぬままに差出した。受け取った陣代、一読するや否や、

「ニセモノと決まった。ホンモノなら高麗へ行くはず、者ども……」

撃てえ！と言う間も与えず、こと露見したと見た費保、五つまたの魚叉《やす》を投げつければ、狙いたがわず陣代ののどを貫き、陣代は海中に落ちる。すかさず童威《どうい》、童猛《どうもう》、倪雲《げいうん》、高青《こうせい》の面々は一斉に躍り込み刀の鞘《さや》を払って斬り掛かれば、身のたけすぐれた一人の壮漢、敵味方を制し、

「早まるなっ！　かたがたは梁山泊の豪傑ではないのか、身覚えがある」

と言う。李俊、

「いかにも、わしは混江竜だ。それを聞いて何とする」

彼の壮漢、舟板の上に坐り込んで言った。

「何と、むかしのおかしらでしたか」

「貴公は、何者じゃい」

「何を隠しましょう。てまえは許義《きょぎ》と申して、浪裏《ろうり》白跳張順《はくちょうちょうじゅん》の手の者、張のかしらが方臘征伐で討死されてのちは、そのまま杭州に戻って汪統制の配下となって、この地に配属されたもの。梁山泊のお歴々のお顔はよく存じ上げておりますが、何年か経っていますので、お名前は失念しましたことをお許し下さい。ここへ来られましたのは何の御用で？」

「おれたちは奸党ばらのあこぎなやり方に我慢ならねえんで、どこかへ安住の地を見付けるつもりで船出して来たんだ」

「さようでごぜえますか。手前は長くここにおりますので、海路のことなら、おまかせ下せえ。お供をして、どこかいい場所を見付けましょう」

李俊は喜んだ。

「そいつあ願ったり叶ったりだ。したが、おめえは役人の身、勝手に行っていいのかい？」

「何の、役人なんざクソくらえでさあ。第一、ここの陣代の奴は、官物はごまかすわ、部下につらく当たるわで、三百人の兵卒はみな嫌気がさしております。奴を片付け、このわっしを頭に、どこかの島に落着こ

うと誘われたことも何度かありましたが、わっしは自分の才と力の及ばぬことを知っておりましたので、はやる連中をとどめておりました。悪たれの陣代は殺されてしまいましたので、かねての願いを果たすには、いい機会でさあ。李のおかしら、どうか、みんなを連れて行って下せえ。万事よろしくお願いします」

李俊、兵力は少ない上に武器も貧弱なのを心配していたところへ、いま三百人の兵が来り投じると聞いて大喜び。仕度金だ、と、かなりの金を分配してやると、兵卒もまた喜んで忠誠を誓う。その夜は陸に上がり、久しぶりに土の上の夢を兵舎で結んだ。

翌朝、風模様もよいので、許義の水先案内で十数隻の船団は進発する。空は晴れ、波もおだやか。好漢《おとこ》たちは一杯やりながら世間ばなしをしていると、突然、舳にいた楫取りが叫び声をあげた。

「大変だ。すぐ船を岸に廻せ」

舟夫たち、慌《あわ》てて帆を下ろし、力一杯、浜辺に漕ぎ寄せて錨を投げる。ノンビリ酒を食らっていた李俊たち、

「一体、どうしたんだ」

舟子たちは手をふって、

「黙って、黙って」

と言って沖を指さす。見れば山のような大波をあげて、一匹の大魚が巨きな背びれを立てて近づいて来る。船はさながら箕《み》をあおるように揺れに揺れる。

それを見た花公子こと花逢春、立ち上がって弓に矢をつがえ、満月の如く引きしぼり、狙いすまして切って放てば、みごとに大魚の目に突き刺さる。大魚、痛さの余り尾ひれで水面を打てば、湧き起る波は高き三丈、幅は十丈、そのしぶきで船中は水びたし。幸い錨でとめていたので転覆は免れた。許義はすかさず、者ども射よ、と命じれば、三十余の弓から一斉に矢が放たれる。件の大魚は身体中に針ネズミのように矢を立て、あたりの海水を染め、腹を空に向けて海面に引っくり返る。波もおさまったので二、三百の兵が熊手に引っかけて洲に引き揚げてみれば、頭から尾まで数十丈もあるシロモノ。

「これはクジラという奴です。手前どもは、しょっちゅう見かけておりますが、こんなのはまだ小せえ方で、でけえのになると、一ぺん息を吸い込んだら、こ

91　李俊ら，船を奪って金鼇島上陸，シャム国海軍を撃破して国都へ

んな船なんて奴の茶受けにもなりませんや」

と梢取りは大きく出る。李俊、

「それにしても花の和子《わこ》の弓の腕は、父親の知寨《ちさい》兄い譲りの神技だ。知寨兄いが初めて梁山泊に見えた折り、一矢で二羽の雁を射落して晁天王《ちょうてんのう》以下、なみいる一同を驚かせたことがあった。将の門には、それにふさわしい世嗣ぎが出る、とは、このことだ。もし、あの矢が、こいつの眼を射潰さなかったら、えらいことになっていたに違えねえ」

両の目だまをえぐり出してみれば一斗ますほどもある。

「こいつの中をくりぬいてギヤマン灯にしたら、さぞ明るいだろうな」

と楽和が言えば、一同は声を揃えて「それは妙案だ」と笑う。肉を切りとって煮上げたところ、うまいの何のって、しかも総勢五、六百人がみな食べあきるほど食べ、残りは塩漬けにした。このクジラ騒ぎのおかげで一日船がかりし、また二昼夜ほど行くと、突然、浅瀬に乗り上げた。許義は、

「ここは清水澳《せいすいおう》といってシャム国の領分です。この島は肥沃な上に景色もちょっとしたものです」

と言って李俊らを案内して上陸した。島をめぐらす山には樹木が茂り、そのふところには田野がひらけ、茅葺《かやぶ》きの人家が点在しており、牛、ニワトリ、ブタなどの多くの家畜から桃、李、麻、桑などもたくさん植えてあって、自からなる一天地。住民にたずねると、

「周囲はざっと十数里、戸数は千戸足らず、離れ小島なので、どこの支配ということもなく、したがって税金ということも知りません。すべてを自給自足し、みんな何不自由なく暮らしていますが、ここから五十里ばかり南に行ったところにあるシャム領の金鼇島《きんごうとう》には、沙竜《さりゅう》という悪代官がおり、そやつがしょっちゅう押し寄せて来ては、島中を騒がしますのが、ただ一つの悩みです」

李俊、金鼇島と聞いて、いつぞやの夢の中の宋江のことばを思い出したので、もっとくわしく聞かせてくれるよう頼んだ（訳編者口上＝これからシャムという国名が、しばしば出てくるが、これは、まえがきでも述べた通り、東南アジアのシャム、つまり、いまのタイとは違って、中国の華南地方に仮定した国である）。

「金鼇島はシャムから、やはり五十里ほどのところにあり、広さは囲り百数十里、島はけわしい断崖に蔽われていて、とりつくすべもありません。ただ南側に舟が一艘通れるくらいの狭間があり、そこから三つの入江をめぐると、やっと接岸できます。そこに堅固な城門を持つ豪壮華麗な宮殿があり、田畑のみのりは豊かで、天然の産物にも恵まれています。代官の沙竜という奴は、いかつい身体つきで力も強く、加えて刀術と弓術にもすぐれ、武器も豊富で、三千の部下は百戦錬磨の勇士ぞろい。しかも、この沙竜は、うわばみを仕込んだ椰子酒を好み、精力絶倫、ここへも年に二度ほどやって来ては、渋皮のむけた女と見ると白昼もかまわず手ごめにし、少年少女をあまた連れて行って奴《ぬ》婢《ひ》にしますが、それでも足りずとしてか、貢物を強要します。力のないこちらとしては、泣き寝入りするばかりです。シャム王は二十四の島を支配していますが、この島ばかりは、どうすることもできず、代官のしたい放題に任せている有様です」

聞いた李俊は武者ぶるいした。

「まことに、けしからん奴。そんな野郎を放っておいたとあっちゃあ、梁山泊の好漢《おとこ》の名がすたる。やっつけてくれよう」

「もし旦那方が、そうして下さるなら、みんな喜んで服従します。ぜひ、ここに駐屯して下せえ」

喜んだ李俊、さっそく一同に相談し、島の中央の高台に砦を築いて兵士、家族を住まわせ、屈強な島民を選んで兵士とし、軍船、武器をととのえ、連日にわたって訓練を施したので、総勢二千余の精強な軍団が生まれた。

こちらのこうした動勢は、必ずや沙竜に伝わっているに違いあるまい。そのうちに敵の来寇もあるだろう、油断は禁物……と思っていた矢先のある日のこと、突如として遠方から轟いた号砲の音。すわ、敵の来襲！と、童威、童猛、倪雲、高青の四人とその手勢を四方に埋伏した李俊は費保、楽和、花逢春と一千の兵を率いて海岸を固める。と見ると、五艘の大船が岸の狭間めがけて寄せ、はだしの蛮兵が、おめき叫んで上陸して来た。中でも、ひときわ立派なみなりをした奴が沙竜と見えた。李俊、費保の二人、槍をひねって立ちはだかれば、沙竜は斧をふるって応じる。十余合も闘ったが勝負はつかぬ。と見た敵兵は、手にした二本の長刀で地面すれすれに薙《な》ぎかけて来る。これには李俊、費保もあしらいかね、後を見せて退きかける。のがさじと沙竜は襲いかかる。

李俊危うしと見えたとき、彼方にあった花逢春、弓を引きしぼってヒョウと放てば、狙いたがわず矢は沙竜の肩先きにグサリ。バッタリ倒れたのを蛮兵が引っかついで逃走する。これに勢いを得た味方は態勢を立て直して敵の追い落としにかかれば、四方の伏勢も一斉に起って袋のネズミと気負う。二、三百の敵兵を斬り捨てる間に、童威と童猛、すかさず敵船にとびのって、これを奪う。沙竜と蛮兵は慌てふためいて余す二隻に分乗、逃げ去って行った。ホッとした李俊、

「ひでえ目に遭った。あの横薙《よこな》ぎには敵わねえ。もし花の和子の一発がなかったら、やられるところだった。タカの子は、やはりタカだな」

「奴め、敗れ去ったとはいえ、きっと報復しに来るに違えねえ。ならば、やれやれと一息ついている間に、こっちから殴り込みかけてやろう。一気に攻めとって、あそこを根城にするんだ。兵力は一千、五隻で行こうや」

と楽和がいう。そして翌日、狄成《てきせい》を留守番に残し、許義を水先案内として出発した。

沙竜も馬鹿ではないから、勝ちに乗じて襲って来ることを予知して防戦の準備おさおさおこたりない。おかげで李俊方は、狭間口につきはしたものの、三日間も上陸できぬ有様。いら立った李俊をなだめた楽和、

「どこかに間道があるはずだ。探してみよう」と小舟をあやつって島を一回りしたが、高い山と樹木の茂りがあるだけで、とっつきようもない。一方、土地の人に訊ねた童威が戻って来て言う。

「狭間の入口を入って三つの入江をめぐると、やっと城門の前に出られるそうな。上陸するには、そこしかないが、とてもむずかしい。そこで、わしら兄弟で夜中に、硫黄、煙硝、引火物などを油紙に包んで、海中を潜って城門にたどりつき、火をかけよう。奴は外回りばかりに気をとられているはずだから、城内はきっと空っぽ。火事が起こったら慌てるに違えねえ。そこを兄弟たちが攻め立てれば、打ち破れんことはあるめえ」

計略は定まり、童の兄弟は深夜を待って潜行する。狭間口にたどりついてみると、蛮兵たちは焚火に当たりながらムダ話の最中だが、海中からの潜入者があるとは気づかない。そろそろと狭間口を抜けると、果たして三つの大きな入江がある。両側はすべて断崖で、船がやっと通れるほどの狭さ。城門のほとりにやって来て、そっと見渡せば、城壁は天然の岩で表面はつるつる、草木の一本も生えていない。鉄門は固く閉ざされたままである。

「こりゃいかん。火のつけようがないわい」

「せっかく苦心してやって来たんだ。もう少し手だてを考えてみよう」

二人は秋半ばの水中をやって来たこととて体は冷え切っている。途方に暮れていると、ふと鉄門の開く音がする。水中に潜り込んで首だけ出してうかがうと、二人の兵が出て来て小舟に乗り、どこかへ漕ぎ出した。酒好きで女好きの沙竜が部下をやって女を呼んで来させようということらしい。門は開いたままなのを見た二人、有難や、天の助け、とすべり込めば、中には民家が連なっているが、すべて白河夜船の真最中である。

兄弟は、さっそく点火の用意をする。このあたりの民家は、すべて竹垣なので、火の廻りは早い。続けざまに十か所ばかり火をつけると、焰々と燃え上がり、住民たちは寝ぼけまなこで、とび出して来る。火は次次に竹垣に燃え移ってパンパン、パチパチとはぜ、城内は、たちまち鼎《かなえ》の沸いたよう。

こちらは李俊、火の手が上がると見るや、「者ども進め！」と下知する。沙竜は、城内には火、正面からは敵とあって慌てるばかりである。前日の矢傷がまだ癒えていないので、自慢の大斧も使えない。身をひるがえして逃げ出すところを、李俊が一槍の下に突き殺し、兵士たちもまた、蛮兵を斬り倒し、突き伏せる。

「降参する者は、一命を助ける」

と大声に呼ばわれば、みな戦意を失って手にした武器を投げ出して地にひざまずく。

大勢は定まったので、とりあえず火を消させ、沙竜の邸へ行ってみると、全く王侯の豪華さ。強制連行されていた奴婢は、すべて放ち、降参した者一千人を部下に加えた。倉には山のような米穀、金銀財宝、さらに軍馬百頭、おびただしい家畜の群れ、これらすべて戦利品となったのは勿論である。

李俊は自ら征夷大元帥を名乗り、すべての告示には大宋宣和の年号を用いる。火災に遭った者は償うとともに、七十歳以上の者を手厚く遇したので、人民たちは大喜び。さらに倪雲を清水澳にやって両夫人以下の家族を呼び寄せたことはいうまでもない。そのほか、楽和は金銭糧食の出納と軍務、童威と童猛の二人は狭間口を固めて兵の調練、費保、倪雲は左右の副将、高青は船舶と武器の管理、狄成は兵三百を率いて清水澳の守備、許義は李俊のおそば付き、花公子は武芸・戦術の修練と、一糸乱れぬ配置の下に、それぞれの職分に励むことになった。

太湖以来の漁夫、韮山の官兵、清水澳で徴募した壮丁、降伏した蛮兵を合計すると三千余に達したので、五つの営舎に分屯させ、すべて宋の制に則って面目を一新した。さらに土地の者に聞くと、島内の訴訟や年貢は、これまで沙竜の虫の居所次第、それもデタラメだったというので、李俊は法令で定めた。

――殺人者は死刑、姦淫、強盗は七十の叩き刑、年貢は十分の一――

人民たちは鼓腹《こふく》して、その善政ぶりを讃える。占領に続く仕事が一段落したので、祝宴を張って、一同が痛飲した翌朝、物見から火急の報告があった。

「シャムの軍勢が大挙してやって来ます」

李俊は、そこで知恵者の楽和と相談すると、

「水が来れば土でせきとめ、兵が来れば大将で迎える。いまや根拠地はでき上がり、城は堅く、精兵は三千、加えて梁山泊以来の兄弟は力を合わせているから、何も怖れるところはありません。まずは狭間口を厳しく固め、敵の戦力をためしてみましょう」

という。それに同意し、童威、童猛に命令して、狭間口を固めたのである。

ところで、こちらはシャム国。王は馬賽真といって、漢代の名将、馬援の末裔であり、シャム王になって三代目。ひととなりは仁慈寛大なのだが、柔弱で、政治は二人の大臣があずかっている。片や共濤《きょうとう》という宰相で、姦智にたけていて狡猾、片や呑珪《どんけい》という将軍で、剛直かつ武芸にすぐれ、兵馬の権を握っている。地味は肥え、物産はゆたかなので、民は安居楽業している。領内には二十四の島があり、そのうち金鼇、白石、

釣魚、青霓《せいげい》の四島が大きく、それぞれ東西南北に分れて他の小島を統率していたが、外国の侵攻があると、この四島が力を合わせて救援にやって来ることになっていた。その中での最大の藩屏である金鼇島が宋兵に占領されたため、国王は共濤・呑珪に三千の兵を与えて奪還を命じたものである。

二人が金鼇島についたとき、李俊側の軍勢は、すでに応戦準備を完了していた。楽和は共濤、呑珪ともに、おごりたかぶっている上に、軍兵に規律はないと見てとった。そこで「かくかく、しかじか」と李俊に耳打ちすれば、李俊は、心得たり、と兵ともども数艘の軍船に乗り込んで進み出す。それと見た共濤と呑珪は、これを追って射かける。しばらく矢合わせののち、李俊は敵わぬと見せて散り散りに外海に逃げ出す。それと見た共濤と呑珪、

「宋兵どもめ、何ほどのことやあらんとは思っていたが、果たして我らに敵しかねて、散り散りに逃走しおったわ。かくなる上は湾内に進攻して、一挙に奪還してくれん」

軍船を返して狭間口に入って行ったが、狭いので一列縦隊で入るしかない。城門のところまで来ると、兵を船から下ろして城壁にとりかからせたのだが、すでにご承知の通り、つるつるした石の壁、這い上がれずにウロウロ、マゴマゴしている。そこへ火箭《かせん》、石だまが雨のように落下し、おびただしい兵が失われた。共濤は仕方なく船へ引揚げその夜はそこに舟がかりした。

夜半、突如として号砲が天をふるわせたと見るや、外海に出ていた李俊、費保、童威、童猛の艦隊が外から殺到、一方の城内からは倪雲、高青、花逢春の軍が打って出、内外からの挾み討ちの形。共濤、呑珪は、たちまち進退に窮して、血路をひらこうと必死の態。そのとき花逢春、船の帆めがけて火箭を射込めば、敵船は次々と燃え上がり、火焰は天に冲し、叫喚の声は海と地をふるわす。上陸した蛮兵は斬られ、海に落ちた奴は、そのまま溺れ死ぬ。呑珪は共濤を守り、双鞭をふるいながら、ようやく狭間口を脱出したが、生き残ったのは百人足ずの兵と四隻の船だけという、文字通りの惨敗となった。

勢いに乗った李俊らの手勢が追いすがり、ぐるりと周囲をとり囲んだのを見た呑珪、

「宰相、拙者が血路を開くから、貴公は本国に立戻られい」

と叫んだが、費保の槍の一突きで海中に落ち、鉄の鎧《よろい》を着ていたお蔭で、そのまま海底に沈んでしまい、共濤は辛くも一隻の船で本国に逃げ帰ることができた。李俊は兵を引いたが、この戦さで三十隻もの船を分捕り、降参する蛮兵は数知れずという大勝を博した。

「共濤め、これに懲りて二度と攻めては来まい」

と費保が言えば、李俊、

「国王が惰弱なため、共濤が権勢をほしいままにしていて、君臣の間は、しっくり行っていないというし、最高武官の呑珪を失って、弱っているだろう。ここは一つ、勢いに乗じてシャム征伐に繰り出した方が上策というものだ。そうすれば残りの二十三島は、風を望んで降参するに違いあるまい」

敵に立直る余裕を与えることはないと、二日間の休養をとると、狄成を清水澳の、高青を金鼇島の、いずれも守備として残し、余の大軍を挙げてシャム城下に押し寄せて陣を張った。

彼の共濤、命からがら逃げ帰って、味方の大敗北を報告すると、もともと気の弱い国王は、おろおろするばかり。そこへ早くも宋兵来攻の急報である。いよいよ胆を潰し、なすすべを知らぬ有様。共濤にも、もはや出撃する元気はさらさらなく、ひたすら城の中に縮こまるばかり。

もともと、このシャム城には拠るべき天険はなく、外の護りは専ら金鼇島に頼っていたのだが、その金鼇島はすでに失陥し、沙竜、呑珪の二勇将も死んだと聞いては、他島から敢えて来援しようという代官はいない。こうして何の抵抗も受けることなく城下にまで進んだ李俊の大軍、ひしひしと城を取り囲んで「速かに降伏せよ」と大音声に叫ぶ。王の馬賽真、もはや万事休すと見て、王妃に対して降参の覚悟を語って泣くばかりである。

王妃は姓を蕭《しょう》といい、宋の東京の産。副宰相の父は時の宰相章惇《しょうじゅん》にうとまれ、儋州《たんしょう》に左遷された上、危うく生命をも奪われそうになったので、シャムに亡命し、娘を王妃にさし出して、数年まえに死んだ。この蕭妃、貞淑温順で婦徳も高く、一男一女を儲けたが、公主は玉芝《ぎょくし》といって芳妃まさに十六歳、花のかんばせに加えて才たけ、文はもとより武芸、乗馬にまで堪能で、国王のいつくしみは掌中の玉のごとく、いずれ中華の才子を選んで婿としたいと念願しているのだが、なかなか得られないまま今日に及んだ。一方の世嗣《よつぎ》はまだ六歳とあっては、これまた全く今の役には立たない。

さて玉芝公主、父王の悲嘆を耳にしたが、

「母上さまのお国の宋の兵って、どんな人たちかしら。だれひとり刃向かう者がいないなんて……。ひょっとして撃退する手だてがあるかも知れませんから、城の楼の上に上がってみましょう」

と、女ながら気丈にも、ふるえている父王を尻目に、母の蕭妃とともに楼に登って望見すれば、宋軍の旗指物は鮮かに、兵馬はたくましく、威風はまことに堂々としているのにまずびっくり。とりわけ目にとまったのは、年齢《とし》のころなら十六、七と見える若大将、まことに美しい紅顔可憐のますらおぶり。そのとき空を渡る白鳥の群れを見上げた彼の若大将、さっそく手にした弓に矢をつがえて切って放てば、羽毛紛々と舞い散って一羽の白鳥が落ちて来るのに、三軍の将兵はやんやの喝采、玉芝公主が我を忘れて、その若大将の姿に見入っているのを、はたで眺めていた蕭妃、何やら一つうなずき、公主をせかして下へ降りて王に言った。

「まことに堂々の軍勢、残念ながら、味方に勝ち目はございません。かといって、このまま、むざむざ錦繡《きんしゅう》の山河を彼らの手に渡すのも口惜しいこと。ついてはわたくしに一計がございます。うまく行けば兵を動かすことなく、国を全うすることができましょう」

「一体、どのような妙策か、言ってご覧」

「むすめの玉芝に、中国の才子の婿がねをと、かねがね望んでおりましたが、いま城外に攻め寄せて来ております宋軍の中に、まことに婿にふさわしい若大将がおりました。この方とめあわせることができますならば、国は全うでき、姫の終身の大事も解決できるという、一石二鳥の妙策でございます」

「なるほど、じゃが、肝心の姫の気持は、いかがであろう」

王妃には、公主の気持は判っていたが、念のために確かめると、公主は顔を真っ赤にして、ただ「母上のおよろしいように」と答えるばかり。国王も喜んで、さっそく来攻軍に申入れさせた。

――しばし兵をこのまま留められ、将軍一名ご入城あれ。国王じきじきに面談いたしたき儀これあれば――

聞いた一同、これは攻撃の手を一時ゆるめさせようという手だ。承知してはならぬ、と言ったが、楽和は首をふる。

「兵が城下に殺到したというのに、出合う勇気もなく、外からの援兵も来ない。これは計も力もない証拠だ。わしがひとつ城内に赴いて、話とやらを聞いて来よう。なーに、虎穴に入らずんば虎児を得ずじゃ。もし話合いで帰順させることができれば、これに越したことはないわ」

そこで李俊は若干兵を引き下げ、楽和は壮士十人を引連れて城内に乗り込んだ。さっそく王から、彼の若大将（いうまでもなく花逢春のこと）を公主の婿に、という話が切り出される。楽和は大いに驚いたが、もちろん一存で返答できる問題ではない。回答を保留し、使者となった宰相の共濤をともなって帰陣した。

話を聞いた李俊、講和縁組の一件を他の一同に相談する。

「シャム国は弱小なので、攻略は容易だろうが、われわれの事業は、まだ緒についたばかりで、軍勢も十分とはいえぬ。万一、残りの諸島が降伏を肯《がえん》じず、楯ついて来るようにでもなれば、ことは面倒だ。この際は先方の請いを入れて和議を結び、金鼇島を守って力を養い、その上で機会を見ることにしたい。ただ、花の和子のお気持はどうであろうか」

聞いた花逢春、

「おじさま方のおことばに従います。ただ、わたくしは中国の家柄、もし相手が卑しいえびす女なら、ちょっと困りますが……」

「その心配は無用。仔細はしかじか」

と楽和は、相手の氏素性から、その美形ぶり、文武の素養を語って聞かせれば、逢春は安心したが、これまた自分一人では決めかねる、母に相談してみなければ…とのこと。母の花夫人に異存のあろうはずはない。相談はまとまったので、待たせてあった共濤を呼び出し、承知の旨を告げた。但し、

「これが、われらをあざむく計略であるならば、次回には容赦はせぬぞ」

と一本、釘をさすことは忘れなかった。共濤は、かしこまって承知、帰国した。

李俊は楽和と相談して吉日を選び、倪雲と高青に五百の兵を与えて護衛させ、数々の礼物を携えて逢春を送り出す。つきそいは楽和である。シャム国においても準備万端とどこおりなく出来ていたこととて、さっそく盛大な婚儀が行なわれた次第だが、くだくだしくは省く。

婚儀が終わって楽和は帰ることになったが、

「あの共濤という奴は佞姦邪智《ねいかんじゃち》、事を起こそうやも知れぬので、二人の副将と兵三百を残しておきましょう」

と述べたのは、単なる杞憂ではなかったことが、のちにわかるのだが、それはそれとして、逢春、玉芝の仲は極めてむつまじく、同時に逢春は国事についての王の相談に、明快適切な判断をくだすので、国王も、よい婿を得たと、これまた大喜び。

あるとき、公主、この上は逢春の母と叔母とを迎えて孝養をつくしたい、と言い出した。逢春に、もとより異存はない。さっそく、その旨を申送ったが、李俊もその孝心に感じて、花夫人と、秦夫人の二人をシャムへ送り出すことになった。そのとき楽和は、

「両夫人をお送りするこの機会を利用して、もう一つ妙案がある」

と言い出した。

七

安《あん》道《とう》全《ぜん》、船が遭難して李《り》俊《しゅん》に救われ、讒《ざん》によって都から出《しゅっ》奔《ぽん》する

楽和は言う。

「シャムは豊かな国だが、国王は優柔不断、そこへ共濤という邪悪で陰険な奴が国政を握っているのだから、花公子の立場は孤立無援、まことに危険というほかはない。そこで両夫人を送り届ける機に、倪雲《げいうん》・高青に五百の兵を率いて駐留させる。一旦、事が起こったら、その兵をもって元凶を仆してしまえば、あの国も我々のものになるではないか」

李俊も、それは妙計と賛成する。その旨をシャム王に申入れたところ、さきの戦いにおける宋軍の手なみを知っている王は、弱小の自分の国を護ってくれるための駐兵と心得て、一も二もなく承知した。

李俊、楽和らの努力で、金鼇島《きんごうとう》の開発は、いよいよ進み、武力もますます強化され、島は日増しに富強を加えて行ったのだが、あるとき李俊が清水澳《せいすいおう》へ出向いての帰り道、突如として台風が襲って来たので、慌てて海岸に船を寄せ、大風の過ぎるのを待っていた。

と、一隻の大船が風に翻弄《ほんろう》されてやって来ると見る間に、帆柱を吹き折られ、船は渦を巻いて廻り出し、もはや手もつけられぬ有様となった。見れば船上には、たくさんの乗客もいる様子。李俊「急いで救い上げろっ！」と下知すれば、水に手だれの部下たちは波濤の中へ踊り込んで乗客の二十余人と、積荷の半分ほども救い上げることができた。

救い上げた乗客の中の一人に李俊が声をかけてみると、東京の人で高麗に使して帰路に、この難に遭ったという。名を聞けば侍医寮の安だとの答えに、李俊は驚いた。

「おお、安道全先生ではありませんか？」

「そういうあんたは？　やっ！　李の兄貴！」

思わぬ出会いに、二人はしっかと手を握り合う。道全の話によると、彼は宋江らとの遼征伐後、侍医寮にあって平穏な生活を送っていたが、高麗王が病気になり、宋に名医を求めて来たので、道全と盧師越《ろしえつ》の二人に白羽の矢が立てられて派遣された。三カ月の滞在で、王の病気は直ったため、帰国の途についたところ、この台風にぶつかったのだという。そこへ顔を出した楽和を見た道全、

「楽の兄い、おめえさん、ここで呑気にやっているが、杜興の兄いには、えらい難儀をかけたな」

と言う。楽和はびっくり。そこで道全は、孫立が手紙を託したことから、杜興が流罪になったこと、李応が飲馬川山塞を構えたことなどの次第を語って聞かせた。

話がはずんでいる間に、波浪も次第におさまり、風も凪いで来たので錨をあげて出発すれば、ほどなく金鼇島に到着、安道全歓迎の宴が開かれたが、同船していて一緒に救い上げられた盧師越も、お相伴をする。道全、飲むほどに酔うほどに大胆になり、傍らに師越がいるのも忘れ、問われるままに宋朝の現状を述べ、かつ口をきわめて批判する。けれども、同席していた師越は一言もしゃべらない。この男、本来は陰険な奴で、かねがね道全の腕がすぐれているのをねたんでいたので、これは、いいことを聞いた。都へ帰りついたら、さっそく訴え出て…と暗い意図を抱いたのだが、道全は、そんなことは夢にも思わず、大いに日ごろのウップンを晴らしたのであった。

「この国には、まだよい医者がいない。先生、いっそここへ住んだら？　都へ帰って奸党どもにいじめられなくてもすむ」

と李俊が言えば、道全、

「命令によって出向いたのだから、ひとまず復命しなければ……」

「しかし、海に沈んじまったら、その必要はなくなるよ。こちらの盧さんに帰ってもらって、安道全は水死したと言ってもらえよ」

「ウソはいけないよ」

「じゃ仕方ない。しばらく滞在なされ。こっちで船と荷物とをととのえて、送ってやろう」

というわけで、その夜は寝についたが、翌朝、安道全は、

「李の兄貴は大変な器量人、定めし福運をお持ちだろうが、わしはいささか運勢判断ができるので、ひとつ占って進ぜよう」

と言って、李俊の人相、骨相、手相を、ためつすがめつ見た上で、

「これはめでたい。将来は王侯の富貴を得られるに違いない。好漢、願わくは自重されよ」

「冗談いうない。わしは大茶碗の酒と、大ぶりの肉とがあればけっこう」

と言って笑う。滞在すること十日余り。盧師越がし

きりにせかすので、たくさんの贈物を持たせて送り出す。海辺まで見送った楽和は、一通の書状をとり出して頼む。

「登州から上陸するのなら、登雲山は道筋、姉婿の孫立に届けてほしい」

「たやすいことだ。引受けた。それにしても、いつぞやは杜興が東京へ手紙を持って行き、兄いと掛わり合いになって、山寨暮らしをする羽目になったが、まさか、このわしをも面倒なことに引き込もうってわけじゃあるまいな」

と笑ったのだが、実はこの予感は当たった。けれども、それは後の話。四、五日も航行すると、はや登州の港。安・盧の二人は送り船を帰し、二丁の轎《かご》をやとって進む。十里も進むと登雲山の登り口である。轎かきは、

「こっそり通りますべえ。山塞の連中に悟られねえように」

と、おっかなびっくりだが、

「かまわん。わしは彼らに会いたいんだ」

と安道全が言いも終わらぬうち、ジャーンとドラの音、早くも山塞の子分四、五十人がとび出して来て轎を取囲む。真っ青になって転げ落ちんばかりの盧師越をなだめ、子分たちを制して、孫立への取りつぎを頼む。知らせに応じてとび出して来た孫立と、手を握り合って久しぶりのあいさつをのべ、これまでのいきさつを話して、楽和からの手紙を渡せば、読み終った孫立は、

「楽和の義弟らは、そんなドデカイことをやったのか」

と感心することしきり。

「孫兄い、あんた、まだご存知あるめえが、先んだって杜興が東京へ手紙を届けに行って、ひでえ目に遭ったんだ」

と安道全が、それについて説明すると、そばで聞いていた阮小七、すっ頓狂な声をあげる。

「こいつあ愉快。俺たちの兄弟はみな一旗あげちまった。安兄い、おめえさんも東京なんかへ帰らねえで、ここにいろよ。ここで一番困るのは、医者のいねえことだ。来てくれりゃ大助かりなんだがなあ」

安道全が返答に窮していると、傍らの帰心矢のような盧師越、こんな所に長く足止めされてはかなわぬと、

しきりに出立を促す。道全もやはり、早く帰って復命せねば、という気があるので、止めるのをふり切って出発した。日ならずして東京に帰着、蔡《さい》相国の邸に出向いて帰朝報告をしたところ、蔡京、

「実は、わしの側妾《そばめ》が、ふとしたことから病気になり、いまだに本復せぬ。両先生の帰国を待っていたところだ」

と言う。委細承知した安道全、さっそく診察して薬の処方をしたため、そのまま退出したのだが、あとに残った盧師越、蔡京から「道全の処方をもとに薬を調合してほしい」と頼まれたので奸計を思いついた。それは、わざと違った薬を調合して妾を毒殺し、道全の処方のせいにして罪におとしてやろう——というのである。

薬をのんだ妾は果たして苦しみ出し、ほどなく悶え死にしてしまった。夜になって帰宅した蔡京、大いに怒って、「直ちに安、盧の二人を連れて参れ」と厳命する。盧師越は直ちにやって来たが、安道全の方は城外に出掛けたままだという。蔡京の前にまかり出た盧師越は「診察、処方ともに道全がしたこと、自分はその処方に忠実に従って薬を調合しただけである」と申立てた上、声をひそめて、さきの金鼇島での道全の発言、さらに登雲山の山塞に立寄ったことなどについて、口まかせ、出まかせに悪口を述べ、

「道全は神医とも称すべき名医、過失などあるはずはございませぬ。察するに、これは閣下を謀殺する手始めの毒手かと存じます」

と焚《た》きつけたために、ただでさえ掌中の珠を失って頭に来ている蔡京の怒りに油をそそいだ。さっそく安道全逮捕を厳命すれば、盧師越は蔭へ行って、うまく運んだと舌をペロリ。

こちら、安道全宅には、梁山泊以来の堅手書生の蕭《しょう》譲《じょう》と、玉臂匠《ぎょくひしょう》の金大堅の二人が留守を守っていたが、まさか追捕のために来たとは知らず、役所のだれかが病気になったための往診依頼ぐらいに考えてノンビリと応待する。いくら待っていても道全は帰って来ないのに業を煮やした役人、道全に逮捕令が出たことを伝え、蕭と金の二人を府庁に引っ立てて道全の行方を糾明したが、二人はもとより知らない。二人とも、そのまま牢屋にぶち込まれてしまった。

こちらは蔡相国邸を出た安道全、帰国のあいさつ回りをしなければ…と思い付いたので、家に戻らず、そのまま歩いて、まず城外の張尚書の邸を訪ねたところ、引き留められて馳走にあずかり、そこで一夜を明かした。翌朝、城内に戻って宿元帥を訪問したのだが、元帥は不在とあって、客間で待つことしばし、昼過ぎに帰って来た元帥は、蔡相国が愛妾の悶死で彼の逮捕命令を出したことを告げる。

「全く身に覚えのないことです」

しばらく腕を組んで考えていた元帥、

「判った。多分それは盧師越の画策に相違あるまい」

と言う。そういわれてみると、いろいろ思い当たるフシもある。

「相手が蔡相国では、ちと面倒だ。申しひらきをしても恐らく通るまい。ここはこのまま遠くへ逃げ出す方が上策」

元帥はそう言って、五十両を与えた上、

「そのままの姿では城門で捕ってしまう。わしの家の使者の格好をし、下僕を連れて行くがよい。南方への使いだということにして」

という親切な言葉を有難く受け入れて出掛けたところ、果たして城門には詮議の役人が目を光らせていたが、幸い彼を知らず、宿元帥の威光のお蔭で難なく通り抜け、下僕を帰して後は一人旅。

東京からかなり離れたころ、二人の男が追いついて来て、

「これは安先生!」

と声を掛けた。スネに傷もつ身の道全、ギクリとして逃げかかれば、二人の男、

「ご心配なく、我々は宿元帥の邸の者」

と言うので安心。ところが二人は、留守番をしていた蕭と金の二人が牢に入れられたと語ったものだから、道全は弱った。元帥邸の者は「これから杞県《きけん》まで行き、明日は帰る」というので、道全は元帥あて、蕭と金両人の救出方を依頼する手紙をしたためて渡し、二人と別れた。

またしばらく行くと一つの村がある。日もようやく暮れかかったので、とある読書人の家を探し当てて一夜の宿を乞うた。その家の主人と顔を合わせてみてび

っくり。それはなんと、かつて梁山泊討伐軍の参謀で一味が帰順してからは同僚となった聞煥章《ぶんかんしょう》という人物で、妻に先立たれ、いまはここで寺小屋を開いているとのことである。道全がすぐれた医者であることを知っている煥章「実は、うちの一人娘が奇病にとりつかれて弱っている」というので、その娘の病いを直してやったことから、ついつい長逗留をするはめになってしまった。道全とて行くあてがあるわけではないので、引きとめられるままに、ズルズルと滞在を重ねたのである。

ところで、この煥章、中央官界の腐敗堕落ぶりに腹を立てて引退しただけあって、剛毅廉直な人物。道全も、もはや話しても差仕えあるまいと、ここへ来た理由を語れば、煥章、

「そういう次第ですか。ならば、そのうちに私が人を頼んで東京へ探りを入れてみましょう」

と言って励ましてくれる。道全は道全で、あるとき聞煥章の一人娘の人相を見て驚いた。大変な貴人の相、貴人も貴人、一国の国母になる相が出ている。その旨を煥章に告げ「大切にされよ」と力づければ、煥章の喜びも一通りではない。こうして何の心配もなく過ごしているうちに、年も暮れ春も立ち返ったので、二人は近くまで散策に出掛けたところ、二人の男が首かせをはめられて通って行くのにぶつかった。見れば何と気になっていた金大堅と蕭譲である。目くばせをしてお互いを確認し合った道全、護送役人に鼻薬をきかせて二人を邸内に連れ込み、一別以来の話をする。この二人は前に述べた通り、開封の牢に入れられたのだが、宿元帥のとりなしで死罪は免れ、山東は蓬莱《ほうらい》県の沙門島へ流される途中とのこと。

「盟友のために苦労するのはいとわぬが、東京に残した家族のことが気がかりだ」

と金大堅が嘆けば、聞煥章、

「それは私にお任せ下され。私自身が都へ上って、ご両所のご家族をこちらへお迎えして娘の相談相手になっていただき、ここでご両所の赦免の日を待たれてはいかが」

と親切に言う。三人は大いに喜んで、それに従うことにし、蕭、金の二人も安心して沙門島に向かった。

上京した煥章、さっそく宿元帥邸に参上して礼を述

べ、蕭・金両人の家族を引き連れて帰ってきたが、二人の夫人も聡明で出来がよく、さらに蕭譲《しょうじょう》の今年十六になる一人娘も、美しい上に手芸、裁縫から文墨の道にも通じているので、四人の女はたちまち親しくなり、肉親のようなむつまじさ。聞煥章は安道全に言う。

「都で聞いたところでは、朝廷は新たに金国と結んで遼を伐つとか。私の見るところでは、金と結んだらロクなことはあるまい。日ならずして大騒動が起こるでしょう。両夫人は都を離れて、むしろよかった」

「まことにかたじけないことでした。これで心配ごともなくなりましたので、私はこれから泰安州の東岳廟へお詣りし、ついでに沙門島に二人を慰問したい」

こうして安道全は、みんなに別れを告げて泰安州へ向かう。二、三日のち、とある居酒居で一杯やっていると、

「これは旦那、どちらへ」

という声、見れば先きに蕭・金の二人を護送して行った小役人である。

「沙門島まで行ったにしては、馬鹿に帰りが早いが――」

「お話になりませんわい。登雲山のふもとを通りかかると、あまたの山賊がとび出して来て、二人を奪われてしまいやした。わしらは二十両の金をもらいやしたので、別に損はしませんでしたがね」

(それは助かった。俺もひとつ、参詣がすんだら登雲山に、むかしの仲間を訪ねてみよう)

と胸のうち。また思案して、

(神行太保の戴宗＝天罡《こう》星の一人＝が泰安州で出家していると聞いたので、訪ねてみてやろう)

さらに二、三日旅をして泰安州へつき、戴宗を訪ねあてて再会を喜んだが、道全の話を聞いた戴宗、

「先生のような高潔な仁まで、事件をひき起こすなんて、天は人の安逸を許さぬと見えますな。だからこそ、わしは先を見越して役人をやめ、こうやって世捨て人になったんでさあ」

と溜息をつく。早起きしてお詣りをすませ、寺に戻ったところで道全は言う。

「人生、おぬしのように名利を捨てて悠々自適するのが一番いいな。わしは、うかつにも口をすべらせたおかげで、危うく死罪になるところだった。まきぞえ

111　安道全，船が遭難して李俊に救われ，讒によって都から出奔する

にした蕭・金両人の家族も、どうやら落ちついたので、その由を登雲山へ行って二人に知らせたら、もう一ぺんここへ戻って、おぬしにならって出家したいものだ」

「そうはうまく行くまいよ。何しろ先生は名うての名医、世間は放っておくまいし、第一、山塞の仲間が引きとめて帰しちゃくれまい。ま、ゆるゆる出掛けなせえ」

話しているところへ寺男がやって来て、

「州の知事さまがお越しです」

と言う。

「いまごろ急に何の用だろう」

と戴宗は首をかしげたが、やって来た知事は言う。

「貴殿は、かつて功を立てられた方、いま中央の童枢密（童貫）閣下は、北京の守備に当たられ、金軍と相呼応して遼を撃滅せんとしておられる。ついては貴殿が一日に百数十里を歩行する術をお持ちであることを承知しておられ、みかどに奏上して、かつての都統制の官に復されて、国家大事の際のお役に立っていただきたいとの思召しを承り、私はここに参上した次第です」

「これは、わざわざのお運び、恐れ入ります。しかしながら私はいまや、ご覧の通りの世を捨てた身に加えて年齢も盛りを過ぎた身、とても任に堪えかねます。平にご容赦ありたい」

「すでに聖旨がくだったのですぞ。これ以上の遠慮は、ご無用に願いたい」

知事は、そう言うと、詔勅をそこへ置いて帰ってしまった。戴宗は、しばらくポカンとしていたが、やがて入って安道全に言う。

「やれやれ、またつまらぬことが起こってしまったわい」

「天は人に安逸を許さぬという、おぬしのことばは、そのままおぬしにも戻ったわけだな。勅命を奉じて知事がじきじきにやって来たのだから、こりゃ受けぬわけには行くまい。もう一ぺん宮仕えに戻ることだ。わしは、これで失礼しよう」

「気はすすまぬが、そうするほかはなさそうだ」

そこでまた何杯か盃を重ね、心娯《たの》しまぬまま両人は袂を分かったのであった。

八

戴宗《たいそう》、国難に再び召し出され、穆春《ぼくしゅん》は蔣敬《しょうけい》を助けて故郷を出る

さて、都統制として都へ召された戴宗、仕方なく山東を発って路を河北路へとる。知事と同格なので当然、供揃えも美々しく上京してもよいのだが、韋駄天《いだてん》の術を心得た彼には、そんな大名行列なんぞは、まだるっこくて仕方がない。そこで単身、飛ぶように村や町、野や山を駈け抜け、日ならずして東京（大名）府に到着した。さっそく童貫に目通りして、各省間の文書連絡役を申し渡されたが、戴宗はもとより役人として出世したくて出て来たのではないので「任務終了の暁には再び山に帰してほしい」と述べれば、童貫も「遼を破ったら東岳廟の然るべき地位を与えよう」と約束した。

ところで、この童貫は、その数日まえ、前にも名の出た趙良嗣に書面を持たせて金に派遣していたのである。手紙の要旨は、

——金が宋とともに遼を伐つと決めたことを耳にして欣快に堪えない。互いに変らぬ誠意をもって、目的達成に協力し合おうではないか。なお、双方の兵は関を越えて相手方の領域を侵《おか》さぬこと。宋は遼に贈っていた歳幣と同額を金にも贈呈することを、ここに約束する——

金王は、この書面を見て、

「わが軍は平地松林から古北口に向かう。宋兵は白溝河から出撃されよ。双方から挟み撃ちにせん」

と趙良嗣に提案する、良嗣は帰って、その旨を復命すれば、道君皇帝は、

「速かに童貫とともに出陣せよ。金との約を違《たが》えてはならぬ。兵馬糧食は望みのままに与える」

と大変な喜びよう。良嗣は面目を施して退出した。

こちらは金の国王、宋との盟約が成ると、ネメガに大軍を与えて出陣させた。ネメガは混同江の近くまで進出、夜になって眠りにつくと何者かが揺り起こす気配を感じる。それが三度も続いたので驚いて起き上がり、

「これぞ神明のお告げ」

と三軍に進発を命じて混同江岸にまでやって来たが、渡河する舟がない。仕方なく馬を乗り入れたところ、金軍はそれに従って、全軍無事に江を渡り切ったが、あとで調べてみたところ、渡河点は底も知れぬ深さと判った。将兵たちは、これに勇気百倍、さらに前進を

続けた。

国境に到着してみると、遼の大将の蕭嗣先《しょうしせん》が十万の兵を率いて防戦の姿勢。三たび鳴り響く太鼓の音が鳴りやむと、戦端が切って落とされる。と、突如、西北の方から大風が吹き起こり、砂や石を吹き上げ、吹き飛ばすため、遼軍は目も開けられず、顔を覆って逃げ出す。先頭にあった遼の大将の蕭嗣先は、金の大将ネメガの槍に突き伏せられて命をおとし、遼軍は総崩れとなった。金王は勝ちに乗じて黄竜府（吉林省農安）までこれを追撃、遂に同城を乗っ取った。

ここで金王は皇帝を称し、年号も収国元年と改め、大いに軍をねぎらって、さらに進撃を続けたのだが、それはそれとして——

宋では、金軍が遼軍を大破したという知らせを受けると、童貫を河北・河東の宣撫使、蔡京の子の蔡攸《さいゆう》を副使、趙良嗣を監軍侍御史に任じ、近衛軍二万を与えて金軍に呼応、挾撃させた。

「金軍の進撃すこぶる急。わが軍も急ぎ白溝河にまで進出せねば、約束に違うことになるし、金だけに遼軍撃滅の功を立てさせては、宋の名折れ、帝《みかど》にも申し開きができぬ」

と童貫が言えば、趙良嗣も、

「いつぞや帝に言上した通り、遼の涿州《たくしゅう》の知事、郭《かく》薬師は、私とは兄弟同様の親友、私が書面を出せば、彼は必ず武装を解いて投降いたしましょう。涿州を手に入れれば、遼は左腕を失ったも同然、これを破るのは雑作もないことです」

「よかろう、そのように計らうがよい」

趙良嗣は直ちに一筆したためて涿州へ届けさせたところ、折返し郭薬師から返事が来た「貴軍が涿州に迫ったら、城門を開いて待つであろう」とある。喜んだ童貫と趙良嗣は、十五万の大兵を率いて涿州に向かうと、郭薬師は約束通り門を開いて宋軍を導き入れる。こうして宋は一兵も損することなく涿州を占領したのである。

投降した郭薬師の言によれば、遼軍の大将蕭幹《しょうかん》は、なおも精兵を擁して良郷にいるという。そこで童貫は劉光世、趙良嗣に兵五万を与え、郭薬師を先導として出撃する。宋軍はここでも勝利を得、蕭幹は身一つで逃げのびた。良郷県もまた宋の手に落ちた次第。

一方、逃走した蕭幹は遼王にまみえ、もはや大勢の動かし難いことを述べて、和を乞うよう意見具申をする。遼王もこれを納れ、宋とは修交して、専ら金に当たる方針を決め、その旨を童貫に申入れたが、趙良嗣が強く反対したため、この和平はお流れとなった。

遼王は、やむなく国内で兵をつのり、約三万を得たので、これを率いて形勢の挽回をはかろうとしたが、宋、金連合軍の攻撃に一たまりもなく敗れ、遂に全面降伏を余儀なくされるに至った。

そこで童貫は郭薬師を東京につかわし、勝報を告げさせたところ。道君皇帝は薬師を引見して厚く賞し、燕山府《えんざんふ》の知事に任命する。燕山府は金との国境近くなので、重任である。かしこまって燕山府に着任した薬師は、良嗣とともに金に赴いて、金との国境を確定したいという宋帝の意向を伝え、営、平、欒《らん》三州の返還を求めたところ、金帝は、

「以前に石普が契丹《きったん》国（遼の前身）に割いた土地は返還すると宋に約束したことはあるが、この三州は石普が割いた土地ではないので返還できない。しかし、燕雲十六州中の六州、すなわち薊、景、檀、順、涿、易の各州はお返ししよう」

趙良嗣、

「これはしたり。先の話合いでは、確かに燕雲十六州をお返し下さるとのことでしたが」

「じゃが、宋の出兵が遅れたため、燕雲の地は、わが金軍単独で攻略したもの。それには尊い犠牲を払っておる。当然、わが方の所有に帰すべきである。もし、返してほしいならば、その代償として銀百万を差し出されよ。それが不承知ならば、わが旧領土の涿、易二州を返していただこう」

力では宋は金にとうてい敵対できない。やむなく、金の主張する線でまとめることとし、宋は金に毎年、銀四十万と、ほかに銀百万を贈ることを約したが、宋では、これでも成功と見て、関係者を賞した。最大の功労者は童貫であるとして、彼は元帥、予国公に封ぜられて朝廷に返り咲き、いまや飛ぶ鳥も落とす勢い、次いで趙良嗣は延康殿学士に任ぜられ、これまた大変な威張り様である。

ところで、かの戴宗、文書伝達に大功を立てたわけだが、戦いも終わったので童貫に退官を願い出たとこ

ろ、

「その方の功績に対しての処遇は、すでに上奏してあるので、追っつけ沙汰が下りるであろうが、その前にひとつ、江南の建康府（南京）に火急の文書を届けてもらいたい。その返事をもらって帰って来るころには、聖旨も下っていることであろう」

ということなので、戴宗はやむなく出発する。やがて日も暮れたので、とある宿を見付けて食事をすませ、寝込んでしまったところ、揺り起こす者がある。見れば何と黒旋風の李逵《りき》である。

「わしは宋江兄貴の命令で来た。ちょっと付き合ってもらいてえ」

と言う。李逵は今はこの世にはいないということを忘れた戴宗。

「何だい、その命令ってのは」

「いいから、ついて来なよ」

起き上がって歩き出す。山も河も平地のように踏み越えて着いたところは立派な宮殿で、中央には王が端坐している。

「ここは一体どこなんだ」

「おぬしは、いずれここに坐ることになろうよ。わしは駄目だがな」

その王の顔は、どこかで見たことはあるのだが、戴宗には、どうも思い出せない。上がるのをためらっていると、李逵は、

「この不忠者め、宋江兄貴の命令を聴かずに、童貫などという悪たれのために使いなんかしやがって」

と突きとばす。とたんに目が醒めてみたら、何とこれは一場の夢。

（それにしても妙な夢を見たものだ）

そう思って起き上がり、朝食をすませて出立する。四、五日も経たぬうちに建康に到着し、府庁へ出向いて文書を差し出したが、返事は五日あとだという。所在なさに府庁の書記に誘われて一杯飲もうと町を歩いていると、四、五人の大男が一人の男をつかまえて怒鳴りつけているのに出会った。その男、見れば地煞星《ちさつせい》の一人、神算子の蔣敬《しょうけい》ではないか。

「蔣兄い、何でまた、こんなところで、いさかいを起こしたんだい？」

蔣敬も顔を上げてびっくり。

「これは戴宗兄い、いいところへ来てくれた。とにかく助けてくれ」

見ていた府庁の書記、役人の権威にモノを言わせて、蔣敬をつかまえていた大男に手を放させ、蔣敬ともども料理屋へつれ込む。酒もほどよく回ったところで訊ねれば、蔣敬は言う

「わしは役人づとめがまっ平なので、郷里に帰ったものの、ひまで仕様がない。そこで少しばかりの元手をかけて、四川から薬を仕入れ、ここ建康で売りさばいていたんだ。さっきの大男は中山狼の甘茂《かんぼう》という土地のごろつき、旅商人《あきんど》の商品をゆすりとるのが専門で、凶暴な上に公事にもたけているので、みんな一目おいている。わしは奴に、ずっと掛け売りしており、その代金がたまりたまって百両になったので、たびたび催促したんだが、ちっとも返しやがらねえ。きょうというきょうは肚にすえかねて、少し強く出たところ、奴は、わしが梁山泊にいたころ、奴の千金の元手をかすめとった、と言いがかりをつけ、手下どもにわしを殴らせやがったんだ」

そばで聞いていた書記、

「あの甘茂という奴は、これまでにも何回か事件を起こし、そのたびに罰しはしたのですが、一向に悔い改める様子がありません。貴殿から知事に申入れられれば、知事は今度こそ厳罰に処せられるに違いありますまい」

戴宗も、そうすることにして、その夜はしたたかに飲んで、蔣敬を自分の宿へ伴なった。

「わしがあす、金を取り戻してやるから、郷里に帰って田地でも買い、のんびりとやることだ。登雲山に立て籠った阮小七、孫立や、飲馬川を乗っとった李応、裴宣《はいせん》らの真似をせずにさ。わしも返事を都に届けたら、もとどおり出家する」

「判っているよ。わしも世間は知りつくしたつもりだ」

翌朝、戴宗は府庁へ赴き、知事に事の次第を訴えたところ、朝廷から実力者の童貫の用事で来ている彼の申入れだけに、知事もおろそかには出来ず。さっそく甘茂を召し捕って百叩きの上、遠島処分にし、蔣敬の掛け金をそっくり返させた。戴宗は礼を述べ、返事を受領して、蔣敬と別れ、河北に帰って行った。

戴宗と袂《たもと》をわかった蔣敬、掛け金を集めてみたところ五百両ばかりになったが、なお二、三十両がとこの取立て残がある。そこで考えた。

（建康は旱魃《かんばつ》で穀物は不作、米の値段が上がっているが、湖広《ここう》地方は豊作。だから米を買い込んで、こっちへ運んだら大儲けだ。グズグズしていたら、米が入って来て儲けの機会を失ってしまうだろう。帳尻合わせは、しばらく放っておいて、儲けにかかった方が利口というものだ）

そこで一艘の伝馬船を雇って出航した。二人の舟子《かこ》の名前をたずねると、とし上の方が陸、あだ名を〈かさかきあたまのすっぽん〉若い方を張、あだ名を〈ゆきのなかのうじむし〉という。

折りからの東北の順風に乗って十日も経たぬうちに早くも江州に近付いたが、あと五里というところまで来たとき、突然、西風に変わって白波が沸き返り、船は少しも進まない。と見る間に黒雲が起こり、雪まで舞い始めたので、やむなく近くに船がかりした。ひどく物さびしい所で、岸には十数戸しかない。そこで一夜を過ごすことになったが、二人の舟子、毎日々々、蔣敬にご馳走になっているから、ひとつ、お返しを…と酒と肴を買って来てふるまう。

（この二人の舟子、口はうまいが面構えはよくない。こんな寂しい所だけに、ひょっと悪心を抱かぬでもないぞ）

とは思ったものの、

（わしも梁山泊の男伊達《おとこだて》、舟子ごときを恐れたとあっては、名がすたるわい）

と考え直して杯に手を出したが、どうも二人のことが気にかかる。そこで酔ったふりをして、船艙に入り、そのまま横になった。だが用心して着物は脱がず、腰刀も枕元に置いたままにしておいた。

およそ九つどき（夜半）、夢うつつに物音を聞きつけたので急いで起き上がってみたが、腰刀がない。雪あかりで見れば、二人の舟子は彼の刀と斧とをそれぞれ手にして、ともとへさきの両方から、もぐり込んで来るではないか。事態は急である。蔣敬は慌てたが、仕方なく、とまをはね上げて河の中へとび込んだ。

「ちっ、逃げられちまった。殺《や》ってしまわねえと、あとが面倒だ」

「なあに、この河には底がねえ。奴は岡の人間で、水心なんかあるめえ。よしんば、あったところで、この寒さだ。こごえ死ぬに決まってらあな。それよりも、奴の包みをいただくこった。米の買いつけに行くってえから、たんまり入っているに違えねえ」

二人の舟子、残された包みをあけてみると中には五百両の大金である。二人は大喜びで船をあやつり、江州へ帰ってしまった。

一方、河の中へとび込んだ蔣敬、幸いにも湘江《しょうこう》の生まれで泳ぎができたため、水中をもぐって船から離れたところに浮び上がり、岸に泳ぎついた。そこは、さっき船がかりした村ではない。ようやく岸に上がり、寒さにふるえながら松林の中を探し回った結果、やっと小さな庵を見つけて中へ入れてもらった時には、はや夜は明けかかっていた。

その庵に二日間滞在して身体の調子をもどし、衣服も乾かしたものの、建康に戻るには百数十里を文なしで歩かねばならぬ。まずは近い江州へ出て身のふり方を考えよう、そう思い立って庵を出、江州の方へ歩いていると、

「蔣の旦那では？」

と呼びかける声。ふり向くと、それは前に薬の材料を仕入れて江州の関を通過したとき、課税品目録を書いてもらった代書屋である。商人の彼が手ぶらで、供も連れずに歩いているので、不審に思って声を掛けたのだという。蔣敬、ありのままを話すと、ひどく気の毒がって、自分の家へ伴って泊めてくれるとのこと。地獄に仏の思いで代書屋の家へ行ったものの、無一文なので、仕方なく帯につけていた金環をはずして金に替え、当坐の費用に充てることにした。

翌日、誰か知り合いでも通りかかりはしないかと、町をブラついていたが、あいにく誰にもめぐり会えず、ガッカリして歩いて行くうちに、一軒の居酒屋が見えた。そのとき、蔣敬は、以前にここで宋江と酒をのみ、興の赴くままに謀叛めいた詩を作り、すんでのことに一命をおとす羽目におちいったところを、山塞の兄弟に救われたことを思い出したので、懐しさに堪えかねて上り込み、手酌でやり始めた。

が、飲むほどに酔うほどに、懐旧の情がこみ上げて

来たので、筆と硯とを借りて、かつての詩の韻に合わせて一篇の詩を襖に書きつけた。彼はもともと読書人なので、詩ぐらいは、わけなかったのである。

　書き終わって読み直していると、後でポンと肩を叩き、

「また謀叛の詩かい？　危ねえ、危ねえ」

という者がある。ギクリとして振り返ってみると、何と地煞星の一人、小遮攔《しょうしゃらん》の穆春《ぼくしゅん》である。喜んで酒の追加をし、一緒に飲み始めた。穆春はこの近くの町のいい顔だったが、兄に死なれてから家運が傾いたため、この江州へ来て、あちこちと駈けずり回って、どうにか食っているが、気晴らしにこの居酒屋へ上がったところ、図らずも蔣敬にめぐり合ったのだと言う。そして蔣敬の話を聞いて、

「そいつらは江州の者に違えねえ。伝馬船はみな、少し先の柳塘湾《りゅうとうわん》に船がかりしているはずだから、探しに行ってみよう。なあに、すぐ判るさ」

　二人して河沿いに半道も行ったところが、はや柳塘湾である。見回したところ、顔見知りの老人が畑を耕しているので、近付いた穆春は声をかける。

「建康へ行きてえというお客さんがあるんで、船頭の〈かさかきあたまのすっぽん〉を訪ねて来たんだが、このへんに住んでいるんだろう？」

「ああ、あの野郎なら、この近くに住んでまさあ。あいつは三、四日まえ、建康から戻って来ましただ。相棒の〈ゆきのなかのうじむし〉の方は、ここ一、両日、姿を見掛けましねえが〈すっぽん〉の野郎は、さっきも手籠を下げて買い物に行きやしたので、おっつけ戻ってめえりやしょう。それにしても、穆の旦那、どうして、あんな悪たれにお頼みなさるんで？」

「なあに、あいつは古くからのなじみなんでね」

ついでに「すっぽん」と「うじむし」とが同居している家を教えてもらったので訪ねて行くと、いかにも自堕落な感じの女が出て来た。穆春は蔣敬を指さして言う。

「この客人が、先日、おめえの亭主の船を雇って建康から来たんだが、船の中に大枚五百両を置き忘れたそうだ。出して返してあげちゃあくれめえか」

　女は顔色を変えたが、

「そんなこと、あたいが知るもんかい」

と言う。ははん！と思った蔣敬が、とっさに出口のかんぬきを掛ければ、穆春は懐中から匕首を取り出し、女を地べたに押し倒して、その頰にピチャピチャと当てながら、

「このあばずれめ。正直に言わねえとグサリだぞ」

とどなりつけると、女はふるえて、

「旦那、命ばかりはお助けを。お金は床の下の酒甕《さかがめ》の中にあります」

「てめえの亭主は、二人のうちのどっちだ」

「それは、あの…」

と言っただけで口をつぐむ。穆春は、いら立って女の胸をはだけ、ぐさっと一突きしようとすると、女はあわてて、

「言います、言います。〈うじむし〉の方です」

「どこへ行きやがった」

「床の下の酒甕の中にいます」

「なんだと？」

「あの二人は、どっさりおたからを持って帰りましたが〈すっぽん〉は、うちの人に分けるのが惜しくなり、大酒を飲ませて酔わせたあげく、斬り殺して手足をバラバラにし、甕の中に入れて床の下に埋めたんです」

「てめえ、それで黙っていたのか」

「あたいも殺されるかも知れなかったもん」

「その後にも訴えて出る機会はあっただろう」

「……」

「判っとるわい。奴と乳くり合って亭主を亡き者にしたに違いねえ。どうだ」

女は声も出ない。

「てめえも淫婦と決まった。もう許してはおけねえ」

匕首をとり直して胸をぐさり。女は足を一、二度ばたつかせたが、すぐ息絶えた。二人は床の下から甕を掘り出すと、五百両はそのままであった。そこへ外から戸を叩く音、いわずと知れた〈すっぽん〉の帰宅である。穆春、かんぬきを外して物陰に身をひそめると〈すっぽん〉は入って来て女を呼ぶ。蔣敬は姿を現して怒鳴りつける。

「やい、この顔に見覚えがあるだろう」

〈すっぽん〉慌てて逃げ出そうとするのを、穆春が

123　戴宗，国難に再び召し出され，穆春は蔣敬を助けて故郷を出る

とっつかまえれば、蔣敬は匕首で胸を一えぐり。そのまま後をも見ずに立ち去った。

さきに一杯やった居酒屋に戻って、まずは上首尾、と盃を上げた次第だが、酔いもかなり回ったところで穆春は切り出す。

「兄い、一つ相談に乗ってもらいてえことがある。さっきも言った通り、おれはいま、すっからかんなんだ。邸と畑とは、天狗星というあだ名のごろつき姚環《ようかん》に横領されちまったが、こいつが大変なわる、おれは何度も返せと掛け合ったが、開墾だ、修理だ、年貢だ、賦役だで、相当な金をつぎ込んだ。だから、二百両出せば返してやるという。おれにそんな金なんて、あるわけはない。そこで厚かましいお願いなんだが、兄いに二百両を融通してもらって家と畑とを取り戻し、落ちつきてえんだ」

「いいってことよ。おめえのおかげで取り戻せた金。第一、おれたちは血盟の兄弟じゃないか」

「ありがてえ。じゃあ明朝さっそく行くとしよう」

翌朝、二人は二百両を携えて出発した。残りの金は例の代書人にあずけたのである。目ざす姚環の家につくと、姚環は〝笑裏蔵刀〟のことわざの通り、表面はにこやかに迎えて、酒肴を出し、

「ひとつ、手なぐさみはいかがです。もし、あんたが勝てば、この金と家と畑はそっちのもの」

穆春も酒がまわって気が大きくなっていたので、すぐに応じる。蔣敬は、とめようとしたが、とめる間もない。二人は二時間ほどサイコロをいじっていたが、穆春は負けてしまった。

「これで、あんたの持って来た二百両は、こっちのものだ」

と姚環は言う。負けて頭に血ののぼった穆春、

「じゃあ、おれの畑と家とカタに、もう一勝負」

「そりゃあおかしい。あの家と畑とは、わしのものだぜ」

「何をぬかす。ありゃあ、おれのもんだ。てめえが、かたりとりやがったんだ」

次第に言いつのって、はては取っ組み合いのけんか。かなわぬと見た姚環は、

「人殺しだあ」

と大声を出す。穆春が、そのみぞおちを一蹴りして

倒し、椅子をふり上げて滅多打ちにすれば、姚環は頭を打ち砕かれてこと切れてしまう。

「ええい、毒をくらわば皿までだ。すかっとしついでに…」

と奥へとび込み、そこにあった金目のものを手早く包み、家に火を放ってとび出す。後には炎々たる火の手である。

例の代書人に礼を述べ、夜道に出た二人、

「ハラの虫はおさまったが、はて、これからどこへ行ったものやら…」

と穆春が言えば、

「なあに、心配はいらねえ。おあつらえ向きの行き先きがあらあ」

と蔣敬は先に立って足を早めた。

九

穆《ぼく》春《しゅん》らも登《と》雲《うん》山《ざん》入りし、同志の家族を救出して山塞へ収容

「一体、どこへ行くんで？」

穆春《ぼくしゅん》は不安そうに訊ねるが、蔣敬は一向に慌てない。

「李応と裴宣《はいせん》とが飲馬川《いんばせん》で、阮小七と孫立とが登雲山で、それぞれ再び旗上げしたっていうじゃねえか。飲馬川は河北で遠いけれど、登雲山は、ついそこの山東、そこへ行こうって寸法よ」

「そうだったな。忘れていた。やっぱり、おれたちゃあ、娑婆にゃ住めねえ。山塞入りするようにできているんだなあ」

「そうと決まれば道を急ごうや」

こうして道を山東路にとって七、八里も進んだところで、蔣敬はうずくまってしまった。身体が熱っぽくていけない。

「兄弟、わしはもう歩けねえ」

「そいつぁ弱った。ここはまだ江州のうち、とっつかまる恐れがある。兄い、もう少し辛棒《しんぼう》して歩いてくれ。宿をとって休み、医者を探して薬をもらえば、きっとよくなるよ」

蔣敬は仕方なく、苦しさを我慢しながら小一里ほど行くと、かなりの廟があった。やれやれと安心して、その軒下に腰を下ろしたとたん、身ぶるいが来て倒れてしまった。慌てた穆春。

「こりゃあいかん。大分重そうだ。しばらく、そこにじっとしていてくれ。中へ入って廟守に、部屋を貸してくれるよう頼んで来る。医者も探して来にゃならんでな」

蔣敬はうなずく。穆春が中へ入ってみると、一人の寺男が酒の仕度をしている。事の次第を訴えると「師匠にたずねてみる。」と言って、酒を持って中へ入る。

やがて出て来た道士、

「それは、お気の毒。西廊下でお休みなされ」

と言うので、寺男に案内されて入った所が、閻魔《えんま》を祀った建物、ひどく痛んでいるが仕方ない。穆春は一枚の破れ戸を持って来て敷き、持参の蒲団（注＝むかしの中国人は、蒲団をかついで旅をした）をのべて、とりあえず蔣敬を寝かせ、腰の巾着から小粒をとり出すと、台所へ行って寺男に渡してショウガ湯を頼み、自分は薬を買いに出掛けることにした。

さて、穆春が門を出ようとしたところへ、中から供の若者を連れた一人の男が出て来た。この男は、かな

り酔っているとみえて、あっちへふらふら、こっちへふらふら。穆春を見かけた供の若者、

「穆の若旦那じゃありませんか」

と声をかけたが、心あせっている穆春は、その声も耳に入らず、どんどん行ってしまった。ところで、その出て来た男は、竺《じく》大立という江州のやくざ。母親がちっとばかり渋皮のむけた女だったので、学費を出す者がおり、読み書きも多少はできたし、口達者なので、つつもたせ、公事の仲立ちなどをやって暮しを立てていた。加えて色好みなので相手は男女を選ばない。供の若者は彼の隣りで賭場を開いている池大眼の伜で幼名を芳坊といい、年のころなら十五、六の美少年。これは生来の遊び好きと来ているので、この廟へ連れ込まれて、しなくてもいいことをしていたのである。

廟の道士というのが、名前を焦若仙《しょうじゃくせん》といってこれまた大変な生臭さで、村の庄屋の袁愛泉《えんあいせん》と仲がよかったことから、竺大立ともつながりが出来て、義兄弟の契りを結び、三人は一つ穴のむじなとなった。そして、焦道士が土地のいざこざを探り出すと、袁愛泉がお上に訴え、竺大立がお役所の方を一手に引受け、うまい汁があれば三人で山分けにする。土地の人は〝三虎〟と称して恨み嫌っていたのだが、芳坊を三人で共同使用する、何とか兄弟になっていたのは勿論である。

その日も廟の中で一杯やっていたところ、小用を催したので、芳坊に扶けられて厠へ行き、穆春を見かけたのだが、芳坊が、穆の若旦那、と呼びかけたのを聞いて思い当たった。

(このあいだ、柳塘湾《りゅうとうわん》で三人の変死体があった。田を耕していた老人の証言で、犯人は穆春ほか一人と判り、いま役所では一千貫の賞金つきで奴を捕えようとしている。ひとつ袁庄屋に知らせて奴をつかまえ、賞金にありつこう)

そこで西廊下へ行ってみると、蔣敬が蒲団を頭からかぶって寝ており、枕元には二つの大きな包みがある。急いで部屋にとって返し、

「焦兄い、いい儲け口がとび込んで来たぜ」

と話しているところへ、悪の三羽ガラスのもう一人、袁庄屋もやって来た。これは好都合と話はすぐまとまり、揃って西廊下へやって来て、蔣敬の蒲団をまくり上げる。

蒋敬、これは事が露見したな、とは思ったが、一人ではあり、しかも病気中のことなので敵うはずもなく、たちまち縛り上げられて薪小屋へ放り込まれてしまった。竺大立・焦道士・袁庄屋の三人、荷物を部屋へ持って来て開いてみると、目のさめるような五、六百両の銀と金銀宝玉のたぐい。思いもかけぬ儲けに三人は大喜び、さっそく山分け、とは思ったが、穆春を捕えるのが先決ということになり、まずは前祝いと盛大な酒宴を開いたのだが、悪知恵の働く竺大立、寺男を西廊下にやって張り番をさせることにした。

「穆春が帰って来たら、お連れの人のお加減が悪いので、外では風が当たるから部屋の中へお移しした、といって中へおびき寄せ、みんなで捉まえてしまおう」

という肚づもりである。

こちらは芳坊、ふと口をすべらして穆春の名を呼んだばかりに、とんだことになってしまった。穆の若旦那は、いつも自分によくしてくれた…と思ったのは、遊び好きだとはいえ、根が善人の証拠、何とかしなくちゃ…と思ったので、

「もう酔ったから、お先に休ませていただきます」

と言って退き、忍び足で外へ出た。穆春に、いち早く事態を知らせようという魂胆である。門から一歩出たところへ、運よく穆春が帰って来たので、かくかくと告げる。

「もう少しして、連中が酔っぱらったら、こっそり忍び込んで連れ出し、一緒に逃げたらいいでしょう」

「その前に、奴らの様子を見ることにする」

そこで、そっと部屋の戸口に忍び寄って中をうかがうと、中の三人はもう酔眼もうろう、ろれつも回らない有様である。

(こんなに酔っぱらいやがって、それでも、この俺さまを捕えるつもりでいるのか)

と穆春は苦笑したが、手に得物はないので、台所へ行って薪割を捜したが見当たらない。なおも見廻していると、開墾用のつるはしが一丁みつかった。これで十分、と、それを下げて部屋にとび込み、

「この泥棒野郎、これでも食らいやがれ」

と一喝する。三人はびっくりしたが、小部屋なので逃げ場所もない。一つところへ固まってふるえるばか

131　穆春らも登雲山入りし，同志の家族を救出して山塞へ収容

り。まず袁庄屋の脳天に一撃を浴びせれば、脳漿《のうしょう》をほとばしらせてブッ倒れる。その間に焦道士、かたわらの椅子をふりかざして投げてよこしたが、穆春は身をかわしたので、椅子は空しく壁に当たって脚を折る。穆春の一撃は焦道士の首の骨を刺し砕き、これまた野獣のような吠え声とともに、そこへころがる。ひとり竺大立の姿が見当らない。部屋の隅の芭蕉の植木鉢の蔭に隠れているのである。その葉越しに、つるはしを打ち下ろすと、これまた頭を割られて斃れてしまった。

芳坊と寺男の二人は、かまどの下の叢草の中で抱き合ってふるえている。寺男を問いただして、薪小屋の中から蔣敬を救い出せば、

「ショウガ湯を飲んで、肝をデングリ返され、身体中に冷汗をかいたので、熱が下がって気分もさっぱりした。もう大丈夫だ」

という。そこで残りものながら、酒と肴とを台所から持って来て、まずは一件落着と蔣敬の病気が直った祝いの一杯をやる。そして芳坊には、

「お前は一刻も早く家に帰り、これを機会に、まっとうな人間になることだ」

と諭して引きとらせる。寺男には、あとで役所へ届出させることにして、二人揃って門を出た。

時刻はおよそ九つどき（夜半）、霜は一面に凍り敷き、寒空には星がまたたいている。

「からだは、すっかり元通りになった。それにしても、きのうはどうして急に悪くなったんだろうな」

「あの連中の悪業が積り積ったので、鬼神が俺たちに命じて退治させたのさ」

「そうだ。俺たちは〝天に替りて道を行なう〟梁山泊の男伊達だものな」

「うん。そいつを忘れちゃならねえってわけよ」

夜明けまで歩いて旅籠《はたご》を見つけ、朝食をしたためては、また歩き続ける。ほどなく登雲山に到着した。見れば旗指物が山塞至る所に立ちならび、甚だ威勢がいい。うかとは近寄り難いと見たので、街道筋まで引き返すと、一軒の居酒屋。まずは一杯のんで、ゆるゆる乗り込みの計画を、と酒と肴を注文したが、

「官兵が駐屯しているので、お売りする酒も肴もございません」

と言う。聞けば、登雲山山塞討伐のために、東京の

枢密院は、さる大将に登、青、萊《らい》三州の三千の兵を率いて来させており、おかげで旅人は通らず、商売にならないので、売るための酒肴は用意してない、というのである。

「山塞の頭目に、阮《げん》小七、孫立の二人がいるはずだが」

と穆春が言うと、居酒屋のおやじは、びっくりした。

「旦那方は、どこのどなたで？」

「以前に梁山泊で、血をすすり合った兄弟よ」

と言って氏名を名乗れば、

「これは、お見それしました。そういうことなら、こちらへどうぞ」

と奥の部屋へ通して酒肴を出す。この店は顧《こ》大嫂《だいそう》の手代が、物見のために、客はなくても開いているのであり、山塞の人に会いたければ、夜になって間道から連れて行ってあげる、と言う。

夜もふけたころ、二人は手代に案内されて山塞に入ると、先きに知らせてあったので、阮小七、孫立らが待ちかまえており、まずは手を握り合って再会を喜ぶ。

「お二人とも、いいところへ来てくれた。ひとつ手助けしてもらいてえ。すでにお聞き及びの通り、この山塞はいま三千の官兵に取り囲まれている。二度は撃退したとはいえ、何分にも多勢に無勢、半月ほど睨み合ったままで、全滅させる方策は立たぬ。だから、強い味方が一人でも欲しかったところだ」

と阮小七は言う。蔣、穆の二人は「もとより、その覚悟で来たのだ」と力強く答え、揃って酒宴を開いたのだが、その席上、扈《こ》成が孫立に言う。

「孫の兄貴、このお二人に肚をうちあけてもよいでしょうか」

「お前は後から加わったので、よくは知るまいが、この二人は梁山泊の兄弟、心は一つ、しかも水火も辞せぬ男伊達ばかりだ」

「これは失礼しました。ならば、すばらしい計画があります」

「よし、言うてみい」

「青州の都統制の黄信は、かつての梁山泊の仲間なので、むかしのよしみを思い、病いと称して討手に加わっておりません。そこで蔣の兄貴は、敵に顔を知られていないのを幸いに、その黄信になりすまして、腕ききの手下五百をえりすぐり、青州の旗印を押し立て て討手の軍に加わっていただく。そのとき〃知事からの出兵の催促もあり、病いも癒えたので、かくは出陣した〃と言うのです。敵の大将の鄔瓊《うけい》の部隊は京師の軍だし、三州の将軍も新補者なので、間違っても蔣の兄貴がニセモノとは思いますまい。二、三日経ったところで、こちらから降伏を申入れれば、敵の警戒心もゆるみましょう。そのとき、内外呼応して起てば、大勝利は間違いなしでさあ」

　みんな一様に「それは名案」と横手を打って賛成した。翌日、つれて行く手下の選抜、青州府の旗印の作製とともに、扈成はニセの青州府都統制黄信の討伐参加状をしたため、それにニセの官印を彫っておしたものを、まず鄔瓊に届けて参軍を予告しておき、一日おいて蔣敬は黄信に扮し、五百の兵をひきつれると、深夜ひそかに間道づたいに山をくだり、大廻りをして青州路に出、本営に到って、青州軍の参陣を告げた。さきに書面が届いているので、鄔瓊はいささかの疑念も抱かず、愈仁と尤元明《ゆうげんめい》の二将軍に紹介する。両将軍ももちろん、何の疑念も抱かない。

「将軍の遅参は、山塞勢に対するむかしのよしみを思ってのことか」

と鄔瓊が言えば、ニセの黄信こと蔣敬は、

「これはしたり、いまや朝廷の忠良なる臣のそれがし、むかしのよしみなど、さらさらござらぬわ。遅参いたしましたのは、ひとえに病いの故、幸にも全快いたしましたので、かくは参陣仕りました。遅参のおわびは、戦さにおいて仕りたく、平にご容赦のほど伏してお願い申上げます」

と、よどみなく言えば、

「貴殿に鎮三山の別名あることは、つとに聞き及んでいたが、その名に恥じぬ堂々たる言葉と立居振舞い。期待しておりますぞ」

話していたところへ、報告が入った。

「登雲山から、降伏の申入れでございます」

書面を一読した鄔瓊、

「この降伏申入れ、将軍がたは、どう考えられるか」

すると尤元明は、

「王者の軍は恩威ならびに行なわれるべきもの。かつての梁山泊の場合と同じく、ここは赦すべきかと存じます」

と言ったが、蔣敬は即坐に、

「それはなりません。良民が、やむにやまれず山塞に集うたのならば、その情なお赦すべきものがあります。然るに彼の賊徒ども、一たび帰順しながら再び叛くとは、天をも恐れぬふるまい。いわんや吹けばとぶような小塞。これを破るに何の手間ひまの要りましょうぞ。断じて彼奴らの請いを容れてはいけません」

と強いことを主張したのは、鄔瓊らに疑心を抱かせぬためであることは勿論である。聞いていた愈仁が口をはさむ。

「黄将軍のおことばは尤もながら、賊は天険に拠っておるため、もし赦さぬとなると、窮鼠却って猫を食むのたとえで、必死になって抵抗いたしましょう。さすれば味方の死傷も少なくはありますまい。目下、朝廷は各所に兵を出しているため、武器、兵糧は不足勝ちです。加えて我ら、登、青、莱三州の兵を根こそぎ動員して参りましたので、城市の守備は手薄、万が一にも他の賊徒が、この機に乗じて蜂起せば、そのわざわいは甚大なものとなりましょう。かく観じますれば、この際は彼奴らの降伏を容れるのが上策かと存じます。但し、兵法には〝降を容るるは敵を受くるが如くせよ〟とありますれば、万に油断なきように心することが肝要かと存じます」

思うツボに、はまって来たわい、と蔣敬は内心舌を出しながら、表面ではなおも徹底討伐を主張してやまない。一対二の形勢を見てとった鄔瓊は断を下した。

「よし。賊徒の降伏を許す。黄将軍は参着したばかり、一手柄を立てたいところであろうが、ここは多数意見に従ってもらいたい」

やむを得ない、という顔つきで蔣敬は不満の態を表にあらわして、しぶしぶ承知して見せる。

「三日以内に武器を捨てて下山せよ。もし遅延するにおいては、山塞を打ち破って一人といえども生かしておかぬ」

と鄔瓊が言えば、山塞側の使者は、かしこまって退出した。官軍の兵は、手ごわい山塞の賊が投降すると聞いて「これで生命は助かった」と大喜び、戦意は失せてしまったのも当然のはなしである。

こちらは山塞側。使者から報告を受けた欒廷玉《らんていぎょく》はすかさず戦術を決め「孫立は官兵の東の塞を衝け、阮小七は西の塞に向え、孫新、顧大嫂は登州路に、鄒《すう》潤、穆《ぼく》春は萊州路《らいしゅうじ》に、それぞれ伏兵せよ」と命じ、自身は扈成とともに本陣を衝く手はずを決めたのは、あざやかで水ももらさぬ指揮ぶり。

そして欒廷玉と扈成とは、逆茂木《さかもぎ》を取りのけ、喊声をあげて本陣に突入すれば、万一をおもんばかって甲冑姿のまま仮眠していた鄔瓊、がばととび起きてみると、あたりはすでに火の海、酒をくらい、安心して眠りこけていた兵たちは、いずれも白河夜舟の最中だったので、刀も鎧も手にとらず、ただウロウロするばかり。鄔瓊だけは健気にも槍をしごいて、とび込んだ欒廷玉と渡り合う。そこへ突如、黄信、つまり蔣敬が部下を引きつれて、なだれ込んで来た。

「万一の場合を考えて、武装のまま待機しておれ」

と表向き部下に命じておいたのは、もとより内応のためだったのだが、鄔瓊は頼母しがっただけで、別に不審を抱かなかったのが幸いしたのである。

「黄信、おのれは血迷うたか」

と鄔瓊が叫べば、うち笑った蔣敬、

「黄信とは真っ赤ないつわり。山塞の一味、蔣敬とはわしのこと。おのれの目の節穴を恥じやがれ」

と、これまた槍をしごいて突っかかる。しまった！　という心の狼狽がスキを呼び、たちまち廷玉の槍に胸板に風穴をあけられて、血煙をあげて斃《たお》れてしまう。

こちらは尤《ゆう》元明、本陣の騒ぎを聞きつけて起き上がったところへ、阮小七が早くも跳び込んで来て、刀を抜くひまも与えずに、一刀の下に斬り伏せてしまう。片や賊軍の夜襲と黄信の内応を耳にした兪仁《ゆじん》、命あっての物種と、馬にとび乗って逃げ出せば、追いすがった孫立が、だんぴらをふり回す。これはいかん、と右へ馬首を変えると鄒《すう》潤が待ち構えており、左には穆春が迫って来る。袋のネズミとなってマゴマゴしているところを、孫立のふるう鉄の鞭に脳天を半分かきとられ、これまた落馬して果てた。こうして夜明け前に官軍ことごとくが討ちとられてしまった。

山塞軍は馬、甲冑、武器、糧秣を分捕って、意気揚揚と山塞へとって返したのだが、廷玉が、

「蔣敬兄いが、うまく黄信に化けてくれなかったら、

こうは上首尾に事が運ばなかったろう」

と言えば、孫立は、

「それにしても、黄信をだしに使ったのは一寸よわい。彼に禍いが及ぶのは必定。一刻も早く山塞へ迎えてやらなくちゃあ」

と心配する。蕭譲《しょうじょう》もそれを受けて、

「彼は武芸、衆にすぐれ、義侠心も極めて強い。病気にかこつけて、こんどの出兵にも応じなかったのは、その情誼の厚さのあらわれだ。その彼を危地に陥れるのは、我らもしのびない。このおれが不爛《ふらん》三寸の舌をもって、山塞入りを説いてみよう。もし応じないならば、その時はやむを得ぬ。彼の自由にするほかはないが、とにかく一刻も早く事情を説明して詫びるとともに、累の及ばぬようにせねばいかん」

欒廷玉も賛成したので、翌朝、蕭譲は読書人に姿を変えて出立した。

一同が心配した通り、登、萊二州の敗残兵は逃げ戻って報告した。二州の知事は事の次第を枢密院に報告するとともに、直ちに黄信を逮捕するよう青州の知事に通達を発した。ところで張という青州の知事は、当時の官吏に似合わぬ清廉の士で、黄信とは大の仲よし。その通達を一読して不審に思い、さっそく黄信を呼んで、通達を読んで聞かせた。参陣した黄信が実は蔣敬であると知ったのは、本陣の一部の者に過ぎず、それらの者はすべて戦死してしまったので、敗残兵は、まことの黄信の内応と思い込んで、そのように報告し、二州の知事も、黄信の内応と通達したのである。

聞いた黄信は驚いた。

「拙者がここしばらく城門を一歩も出ていないことは、知事閣下もご存知のはずです」

「思うにこれは、賊徒の反問の計であろう。賊のうちのだれかが貴公になりすまし、賊兵を青州軍に見せかけて参陣して、内応したもののようだ。かく申す私が証人となり、まず登、萊二州へは、貴公が一歩も城外へ出ていないことを回答し、枢密院へも同様に上書して弁明しよう。心配めさるな」

知事は、そう言ってくれたものの、黄信の気は重い。家へ帰っても悶々としていた。二、三日経つと門番が知らせて来た。

「東京の蕭《しょう》という書生の方のお越しです」

（東京にそんな知合いの読書人はいないはずだが…）

と不審に思って出てみれば、何とかつての同志の蕭譲ではないか。黄信は、彼がいま山塞にいることは知らないので、窮状を述べて知恵を借してくれるように頼み込んだ。

蕭譲はそこで、自分も安道全の無実の罪に連坐して沙門島に流罪になったところを山塞に救われ、いまはその一味であること、同志の蔣敬が黄信に化けて内応し、山塞の急を救ったこと、いくら知事が申し開きをしても、朝廷に巣食う高俅《こうきゅう》、童貫らの奸党が、梁山泊生き残りの黄信を赦すはずはなく、これをいい機会と見て重罪に処すことは明らかであり、身に危険が迫っていることを述べ、この際、思い切って山塞入りした方が安全であることを強調したのだが、しばらく考えていた黄信、

「とにかく知事の上申によって、申しひらきが立つかどうか、もう少し様子を見るとしよう。万一のことがあれば貴公のすすめに従う。しばらく俺のところに留っていてくれ」

というので、蕭譲も無理押しもどうかと、やむなく滞在して様子を見ることにした。

ところが翌朝、一人の将官が百人ほどの壮漢を引きつれて乗り込み、有無をいわさず黄信を捕えてしまった。この将官は牛といって鄒瓊の娘婿、済州軍の総司令官だが、舅が黄信の内応によって敗死したと聞いて怒り、枢密院の指示も待たずに黄信を逮捕したのである。張知事は急報に接して駈けつけ、弁明をしたのだが、牛はいっかな聴き入れようとはしないばかりか「知事も同罪だ」と言い張り、武力にモノをいわせて黄信を引っ立てて行く始末。

その有様を見た蕭譲、すぐさま山塞に戻って報告すれば、欒廷玉は手下五百人を選りすぐり、孫立、扈《こ》成、阮《げん》小七を従えて、青州からの街道に伏せる。翌日になると、牛司令官は意気揚々と馬にまたがり、壮漢どもに囚人車を警固させながら通りかかった。たちまちジャーンというドラの音を合図に、林の中から山塞軍五百が跳り出て行く手をふさぐ。多勢に無勢と見た牛司令官、ひどい奴もあったもので、指揮官の責任もあらばこそ、馬にムチを当てて逃げてしまえば、あとは烏

合の衆の壮漢ども、てんでにワラワラと四散する。あえて深追いせずに囚人車から黄信を救い出した。

　ことここに至っては、黄信も山塞入りするほかはない。欒廷玉、扈成とは初対面なので、互いに名乗りを上げ合う。さっそく、お定まりの盛宴となったのだが、酒も回ったところで安道全が言う。

「蕭、金ご両所は、拙者のために苦労なさって申しわけなく思っているが、幸いにも山塞の同志に救われた。しかし、そのお家族は聞煥章どののお邸にあずけっ放しなので、さぞ心細い思いをしておられることだろう。このところ山塞は多事で、気にかかりながらも、そのままになっていた。いまや攻撃軍も追い払って事態は落ちついたので、お迎えに参りたいと思うのだが、私自身出向くのはチトまずい。ここはどうだろう。あまり顔を知られていない穆春兄いに頼みたいと思うのだが…」

　穆春に、もとより否はない。そこで翌朝、手紙と聞《ぶん》煥章《かんしょう》への謝礼一百両とを持って出立する。蕭譲、金大堅も、それぞれ家族への便りをしたためて穆春に託した。幾日も経たぬうちに穆春は安楽村に到着、聞煥章の家を訪ねると、久しく便りがないので心配していた蕭、金の二夫人は大喜び。家の主人の聞煥章は折りから不在だったが、夕刻には戻って来た。時刻もよしと、酒肴が出される。よもやま話の末に、聞煥章が言うには、

「実は私に仲子霞という友人がおりましてな。その夫人が六歳の子を残して死亡、彼はやむなく胡という後妻をもらいましたが、この女は出戻りの大変な悍婦《かんぷ》、おかげで夫婦仲もしっくり行きません。そこへ昔なじみが西川の地方民政長官に昇進し、彼を書記に招いたのを機に、子供の教育を私に託して単身赴任しました。子霞が家を出たあと、胡のあばずれ女めは、あだ名を焦面鬼という先夫の子を家に入れて同居しましたが、こいつは母親に輪をかけたようなひどい男で、母子ともども幼な子をいじめ抜き、ためにその子はいびり殺されてしまいました。母子は子霞の財産を横領して、いまも、おもしろおかしく暮らしております。

　私も腹が立ったので、いろいろいましめたのですが、忠告を聴くどころか、逆に、私の娘を嫁にほしい。もし不承知なら、私のあることと、無いことをお上に訴え

る、というのです。あんな奴の嫁にやるなんて、とんでもないこと、私は断然ことわりました。すると母子は逆賊の家族をかくまい、重大な国事犯を逃がしてやった、と開封府に訴状を出しおったのです。

開封府にひかれて行けば、宿元帥が何とか力になっては下さるでしょうが、気になるのは両夫人のこと、どうしたものかと案じておりましたところへ、貴殿がお連れ下さるとのこと、私は安心して、ひかれて行くことができます」

聞いた穆春は怒った。

「そんな奴、一刻も赦してはおけません。さっそくやっつけて、先生も登雲山へお連れしましょう」

「いやいや、お志はありがたいが、私はやはり東京へ参ります。ただ気になるのは、残される一人娘のこと。あずけられる縁者、親友もおりませんので、どうしたものか」

「わかりました。お嬢さまは幸い、蕭、金の二人の家族とも仲がよいとのこと。ここはひとつ、お嬢さまも山塞にお連れしましょう。山塞の住人は武骨者ばかりですが、いずれも俯仰天地に恥じぬ男伊達、決してお嬢さまに嫌な思いをおさせ申すことはありません。一件無事落着ののち、お宅へお迎えになればよいではありませんか」

「両夫人も、そう言って下さるのです。この際、お言葉に甘えるとしましょう」

娘も、蕭、金両夫人たちと一緒に住めるとあって、喜んで承諾する。その晩は寝もやらずに仕度をし、夜明けとともに出発したのだが、聞煥章は娘に、

「お前が発ったら、わしもすぐ出発する。逮捕に来る前にな」

と言い、互いに名残りを惜しみながら、袂を分かった。

夕方、とある宿場につくと、いかにも性悪そうな若い男が、これまた旅人らしい男と一パイやっている。穆春、聞くともなく聞いていると、若い方が言う。

「わしは東京へ謀叛人《むほんにん》を訴えに行って来たんだが、すぐにお聞き届けになり、犯人の逮捕状が出た。そこで急いで家に帰るところだ」

「急いで帰って、どうするんだい？」

「若い美しい娘を手に入れる算段をせにゃならんの

でな」

「そのためのウソの訴えだろう」

「そうでもせにゃあ、この焦面鬼に、いい嫁さんは来てくれんのでな」

穆春、さてはこいつが、あの焦面鬼の野郎かと、心中ひとり合点して、その面を頭に刻み込んだ。そして翌朝、彼は夫人や娘たちを先行させ、自分は町角に立って待っていると、果たせるかな、焦面鬼が一人でやって来た。それをやり過ごして小一里も後をつけると、はや寂しい原っぱ、あたりには人影はない。そこで焦面鬼に追いつきざま、

「てめえに、いい嫁さんの代りに、だんぴらのうどんでも食わしてやらあ」

と言って腰の刀で脳天を割りつければ、焦面鬼はそのまま、あの世行き。穆春は、その死体を、かたわらの井戸に投げ込んで、そのまま夫人らの後を追う。ほどなく追いついたので、何食わぬ顔をして行を共にした。むごたらしい人殺しを、女性に聞かせなかったからである。

三日目、一行は山塞へ安着した。蕭譲・金大堅の二人は、いずれも家族の無事な姿を見て大喜び、安道全も聞煥章の娘を迎え入れることができたのに一安心。穆春の話を聞いた欒廷玉らの頭領たちは、

「兄弟、おめえは全くの男伊達、胸のすくようなやり方だな」

と褒めそやし、穆春の慰労と、蕭・金二人の久方ぶりの家族との再会を祝って、盛大な宴会を開いた次第。

一〇　二少年、天覧試合に妙技を披露し、
金軍の猛攻下に危うく脱出

こちらは聞煥章《ぶんかんしょう》、娘を送り出して心の重荷が片付いたので、逮捕に来られる前にと、これまたさっそく家を後にして東京に出て来た。まず宿元帥邸に伺候して、事の次第をありていに述べたところ、元帥は

「大丈夫。わしが人をやって告訴人を逆に誣《ぶ》告罪に問うよう、知事に申し渡してやろう」

と力強く断言してくれたので、大相国寺に宿をとって逗留し、事の落着を待つことにした。というのは、同寺の住職の真空禅師は、かねてから旧知の間柄だったからである。

これより先き、金は宋との和議がととのったので、燕雲の地を宋に与えたものの、その地の住民ことごとくを自領に連れ去った。いわば〝空城清野〟にして、土地だけを宋に与えたわけ。おかげで住民たちは泣きの涙、住み馴れた故郷を捨て、苦しい旅を続けながら東へ向かったのだが、その一行の中には、金に降った遼の宰相の左企弓《さききゅう》もいた。

遼の旧民たちは、平州まで来ると、その辛苦に耐えられなくなったので、その地の守将の張穀《こく》に、

「閣下のおはからいで、われわれが故郷に帰ることができますならば、ご恩は死んでも忘れません」

と泣訴した。聞いた張穀は諸将を召して相談した。

「いまは金軍の中にあるとはいえ、われらはもともと遼の武臣、同胞の苦難を見るに忍びない。いっそ宋に帰投して遼の再興を図ろうではないか」

一同、賛成したので、元宰相の左企弓らを呼び出して、遼滅亡の責任を追求し、たやすく降伏した無節義をなじって、これをくびり殺し、金に叛旗をひるがえす血祭とした。そして童貫の軍門に降ったのである。

童貫はさっそく帝に奏上し、

「平州は要害の地であるのに加えて、張穀は統御の才がありますから、金の侵入を防ぎ、燕雲の地を安んじるに足りましょう」

と意見具申をしたが、左司郎中の宋昭は反対する。

「それはいけません。さきに金と通じて遼を破ったのは、兄弟国を捨てて虎狼と親しんだことであり、それ自体、失策でした。しかし、金と結んだいま、またも謀叛者の投降を許せば、自ら望んで金との不和を招く結果になりましょう」

だが、この正論は容れられることなく、宋昭は庶民

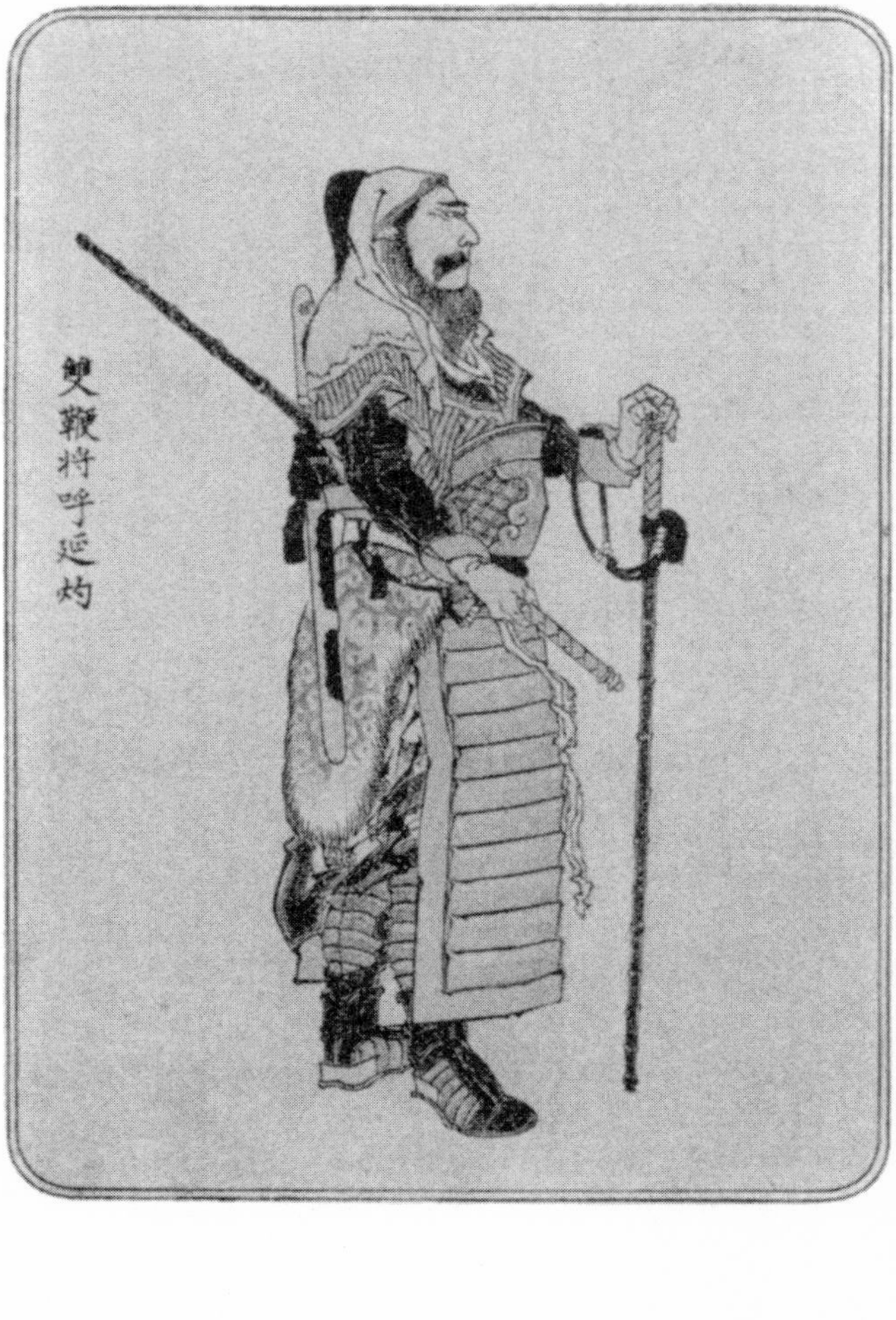

145　二少年，天覧試合に妙技を披露し，金軍の猛攻下に危うく脱出

に落とされ、張穀は宋軍に編入されて鎮東将軍の官を与えられた。

怒ったのは金である。直ちにオリブに二万の兵を与えて平州を攻撃して来た。三昼夜の攻防戦ののち、張穀は平州を放棄して二子ともども童貫の陣に逃げ込んだ。勢いに乗じたオリブは火のように追撃して、裏切り者の張穀の引渡しを迫り、もし聞き入れなければ、東京までも攻め寄せると高飛車の態度である。

童貫はうろたえ、やむなく張穀父子を斬って、その首を金の本陣に届けたが、オリブは兵を返す様子はなく、童貫自身が謝罪に来いと威圧する。恐れをなした童貫は、謝罪に出向くどころか、京師に逃げ戻ってしまった。

そのころ、趙良嗣のすすめで宋に降った元の遼の涿州の知事、三十万の大兵を擁して、有利な身の処し方を考えていたが、張穀の寝返りと、それがもとで金軍が攻撃に出、しかも、その威勢が甚だ強いと聞くと、もともと強い方になびく無節操派のこととて、たちまち総勢を率いて金に降り、その先鋒となった。何しろ宋の表も裏も知りつくしているのだから、対宋戦に手ぬかりはない。勝ち進んで宋の領域ふかく侵入すれば、金はさらにネメガに十万の兵を与えて太原に進攻させたため、辺境危うしの飛報は櫛の歯をひくように東京にもたらされる有様。

道君皇帝は憂慮して文武の諸官を召し、局面打開策を下問した結果、天下に勤皇の士をつのること、皇太子を東京の長官とし、帝自身は前線近くまで赴いて将兵を激励することになった。そのとき、太常少卿の李綱が血書して、

「願わくば、この際、帝位を皇太子に譲り、陛下の御為に社稷《しゃしょく》を守らしめ給え。さすれば将士、守国滅敵に奮起するに違いありませぬ」

と上申したため、帝も意を決して位を皇太子に譲り、年号を靖康と改めて、血書上申した李綱を兵部侍郎に任じ、さらに近衛の兵馬指揮使十名に各々兵二千を与えて、金軍の黄河渡河を食い止めることにさせた。

お話変わって、彼の焦面鬼の母、息子が一向に戻って来ないので心配していたところ、同村のある者が「追分け宿のはずれの枯れ井戸の中から死体が見つかった。どうも焦面鬼らしい」と知らせた。取る物も取

りあえず、とんで行って見ると、果たして息子の変り果てた姿である。莫蓮女ながらも、そこは人の子の母、これを悲しむの余り病気となり、日ならずして、嗚呼《ああ》哀しい哉！という結果になってしまったのも、平素の悪業の当然の報いということであろう。

こちらは東京に上った聞煥章、大相国寺での滞在も久しくなったが、吟味の呼び出しもなければ、逮捕に来る様子もないのは、国事が多端で、それどころではないのと、宿元帥の圧力のせいと思われた。そこで所在なさにブラブラしたり、たまには真空禅師と法談を交わしたりして日を過ごしていた。

そんなある日、山内を散策していると、小者二人を連れた軍人、寺内の知人でも訪ねようとしてか、馬を下りて小者に刺を通じさせようとして、ふと聞煥章を認めて言った。

「おお、これはしばらく。どうしてここにいなさるのか」

見れば梁山泊の天罡《こう》星の第八席、双鞭《そうべん》の呼延灼《こえんしゃく》ではないか。喜んで自室に通して、一別以来を物語る。聞煥章の話を聞いた呼廷灼、

「そんな些細かつ根も葉もないこと、少しも心配なさる必要はありません。それにつけても、我らのむかしの兄弟は事を好み過ぎる。おかげで、われわれまで梁山泊の残党呼ばわりされて弱っております」

「それというのも、すべて公儀のやり方が悪いからです。私のような局外者まで渦中に捲き込まれるぐらいですからな」

「ときに拙者の伜《せがれ》の呼延鈺《こえんぎょく》と申す者、すでに青年となりまして、腕っぷしも強く、武芸にも上達しましたが、惜しむらくは文の道に通じません。ひとつ先生のご薫陶《くんとう》を賜わりたいのですが、ご承引いただけるでしょうか」

聞煥章とて、いまはひまを持て余している身なので、二つ返事で承知したところ、その日の午後、早くも延灼父子がやって来た。父親が自慢するだけあって、延鈺という息子、なかなか立派な青年である。これは教え甲斐がある！　と煥章は心中喜んだ。

翌日から兵法書『六韜《とう》三略』の講義にかかったが、予想にたがわぬ呑み込みぶりに、学問はどんどん進む。師弟の情もまた一段と深まった。

ある日、呼延灼が兵営での教練を終えての帰り道、かたわらの小路から一人の男が大きな箱を抱えて跳び出して来た。と、その後から十五、六と見える少年が追いすがって大喝する。

「この泥棒め。さあ返せ」

すると傍らにいた三人の無頼漢、少年をつかまえて、

「おい、若えの、手出しをしねえ方が無難だぜ」

とすごむ。

「さては、貴様らも同類だな」

と少年は振りほどこうとしたが、いっかな離さない。いら立った少年、矢庭に前にいた奴に平手打ちを食わせると、その男はよろけて倒れる。次の奴は股間を蹴り上げると、急所を抱えてうずくまる。あとの一人はポカンとしたまま、少年は箱を抱えた奴に飛ぶように追いすがり、背中めがけて一撃、さっと箱を奪い返した。これらが全くあっという間の出来事だったので、野次馬は感嘆の声をあげた。

呼延灼も馬をとめて見とれていたが、少年を呼びとめて訊ねた。

「お若い方、なかなかやるな。名は何といわれる?」

少年は、うやうやしく敬礼し、息の乱れも見せずに返答する。

「わたしは徐晟《せい》と申します。この箱の中の品は三代相伝、賽唐猊《さいとうげい》という黄金造りの鎧で、父が存命中、十万貫で譲ってほしいと言われても、手離さなかったほどで、門外不出の大切な家宝です。父は方臘討伐で戦死、母もまた亡くなり、わたしはいま乳母と二人で暮らしています。

実は三日まえ、种《ちゅう》総督の使いと称する男が来て、総督が見たいから貸してほしい、というのです。私は、門外不出だから、と断わると、私の留守を見はからって乗り込み、乳母を脅して奪って逃げました。そこへ運よく、わたしが帰って来て、かくは取り戻した次第です」

さては兄弟の金鎗《そう》手こと徐寧《じょねい》（天罡《こう》星の一人）の息子だったか、道理で…と呼延灼は改めて若者を見直し、名乗りを上げた。

「兄弟のご子息とあれば捨ててはおけぬ。どうだ、ひとつ、わしの家へ来て倅と一緒に学問をしてはどうかな。目下、聞先生について学んでいるのだが、友達

がいた方が励みもつこうというもの」

徐晟、一応は遠慮したが、亡父の盟友の誘いとあっては断わるのも失礼と、延灼の供をして、その邸に向かう。夫人に向かって、

「まことにすぐれた若者。末が楽しみじゃ」

と、ことの次第を物語れば、夫人も喜んで同意する。年齢は十六とのことなので、十七歳になる延鈺《ぎょく》と兄弟の誓いを結ばせ、聞煥章にも引き合わせて、ともども兵法を学ばせることにしたのだが、生まれついての利発さの故に、一を聞いて十を知る。加えて人となりもよいので、すっかり邸中の人気者となった。

遂には徐晟、乳母を迎えとって呼邸に同居するに至ったのだが、ひまを見ては延鈺と力くらべ、武芸くらべ。延鈺が父ゆずりの双鞭を使えば、晟もまた亡父相伝の金鎗をよくする。互いに自分の得意の術を教え合うので、またたく間に二人とも、鞭と鎗の両方の手だれとなってしまった。延灼以上に晟の文武両道の上達を喜んだのは夫人である。今年十五歳になる一人娘の玉英の、よい婿ができた…と思ったからだ。

それから一か月ほど経ったある日、役所から帰って来た呼延灼、

「一大事が起った。帝が軽々しく童貫の輩を信じて、平州の守将張瑴の投降を許されたがために、金は盟に背いたと怒って侵入、河北諸州を攻略して、ほどなく黄河を越えようとしておる。帝は譲位され、国士防衛の勤皇の士を全国に募ることになったが、勇武の士の決起を促すため、近く東京府において天覧試合が行なわれることになったそうだ」

二人の若者、これを聞いて雄心しきり、見学に行きたいと乞うて許された。呼延灼ら三人が東京について演武場に着くと、

「力、衆にすぐれ、兵法に通じ、弓馬の術に長け、武芸に長じた者ならば、何びとといえども参加自由である。そのわざ優秀と認められる者は、直ちに重く用いられるであろう」

というおふれが達せられ、陣太鼓が三たび鳴り渡ると、各営各隊のつわものが互いにわざを競い合った。それが終わると、またもやおふれの声、

「これより一般の武技、臂《ひ》力くらべが開催される。第一は力だめし。統帥台の下にある鉄丸二つを持ち上

げて台を三回まわる。第二は弓だめし。二百歩の距離にある標的の中央の赤丸の中心の金貨を射あてれば特等、矢は三本である。第三は武芸の試合である」

たくさんの応募者があったが、五百斤に余る鉄丸なので、持ち上げて五、六歩というのがほとんど。弓の方も赤丸には当たっても金貨を射抜く者はいないし、第三の武芸の試験も大したことはない。見ていた呼延鈺と徐晟の二人は腕がムズムズして来た。すかさずとび出して演技を乞う。

位置についた二人、例の鉄丸をいとも軽々と持ち上げて統帥台を三回まわったが、顔色ひとつ変えない。今度は弓である。ひらりと馬に打ち乗った二人、駈け出す馬上から掛け声を合わせてヒョウと放てば、二本の矢はならんで金貨を射抜く。あとの四本の矢は何としめし合わせたかのように、金貨の上下左右に等間隔に射込まれた。満場やんやの喝采の中に馬から下りた二人は、続いて得物の双鞭と金鎗とをとり、駈けめぐり、馳せめぐりながら「えい」「おう」の声も勇ましく、互いに秘術をつくして渡り合う。あまりのみごとさに、観る者は声を上げるのも忘れて、ただ手に汗を握るばかり。ようやく演武を終えて、統帥台上の検閲使・梁方平の前に進めば、呼延灼も介添としてまかり出、姓名は？との問いに答えて二人の名を名乗る。梁方平は喜んで、

「なるほど、音に聞えし其許のご子息たちであったか。まことに、この父にして、この子ありじゃ。本日は折角の催しながら、凡庸の徒のみにして、本職、いささか失望しており申したところ、かかる俊秀を見出し得て、まことに心強い。さっそく勅許を乞うて、まずは騎兵隊長に任じ、貴下ともども軍国のことに当たっていただこう」

三人は面目を施して退く。梁方平は呼延灼をふくむ近衛軍の名将十名をすぐり、各々兵二千を率いて翌朝出陣することを命じた。

二子ともども邸に戻った延灼、さっそく聞煥章に向かって明朝の出発を告げ、

「十名の指揮官中、ものの役に立ちそうなのは、せいぜい二、三人。恐らくは金軍を支え切れますまい。金軍ひとたび黄河を渡れば、東京も保ち難い。そこで気になるのは残る家族のこと。ついては先生、まこと

にお手数ながら、妻と娘とを汝寧《じょねい》の妻の実家までお送り願えまいか」

聞いた聞煥章、登雲山にいる自分の娘のことも気がかりで、一度訪ねて行って見たいと思っていたときなので、渡りに舟と承知する。その夜は準備と別れの宴にふけて、あくる朝早く出立した。

三日も経たぬうちに、多くの人が家族連れでゾロゾロ避難しているのに出会った。金軍はまだここまでは？と不審に思ってたずねると、河南、山東一帯で王善という土匪が乱を起こし、その数は約五十万、乱暴狼藉の限りをつくすので、住民はやむなく避難しているという。

汝寧への行く手をふさがれて弱った聞煥章、ふと思いついたのは娘のいる登雲山の山塞である。そこで呼夫人に次第を話して了解を得、方向を変じて登州路へと急ぐ。五、六日行くと、やっと登雲山に到着し、山塞に手厚く迎えられ、こうして一行は山塞の一員となったのである。

こちらは呼延灼、家族を送り出して身軽になったので、予定通り二千の兵を率いて出発したところへ「金軍は渡河にかかろうとしている」という急報に接した。そこで防禦のかなめである楊劉村に、汪豹将軍とともに到着して見れば、黄河の流れはせばまっており、渡河点としては最も狙われ易い場所である。住民はもちろん逃げ去ってしまっている。さっそく防塞を設け、警戒おさおさ怠りない。

ところが相棒の汪豹将軍という奴、もとは一介の遊侠の徒でしかなかったのだが、うまくとり入り、蔡京《さいけい》の門下に投じて、将軍にまで出世しただけに、心中まことに邪悪、金軍の強盛ぶりを見ると、たちまち寝返ることを考えた。そこでひそかにオリブに使者を出して、この渡河点に金軍を迎え入れることを提案したのだが、邪魔になるのは呼延灼である。そこで延灼を招いて酒食を出し、ぽつりぽつり懐柔にかかる。

「いまや朝廷は姦人の巣窟《そうくつ》、宋の命脈も尽きようとしており、よく一木の支え得るところではござらぬ。強敵の金軍を相手に、よしんば勝ち得たとしても、手柄は上の者にさらわれ、敗れでもしたら、罪を問われるのは我ら。ここはひとつ、臨機応変にやろうではござらぬか。良禽《きん》は木を選んで棲むということわざもある」

「これはしたり。何てことを言われるか。武人たる我らは防衛に専心すればよいのであって、功名手柄など念頭にござらぬわ」

延灼の志動かすべからずと知った汪豹、

「おお、実に見事なお言葉。いやなに、貴殿のお覚悟のほどを知りたいために、敢えて逆のことを申上げただけ。気にされるな」

と機嫌をとったが、倶《とも》に酒を飲むのもけがらわしいと、憤然と席を立って自陣に戻った呼延灼、二子を招いて、汪豹に異心のあることを告げれば、徐晟が言う。

「彼奴がすでに二心を抱き、それを父上に打ちあけたにも拘らず、父上が応じないと判った以上、急ぎ事を起こすに決まっています。その対応策として、わたしと兄者とが五百の兵を率いて向うの岡の上に陣し、もし変事が起れば直ちに助勢に参りましょう」

これを受けて延鈺《ぎょく》、

「それは名案。だが、父上お一人をこちらに置いて、お助けする者がいないとあっては心もとない。わたしと弟と交替で、父上の身辺を警固しよう」

「それは、なおいい考えだ」

そこで陣を二つに分け、固めをいよいよ厳しくしたのだが、それと見た汪豹「奴め、俺に疑心を抱きおったか。かくなる上は急がねばならなぬ」と、さっそく金軍に人をやり、内応の期日を約束したため、幾日経っても汪豹の陣はひっそり閑。金兵また満を持して岸辺にあらわれない。

数日を経たある夜、突如として大暴風雨が見舞った。

「こんな夜こそ危い。油断は禁物ぞ」

と呼延灼、徐晟と一隊の兵を連れて河畔を巡察していると、自陣と覚しいあたりで天に冲する焰があがり、闇をどよもす喊声が起こった。それは、かねて汪豹が金の間者を引き入れ、この嵐に乗じて事を起こしたのである。

呼延灼と徐晟の二人。急いで駆け戻ってみると、数百の金兵が自分の陣に殴り込みをかけており、その指揮をとっているのは汪豹であることが、折りからの火の明りで判った。

怒りたけった呼延灼、まなじりを決し、双鞭をふるって打って掛かれば、汪豹も槍を上げて防戦する。そこへ徐晟が駈けつけて助勢に出れば、汪豹は敵わぬと見て馬に一鞭あてて逃げ出す。二人は、逃がしてなるものかと追いすがる。その間に、一万ばかりの金兵は大いかだを操って黄河を渡ってしまい、喊声とともに突っ込んで来る。それを見た三人、離れ離れになっているのは不利と、一つに合して必死に防ぎ戦う。夜中ごろまで渡り合ったが多勢に無勢、三人が山上の小塞へ追いつめられたころには、味方の手勢ははや百余人に減ってしまっていた。

　こうして楊劉村への渡河に成功した金軍は、これを突破口として、各所の渡河にも成功して、総勢十万、一兵残らず黄河の南岸に打って出たため、他の宋軍陣地も総崩れとなり、梁太監は自軍を見捨てて都へ逃げ戻ってしまった。

　さて呼延灼父子、敵の重囲を一日は支えたものの、形勢を挽回する力はもはやない。

「夜半を待って決死で山を下りましょう。こんな所で討死する手はありません」

　と徐晟が言うのに賛成し、夜半に及んで生き残りの兵をひっさげて、山の下の金軍陣地に殴り込んだ。そのとき、金軍の大将の一人が馬上から槍をしごいて突っかかって来る。見れば汪豹ではないか。延灼大いに怒り、

「ここな逆賊、そこ動くな」

　と双鞭をふり回しながら立ち向かい、大喝一声、馬から打ち落とした。それと見た金兵、懸命に救い出し、人垣を作って寄せ付けない。もはや汪豹を討つことはかなわぬと見た延灼は、仕方なく血路をひらいて退却したが、幸いにも金兵は追って来ない。金の陣地を抜け出したところで後をふり返ると、ついて来るのは二人の子ばかり。手勢は、ことごとく討たれたのであった。

　ひたすら馬を走らせて、夜明け方には楊劉村を遙かに離れた所まで辿りつけた。呼延灼、

「天の助け、どうにか命だけは助かったが、さて、これからどこへ行ったものか。汪豹めにたばかられたとはいえ、戦さに負けたとあっては東京にも帰れまいし、汝寧へ行ったとしても、追捕の手が廻ることは必定。そうだ、いま思い出したが、かつての同志の一人美髯公の朱仝《しゅどう》（天罡《こう》星の一人）が保定で都統制をやっ

ている。そこへ行って、しばらく厄介になり、都の様子を見るとしよう」

そこで保定めざして落ちて行ったのだが、目ざす保定にたどりつくと、肝心の朱仝は金軍の侵入を迎え撃つため、五里ほど離れた所へ出陣中とのこと。城門は閉ざされているので中へ入ることもできない。馬を立てたまま途方に暮れていると、にわかに起こる金鼓の音とともに、数百の軍勢が押し寄せて来た。金兵と見た呼延灼。二人の息子に声をかけて一散に逃げ出す。方角も定めずに走ったので、気がついたときは山の中、日は暮れたが、ここがどこやら、さっぱり判らない。ままよと馬を進めて行くうちに大きな寺にぶつかった。

「助かった。この寺で一晩厄介になり、あす身のふり方を考えるとしよう」

と、馬を下りようとしたところ、中から四、五十人の坊主が手に手に槍、棍棒をふりかざしてグルリと三人を取り囲んだ。

「われらは決して怪しい者ではない。保定府の朱統制を訪ねたが会えず、日も暮れたので一夜の宿を拝借に参った者でござる」

「この寺は、万慶寺といい、いまや金朝に帰順しており、怪しい奴を見掛けたら捕えるよう命令されている。お前たちの姿格好から察するに、宋軍の敗将であろう。捕えて突き出すのだ」

言われて三人、さては、こやつら敵であったか…と、それぞれの得物をふり回せば、もとより坊主など敵ではない。十数人が手傷を負い、あとは逃げ込んでしまった、が、こうなっては寺にも入れない。仕方なくまた馬を走らせてしばらく行くと、山神廟が見つかった。ここなら大丈夫…と中に入って休息することにした。

さっそく火を起こし、冷えた身体を温めたのだが、枯枝を集めようと外へ出た徐晟《じょせい》、あわてて中へ入って来て金鎗を持ち出す。

「どうしたんだ」

と言う延鈺の声を「しっ、黙って！」と制して指さす方を見ると、一匹の鹿が川畔で水を飲んでいる。

「あれをやっつけたら、晩飯にありつけますよ」

と小声で言うと、手にした鎗を投げつける。狙いあやまたず、鹿のわき腹にぐさり。さっそく持ち帰って切り割き、火にあぶって、まずは遅まきの夕食とした

水滸後伝地図

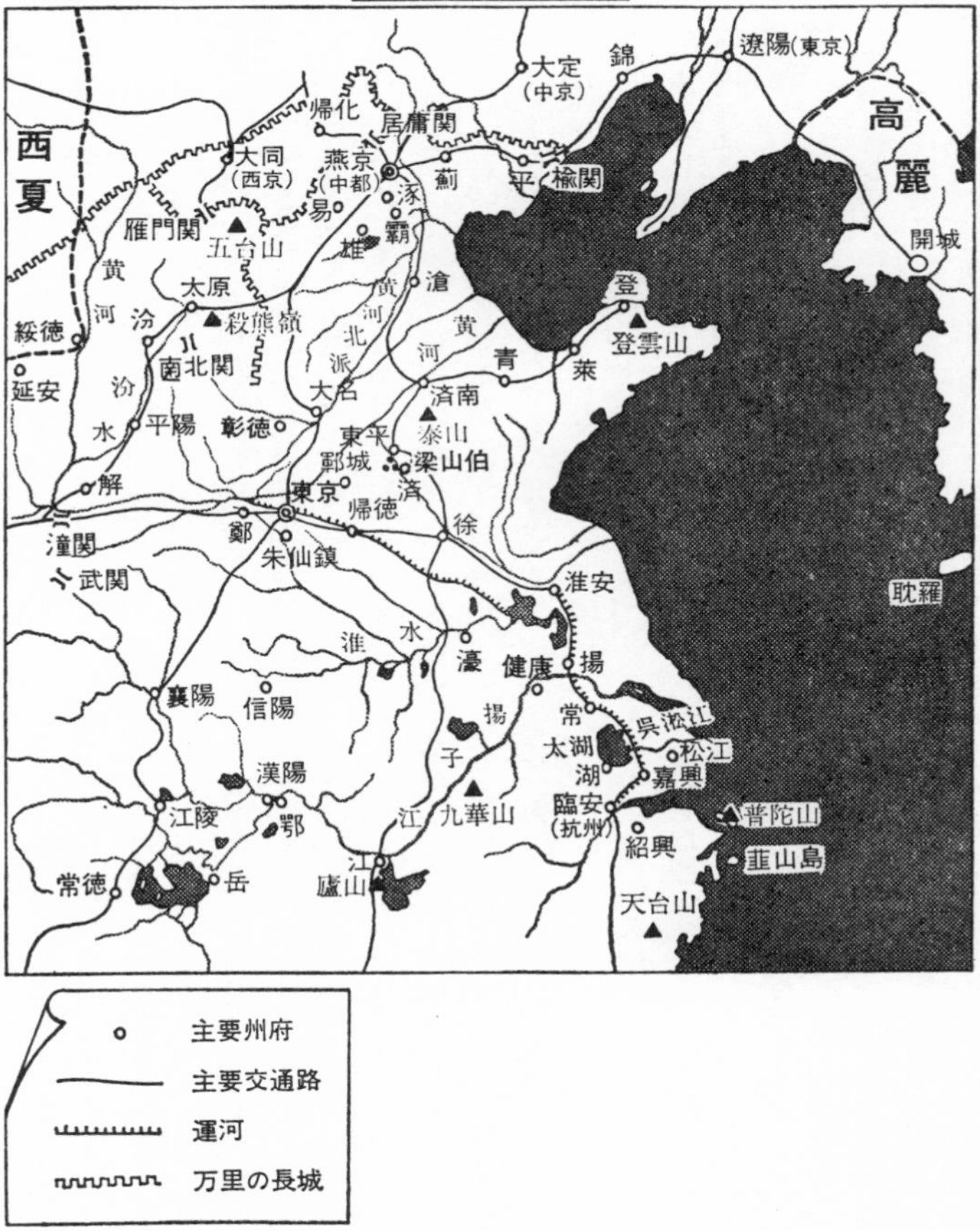
西夏
高麗
遼陽(東京)
錦
大定
(中京)
帰化
居庸関
大同
(西京)
燕京
(中都)
薊
平
楡関
涿
易
覇
雄
雁門関
五台山
開城
黄
河
太原
殺熊嶺
滄
黄
河
北
派
登
綏徳
汾
登雲山
南北関
黄
河
青
萊
延安
汾
水
済南
大名
泰山
平陽
彰徳
東平
鄆城
梁山伯
解
東京
済
帰徳
潼関
鄭
徐
朱仙鎮
武関
淮安
耽羅
淮
水
濠
健康
揚
襄陽
信陽
揚
常
呉淞江
子
太湖
松江
漢陽
湖
嘉興
江陵
鄂
江
九華山
臨安
(抗州)
普陀山
江
紹興
韮山島
常徳
岳
廬山
天台山
主要州府
主要交通路
運河
万里の長城

のだが、塩がないので、物足りない味となったけれども、この際ぜいたくはいえない。ようやく腹一杯になったころ、かすかな人の、それも女の悲鳴が聞えて来た。

「おかしいぞ、こんな夜中、しかも山の中で…」

若者二人が出てみると、かすかに一筋の道が走っており、その先きの方から悲鳴は伝わってくる。二人が道を辿って行くと、林の中に灯りがもれ、庵があった。声はその中からと判ったので、近寄って中をのぞいて見ると、こはいかに、一人の坊主が女を羽がいじめにし、他の一人が衣服を剥ごうとしているではないか。女は必死になって抵抗するけれども、所詮は男二人の力には敵わない。危うく落花狼狽—。

と見た二人、やにわに格子窓を大力でもって引っぱりこわして中へ乱入すれば、メリメリという物音に驚いた二人の坊主は、わきの戸口から外へとび出す。徐晟は大喝一声、

「クソ坊主、待ちやがれ！」

一方、呼延灼は廟内にいたが、二人が一向に戻って来ないので、外へ出てあたりを眺めていると、徐晟のどなり声に続いて二人の坊主が駈けて来て、ばったりと胸にぶっかかった。延灼、むんずと一人をつかまえたが、他の一人は闇にまぎれて逃げてしまった。追って来た徐晟、手刀で坊主の右腕をハッシと打てば、骨は砕けて腕はブラリ。庵へ引きずって坐らせれば、もう逃げ出す元気もない。女はまだ床に坐り込んで泣いている。

なだめて聞けば、女は近郷の人妻で、しゅうと、夫ともども金軍の来襲を避けて山中へ入ったところ、金軍が押し寄せて来て三人はバラバラになり、途方に暮れた女は林の中でウロウロしているうちに、二人の和尚につかまって、危うく手ごめにされそうになったという。

一方、坊主の方は、さっきの万慶寺の僧で、修行のために、師匠と弟子の二人で庵ずまいをしているのだが、林の中で女を見付けたので、けしからぬ心を起こしたというのだが、聞きすてならないのは、万慶寺の住職の曇化《どんげ》和尚の弟が竜角山の野盗の頭《かしら》をしており、それが飲馬川山塞勢に打ち破られたことから、山塞勢を敵視するの余り、金軍の力を借りて山塞を討とうとしているという坊主の言い分である。

「己の邪悪な野望を達成するために、敵軍に通じるとは赦せぬ。仏門にありながら婦女子に手を出すのも、もってのほか」

と一刀の下に斬り殺してしまった。

間もなく夜も明けた、助け出した女に聞けば、飲馬川の山塞は西南三里ほどの所だと言う。女を慰めて去らせた三人、

「こうなっては、山塞に入るほかはあるまい」

と馬を並べて進み出す。二里ほど行ったところ、金兵の一隊が、宋軍の将官とおぼしい騎馬武者を追いかけて来る。延灼が、ひとみをこらして眺めると、何と昨日たずねて会えなかった朱仝ではないか。声を掛けようとしたところへ、早くも金軍が寄せて来たので、三人は得物をふるう。たちまち数人を斃したので、金軍は、手ごわいと見て兵を引いてしまった。朱仝は馬から下りて、しげしげと眺め、「これは何と兄貴じゃないか。おぬしがいてくれなかったら、わしの命はないところだった」

と手を握り合ったところへ、ジャーンというドラの音とともに、三、四十人の盗賊が現れ出、一人の坊主を引っ立てながら進んで行く。馬上の頭領、呼延灼と朱仝の二人を認めると「おっ!」と叫んで馬を下りる。錦豹子の楊林だったのである。

三人それぞれ、ここに至るあらましを語ったのだが、朱仝は数倍する金軍に敗れて、単騎落ちてゆくところだったという。徐晟、引っ立てられて行く坊主を見ると、昨夜逃げ出した破戒坊主の片割れだったので「山塞の敵、仏法の敵」と、その場で斬り捨ててしまった。

五人は打ち揃って進むほどに、間もなく山塞に到着。楊林の知らせで李応らもとんで出て迎える。

「この重大な時期、兄弟のお越しをいただいて、まことに心強い」

と喜べば、朱仝、

「わしと呼の兄いとは、もう盛りを過ぎた人間だが、この二人は、これからの人物」

と呼延鈺と徐晟の二人を紹介する。同志の子弟の頼母しい成人ぶりに、山塞の一同、改めて感心したり、うらやましがったり。さっそく盛大な歓迎宴が開かれたことは、いうまでもあるまい。

ところで、前夜の林の中の庵には、もう一人の坊主

がいたのである。奥で用を足している途中、何者かが踏み込んで来たので裏口から逃げ出し、翌日、和尚の一人が殺されたこと、他の一人も山塞側に捕って殺されたことを万慶寺に報告すると、曇化《どんげ》和尚は大いに腹を立て、さっそく金軍の本営にオリブを訪ねて、山塞討伐を懇願した。

このオリブは性残忍ながら、深く仏法に帰依していたので、出兵を承諾した。そこで五百の金軍と、三百の僧兵とが山塞討伐軍となって出陣したのだが、物見の知らせで、それと知った山塞側、

「坊主どもは大したことはないが、百戦錬磨の金軍は侮り難い。討って出るのは下策。ここは防備を固めて二、三日持ちこたえ、敵の志気のおとろえた頃を見はからって一挙に撃滅戦と行こう」

という朱仝の、金軍と戦った経験から来る戦法をとり入れ、三つの関を固め、各所の小路には石や材木を積み上げ、石だま、火箭、丸太、目つぶしのたぐいを用意し、各木戸も堅く閉ざした上、さらに旗を伏せ、鳴りをひそめて敵の攻撃を待った。

一一　李《り》応《おう》ら、柴《さい》進《しん》を牢から救い出し、姦邪の大官三人を流刑途上に暗殺

飲馬川山塞に金軍ともどども押し寄せた曇化《どんげ》和尚、功をあせって火のように攻め立てたが、山塞側は固く守って相手にならない。昼過ぎになると気持がぐったりしてしまい、陣営に戻ろうとすると、突如、一発の砲声とともに李応、呼延灼、楊林、樊瑞《はんずい》の四騎が約五百の部下を率いて馳せ下って来た。少林寺の出で拳と棒に達者な曇化、手に六十余斤の禅杖を構える。およそ三十余合も戦ったが勝負はつかぬ。そこへ金兵が殺到して来たため、双方入り乱れての混戦となったものの、夕方となったので両方それぞれ兵を引いた。

「曇化というクソ坊主、思ったより手ごわい奴。ここは一つ、知恵でやっつけるほかはあるまい。明日は一つ、立て籠って戦わず、ただ旗をふり、ときの声をあげて奴を釘付けにしておき、別働隊を山の裏から下山させて、本拠の万慶寺を衝く。寺は定めし空っぽだろうから、こいつはうまく行くに違いあるまい。その一方、二つの路に兵を伏せておく。奴は急を聞いて必ず救援に馳せ戻るだろう。そこを挟み討ちにするんだ」

という朱武の意見を納れ、呼延灼、徐晟、呼延鈺、楊林が万慶寺襲撃組、裴《はい》宣、蔡《さい》慶、樊瑞、杜興は埋伏組、李応と朱仝はこのまま対陣して追い討ちをかける組と手はずを決めた。

夜半、下山組は山塞を下り、呼延灼らの三百が万慶寺に到着したところ、寺では朝の勤行の最中。どっと押し入ってみれば、山内には十数人の老弱者ばかり。手当たり次第に斬って捨てたあと、楊林が火をかけようとするのを呼延灼がとめた。

「山内には、いろんな貯えもあるはず。焼くのはもったいない。いただけば役に立つ」

そこで三百の部下を動員して家探しをさせると、あるわあるわ、酒、食料品、金銀財宝は山のよう。それだけではない。裏手の洞穴の中には、若い女が三十数人も檻禁されていた。いずれも、坊主たちがなぐさみ用にさらって来ていたのである。女は解き放ち、戦利品は運び出して、まずは一服、曇化和尚が慌てふためいて戻って来るのを待つことにした。

こちらは曇化和尚、再び山塞ぎわまで押し出して挑んだが、山塞側は旗をふり、笛や太鼓ではやし立てるだけで、一向に相手になろうとはしない。腹を立てて地だんだを踏んでいるところへ、寺が襲われたという火急の知らせが届いた。

　聞いた和尚、身体中から三魂六魄がとび出し、消え失せ、慌てて兵を返せと下知する。僧兵が引くのは万慶寺襲撃成功のしるしと見た李応と朱仝、さっそく追撃に移ったが、僧兵にはもはや戦意はなく、金兵もなぜか迎え討とうとはしない。僧兵どもは伐たれに伐たれて、はや、しかばねの山。曇化和尚、残った三分の一足らずの僧兵をまとめて命からがら寺の見えるところまで逃げて来ると、とたんに起った喊声。いわずと知れた裴宣らの伏兵である。ここで僧兵はことごとく討ちとられ、和尚はただ一騎になって山門の近くまで辿りついたところを、呼延灼と徐晟の二人の手だれに襲われ、落馬して捕えられてしまった。

「さあ殺せ」

とわめく曇化和尚に、楊林が刀を抜いて近寄ったが、李応、

「仏弟子に刃はいかん。奴を西方浄土へ送るうまい手がある」

と和尚を本堂の柱にくくりつけて火を放った。こうして悪僧曇化は生きながら寺ともども火葬に付された次第。

　一同は凱歌を上げて山塞にとって返し、盛大な戦勝祝賀会を開いているところへ、神行太保の戴宗がやって来たという知らせ、さっそく招じ入れたところ、戴宗が語るには――

　その韋駄天《いだてん》の足に目をつけられて文書伝達役を命ぜられた戴宗、勤王の士の決起を促す勅書を全国各府へ持参する役を与えられ、まず行ったのが大名府。ところが知事の劉予《りゅうよ》は金へ寝返ろうという下心を抱いていたところへ、ネメガから〝返り忠をすれば重く用いる〟という誘いが来た。そこで劉予は、出兵を承知しないばかりか、戴宗の所持していた各府あての勅書を焼き捨てて追い出した上に、彼を金の陣へ引っ立てようとした。韋駄天のお蔭で危うくのがれた戴宗、都へ戻ることもならぬまま、滄州の柴《さい》の大旦那こと小旋風の柴進《さいしん》を頼ろうと思案を決めた。

　ところが、目指す柴進は、そのとき牢の中にいたのである。というのは、阿呆宰相の李邦彦、金との和議を主張して、ネメガとの間に、太原・河間・中山の三

鎮を割譲した上、金軍将兵の慰労金として金百万両、銀五百万両を出す約束をした。そこで、その大金を京師の富豪に割り当てたが、十分の一にも満たなかったので、各州県にも拠出を命じた。

この沙汰を受けた滄州知事の高源、こ奴は高濂《れん》—以前に宋江が高唐州を襲って、知事の高濂一家をみな殺しにして柴進を救い出したことがある—の弟であるため、深く柴進を恨んでいたが、兄の仇をうつのはこの時とばかり、聖旨にことよせて、柴進に三千両の金と一万両の銀を差し出すよう命じた。が、柴進にはもとより、そんな大金があろうはずはない。得たりと高源は、柴進一家を牢にぶち込んでしまった。戴宗が見舞いに行くと〝兄弟の力を借りて救い出してほしい〟というのでやって来た——というのである。

聞いた一同、万慶山退治に成功して気勢が上がっていた時だけに、ふるい立った。李応はただちに呼延灼・楊林・呼延鈺・戴宗・徐晟と一千の精兵をひきいて出発することに決め、留守居役の樊瑞には、

「もしも金軍が曇化の仇討ちに押し寄せて来ても、堅く守って、討って出てはならぬ。まさかのときは神行太保に連絡してもらうから」

と言いふくめた上、戴宗にも言う。

「神行太保の、ひとつ得意の術を使って先きに滄州に行き、柴進兄いに〝もう少し辛棒してほしい、必ず救い出しに行くから〟と伝えてもらいたい。われわれの到着には、何日かかかるだろうから」

戴宗は必得て出発する。

さて、彼の高源知事、才覚はあり、奸智にも長けているので、飲馬川山塞の一味が盟友の柴進を救い出すため、城下に押し寄せて来るに違いあるまいと見て、防備を厳にし、城への出入もきびしく吟味しているため、山塞の連中、押し寄せたものの手を下しかね、三日間というもの、ただ見ているばかり、このままでは志気がゆるみ、兵粮も尽きる…と李応は早くも心配になり出した。

まずはよし、と見た高源、こんどは牢役人、牢番を呼び出して命じた。

「思うに賊徒たちは、むかしの情誼によって救援に来たに過ぎまいから、今晩、柴進めを簀《す》巻きにし、逆さ吊りにして殺し、明朝、死体を城外へほうり出せ。

163　李応ら，柴進を牢から救い出し，姦邪の大官三人を流刑途上に暗殺

さすれば賊徒らは気落ちして退散するであろう。それを討てば、彼奴らを全滅させることは、いともたやすい」

ところで、命を受けた牢役人、吉孚《きちふ》といって、なかなか思慮と思いやりに富んだ人物、知事の命令を聞いて思った。

(柴の旦那は立派な男伊達《だて》、それを知事めは聖旨に名をかりて私怨を晴らそうとしている。ここはひとつ、どうあっても救ってあげずばなるまい)

心が決まると、さっそく牢番の説得にかかる。

「知事閣下は柴進を逆吊りにせよと命ぜられたが、すぐ手を下すんじゃねえぞ。あの人は、たくさん金を持っているから、うまく言って吐き出させ、お前たちにも、いい目を見せてやろう。手を下すのは夜が明けてからだ」

と牢番どもを喜ばせておいて、牢内の柴進のところへ行き、

「旦那、耳よりな話があります。飲馬川のお友達が大勢、旦那を救い出そうとして来ておりますぜ。とはいっても、知事には考えがあるらしく、守りを固めて戦おうとはなさいませんや」

「……」

「もう一つ、いい便りがあるんですが、ちと言いにくい」

「私は助かりそうか」

「その逆なんでさ。知事は、以前のことを根にもって、旦那を殺せと命ぜられました」

聞いた柴進は、俺も遂にここで果てるかと、無念の涙を流す。

「観念なせえ。その代り、手持ちのお金を出して下されば、あとはわっしが引き受けましょう」

「棺桶を買って、わしの亡骸を納めてくれるか」

「ようがす。おまかせ下せえ」

と銀子を受けとって、うち二十両を牢番に分け与え、さらに二両で酒や肴を買って来たので、牢番たちは大喜び、打ちしおれている柴進を尻目に、飲めや食えやの大騒ぎ。吉孚は、物見櫓の太鼓が四つ鳴り、牢役人が入牢者の点呼をすませて去ると、

「取りかかるのは、いまが頃合いだ。衣服を剝いで簀巻きにしろ」

と下知する。牢番は色めき立って、簀や縄を取り出し、柴進を裸にしようとしたところ、

「おっと、忘れていた。夕方、知事閣下は〝処刑まえに一度わしのところへ来い〟といわれた。ちょっと行ってくるから、しばらくそのまま番をしていてくれ」

と言って、あたふたととび出す。ほどなく戻って火急札をひらひらさせながら、

「何てこったい。柴進を連れて来いとのことだ。そんならそうと早く言ってくれりゃいいのに。仕方がねえ。連れて行くから、牢の戸は、ちゃんと閉めておけよ。ほかにも重大犯人が多勢いるんだから」

そう言って柴進を引っ立てて行く。

「知事閣下の命令で、この犯人をさる所へ護送する」

と言って府庁の門も通り抜け、大通りで出会った孫統制の巡察も、手にした火急札でうまく言いのがれ、人気のないのを見すまして急に横道にそれ、ある家の門を叩く。かねてしめし合わせてあったものと見えて、門はすっと開き、二人の姿はたちまち門内に吸い込まれてしまった。

部屋に入った吉孚、柴進の縄をほどいて、

「もう大丈夫でがしょう。旦那、あなたを助け出したんですぜ」

事態がまだよくのみ込めない柴進は、ポカンとしている。

「わたしはかねてから旦那を男伊達と尊敬しておりましたので、何とかして助けてあげたいと思い、金をつかませて牢番たちを得心させ、ここへお連れしたのです。この男は、わたしの無二の親友ですから、心配ご無用です」

柴進、礼のことばもない。

「ただ、旦那のご家族は牢につながれたままです。これをどうやって救い出すかですが、いかがでしょう。旦那に手紙を一通書いていただき、この親友に城壁から放り投げさせ、山塞勢にひとまず引いてもらう。そうすれば城内でも門を開いて、薪とりぐらいは出してくれるでしょう。そこを山塞の人が住民にまぎれて入り込み、引いた勢は再び兵を返して攻撃し、内外呼応して城を乗っとる、てのは…」

「全くもって私の恩人。お礼のことばもありません。それにしても、前もって一言教えてくれたら、こうまで肝を冷さずにすんだものを…」

「先きに言っちまったら、あなたは嬉しくて、それがどうしても顔や態度に出、牢番たちに怪しまれたでしょうよ」

牢役人にしておくには惜しい思慮分別の持主、柴進は一言もない。

こちらは高源、夜が明けると「柴進の死体を持参せよ」と命じたが、吉孚はいないし、死体もないという。あわてて調査してみて吉孚に謀られたと知って大変な立腹。

「まだ城内にひそんでいるに違いない。草の根分けても捜し出せ」

と、一千貫の懸賞つきで城内を根こそぎ捜索させることになった。

一方、吉孚の頼みで柴進および吉孚をかくまっている唐牛児《とうぎゅうじ》という親友、いわれた通り柴進の手紙を城壁から放り投げると、一人の壮漢が拾って行くのを確認し、その由を二人に告げて、結果を待っているところへ、表の方で、

「賊軍は、みんな引揚げてしまったぞ」

と叫んで通る声が聞こえた。さよう、城外の山塞軍は、手紙に書かれていた計略に従って、兵を一応ひいたのである。それと聞いた知事の高源、

「柴進め、いまだに捕縛できぬところを見ると、すでに何者かによって城壁から城外へ吊り下ろされたに違いあるまい。だが、彼奴の家族はなお牢内にいるから、見せしめのために殺してしまえ」

と命じたところへ、住民から訴えが出された。

「城門が長いこと閉まっていますので、薪がなくなりました。どうか採りに出させて下さいませ」

知事はやむなく、巳（午前十時）から未（午後三時）の間に限り、城門をあけることを許可した。

それと知った楊林と戴宗は役所の文書使に扮し、呼延鈺と徐晟は若い書生の姿となり、十幾人の手下は五・六荷の薪を担い、中には火薬をしのばせて城内に紛れ込んだ。そして人のいないのを見すまして唐牛児の家に入り込み、柴進と吉孚に会ったのだが、この唐牛児の家は城門の近くにあり、右側は空地、左側は空家にな

っていたため、きわめて都合がよかったのである。

夜半どき、西の城門と城壁にしのび寄った楊林らは、警備と見廻りの兵を斬って捨て、手早く城門を押し開けば、待機していた李応らの山塞勢が、なだれのように押し入る。西門が破られたと聞いて駈けつけた高源は、来合わせた李応の槍の一突きで、あえなく落命、余の兵士どもは、てんでに逃げ失せた。

そこへ柴進、吉孚も出て来て、久々のあいさつと救助の礼が述べられ、一同は州庁に出向いて柴進の家族を救い出す。高源の役宅にあった、おびただしい財宝、糧秣は、すべて車に積んで持ち帰ることとしたが、その中の一部は唐牛児の手で近所にも分け与えられた。柴進の一家が山塞へ行くことになったのはもちろんだが、吉孚・唐牛児も同行することになったのは、まずは当然の成行きというところ。

山塞への路すがら、東京が危機に瀕しているというわさに李応、

「ここはひとつ、実情をつかむ必要がある、韋駄天の兄さんと、もう一人だれか行ってもらいたいのだが……」

そこで戴宗と楊林とが偵察に行くことにした。ところが、東京の町へはまだ二里もあろうというのに、住民はことごとく逃げ去って、見渡す限り戦火のあと。日も暮れたが宿も見当らぬ。仕方なく街道わきの道観に入ってみたが、ここも香煙は絶え、燈明も消えたままである。

「仕方がない。ここに一晩とめてもらうとするか」

と言っているところへ、一人の齢老いた道士が出て来た。聞けば、侵入した金軍の殺人掠奪を恐れて、住民はもとより、道士たちまで、みんな縁を求めて避難してしまったのだが、行くあてもないので、運を天に任せて残留しているのだという。

けれども、道観の中には食物も酒もないので、楊林は外へ買いに出たのだが、何せ残っている家はないのだから、手に入るはずもない。歩きくたびれて村の外れに坐り込み、ボンヤリしていると、向うから一人の壮漢、手に一つがいの山鳩をブラ下げてやって来る。

「楊林の兄いじゃねえか」

何と、この男は浪子の燕青《えんせい》であった。楊林が、ここにいる事情を手短かに話すと、燕青は幸いにも、この

近くに住んでおり、さっそく戴宗ともども、その家へ招かれて、やっと酒と肴と飯にありつけた。

燕青は方臘《ほうろう》征伐のあと、主人の盧俊義の妹の主人、盧二郎旦那を頼って、ここに落着き、浮世をよそに気ままに暮らしているのである。

「とはいえ、いまやここも決して安穏の地じゃあねえ。何とか行く先きを考えなけりゃあ」

「兄弟たちは、また山塞に集《つど》いつつあるんだよ。おめえもどうだ」

「もう少し様子を見てからにしよう」

それから数日間、戴宗と楊林の二人は燕青の家に逗留して、東京の様子をさぐったのである。

こちらは都の欽宗皇帝、金軍撃退策を下問すれば、宰相の李邦彦は、

「いまや金軍十万の勢いは当たるべからざるものがあり、それに引き換えて味方は志気ふるわず、しかも東京は敵の包囲の真っただなか。陛下にはしばし襄陽に難を避けられ、天下勤皇の士の決起を俟《ま》って再挙を図るべきであります」

と奏上すれば、硬骨の士として知られる兵部侍郎の李綱はこれに反対し「种《ちゅう》師道・姚《よう》古・宗沢らの宿将に兵を与えて出撃させ、一方、東京の城壁を固め、警備を厳にして、金軍の兵粮が尽き、志気の衰えるのを待つべし」と主張する。

そこで种師道を大将として出陣させ、李綱を東京防衛の最高責任者とすることに決定したのだが、李邦彦は重ねて上奏する。

「李綱の言は書生の見解。とても防ぎ切れるものではありませぬ。聖上の御身をもって万が一の僥倖をあてにされることは以てのほか。ここはやはり安全な道を選ばせたまえ」

この一言に欽宗は、またしても動揺し、急いで官門を出て難を避けようとする。李綱はそれと知って帝の駕《が》を必死に押しとどめ、涙ながらにその不可を説けば、禁衛軍の兵士たちも、

「我らは陛下を擁して東京を死守せん」

と口ぐちに叫ぶ。これに感激した欽宗は、またしても前言をひるがえして蒙塵《もうじん》を中止する有様。

ときに陳東という太学生、多くの同学生を引きつれて帝の前に平伏して言上する。

「大宋国がかく相成ったのは、ひとえに蔡京《さいけい》父子、高俅《きゅう》・童貫・王黼《ふ》・梁師成らの姦邪の徒が国政を専らにしたせい。よろしく、これらの徒輩を却けて賢良を挙げ、まつりごとを正したまえ」

その必要は承知しながらも、彼らが前帝の信任あつい寵臣であることから、前帝に遠慮して手を下しかねていた欽宗も、いまやそれしか方法はないと遂に決断し、遅播きながらこれらの徒の追放を命じるに至った。

時の東京府知事の聶昌《じょう》という剛直の士、日頃から姦臣どもを憎んでいたので、聖旨を受けると、すぐさま上述の権臣とその一族を逮捕して、すべて辺地に配流と決め、財産は没収したため、東京の人民はすべて快哉を叫んだ次第だが、尚書右丞相の李綱は聶昌知事を招いて言う。

「わしの腹心の部下に王鉄杖という勇士がいる。彼奴らの配流の途中で、これに命じて殺させよう。でないと、姦智に長けた奴らのことだから、何をたくらむかわからんし、また勢いを盛り返して国をあやまつ恐れが多分にあるでな」

知事も賛成して退いたのだが、このときの配流先きは、蔡京・蔡攸・高俅・童貫が一組で儋《たん》州へ、王黼・楊戩《せん》・梁師成が一組で播《は》州と決まり、それぞれの家族は別に先行させたのだが、李綱の心配した通り、蔡京はやはり悪知恵の働く奴で、高俅・童貫に相談を持ちかけた。

「時に利あらず、かくは相成ったが、このままではすまさぬ。折りを見て再起をはかることにしよう」

「途中で殺害される恐れもあるので、護送役人には手厚くワイロをおくって、難を防ぐに越したことはない」

「さよう。用心こそ肝要ですな。朝廷は、いつかは我らを必要とする時もあろう。金軍撃退のあかつきは道君皇帝を復辟《へき》させて、のさばっている青二才どもに、ものの目を見せてくれよう」

そう言い合いながら、都をあとにすれば、もう一組の王黼・楊戩・梁師成の三人もまた再起の一念を胸に、これまた都落ちして行ったのだが、万事は金の世の中、護送役人らに金をつかませては、至極気らくな旅である。ある宿場で、例によって酒を飲んで気焔を上げ合ったまでではよかったが、気が大きくなったついでに、王黼がうっかりと言わでもがなのことを口走った。

「わしは実は腹心を金軍のネメガの許《もと》にやって渡りをつけさせた。そのとき、ネメガの言うには、近く東京を陥入れた暁には、二帝を捕虜として北方に連行し、異姓の者を皇帝に立てるとな。われら三人も、その新朝廷で重要な地位に立てぬとは断言できまい。しばらくの辛棒じゃ」

これを隣室で聞いていたのは、李綱がひそかに彼奴らを殺すべく、宿場に待たせていた王鉄杖だった。

（どこまでも性根のくさった奴、尚書が殺せと仰せられるのも無理はない）

そこで深夜になるのを待って忍び込み、酔っぱらって大いびきで寝込んでいる三人を苦もなく殺してしまった。

ところが、本命の方の蔡《さい》京の一行は、護送役人を抱き込んで間道を辿っていたため、王鉄杖の目にとまらず、先に網にかかった王黼らが、あの世に送り込まれた次第。

一二　金軍、東京《とうけい》を陥《おと》しいれて二帝を拉致《らち》し、燕青《えんせい》は恩人の家族救出に苦心

王鉄杖は姦臣三人を殺し、その首を持って東京に帰り、知事の実見に供した。

「よくやった。親玉の蔡京らをのがしたのは残念だが、いずれは儋州に落ちつくであろうから、機を見て処分するとしよう」

帝もそれを聞いて李綱に言う。

「おおかた、彼らを恨むものの仕業であろうが、これほど彼らが人民の怨みのまとになっておろうとは…。殺害者の詮議は無用。それよりも金への対策の方が当面の急じゃ」

「目下、种《ちゅう》師道、姚《よう》平仲らの勤皇の師が城下に集うております。陛下におかれましては、親しく将に任じて検閲し給わば、志気はいよいよ揚がるでございましょう」

帝はその通りにしたのだが、終わって种師道は言上する。

「金軍は兵法にうとうございます。加えて敵国の地に深入りしているのですから、彼奴らを生きて故国に帰さぬことも、さしたる難事ではありませぬ」

「とはいえ、すでに和議はととのっているのだが」

「いまや金の要求は、とどまることを知らず、三鎮の割譲と、金銀の提供を求めておりますが、三鎮は東京の藩屏、もしこれを失えば東京は孤立し、金銀を与えるとなれば、天下の富を傾けてもなお足りませぬ。廷臣らが立国の本を忘れて和議に傾きましたことこそ、金のあなどりを受けた最大要因でございます。

金はいま、十万の大軍を誇っておりますが、宋には三十万の勤皇の精兵と、城内には七万の守備兵がおります。敵に数倍する大兵を擁して、どうして防ぎ切れぬことがありましょうか。彼らが力尽きて渡河退却するのを待ってこれを伐てば、二度と南侵をはかることはありますまい」

帝は大いに喜んで彼を最高司令官に任じ、反撃戦の開始期日を定めた。

片や李邦彦は、帝が种老人を信任したのを知ると、参内して奏上した。

「种師道はすでに老体、とても総司令官の任には堪えませぬ。ここはやはり、安全第一の和議をとるのが上策でございます」

欽宗は、またもやグラつき、皇弟の康王構《こう》を人質として和議をはかることにしたのだが、金の軍営に赴いた康王の態度が堂々としているのに感心したオリブは、康王を還して代りに粛王を人質にとった。

和平派の李邦彦が、この機をとらえて李綱の罷免を上申、帝もこれに同意したことから、例の大学生陳東が重ねてその非を上奏し、人民もこれに同調して騒ぎ出した。そこで欽宗は慌てて、またもや李綱を復職させるという朝令暮改のありさま。

尚書右丞に返り咲いた李綱は、种師道と姚平中の二将軍を招いて金軍撃退策を訊ねると、种師道は言う。

「敵の勢いは甚だ盛ん、よって我が弟の師中が関中の精兵二万を率いて到着するのを待ち、これと力を合わせて戦うべきです」

だが、平仲は反対する。

「我に精兵三十余万あり。関中兵の来援を待つ必要はありません」

師道が聞き入れないため、平中は憤然として自陣に戻り、部下に相談したところ、いずれも即刻出撃を主張したので、翌日夕刻に進発と決めて準備にとりかかった。

ところが、ここに意外な出来事が起った。

というのは、麾下の一副将が軍令を犯したかどで、种平仲は打ち首にせよと厳命したのだが、諸将の助命嘆願によって死一等を減じられて、百の棒叩き刑ですんだ。その副将は、これを根に持っていたので、即刻出撃と聞いて考えた。

（この計画を金軍に通報すれば、恨みは晴らせるし、将来の栄華も図れる）

さっそく金軍に奔って計画を伝えたので、オリブも応戦の構えをとった。

そうとは夢にも知らぬ姚平仲、夜半、ひそかに選りすぐった二万の兵を率いて金軍の陣営に近づいてみれば、よく寝込んでいる様子。しめた！ 喊声とともに突入してみたものの陣中はもぬけのカラ、すわ敵の計にかかったと慌てて兵を引こうとしたところ、四方からたちまち殺到する十万の金兵。いかに精兵とはいえ、衆寡敵せず、二万の兵はことごとく討ちとられ、平仲はただ一騎、身をもって脱するを得たにとどまった。

（これというのも、すべてわしの匹夫の勇のおかげ、どの面下げて陛下や种師道に見《まみ》えられよう）

と自決を図ろうとは思ったが、また考え直し、世を捨てて生きることに決めて戦場を離脱、蜀の地をめざして落ちて行った。

夜を日についで馬を走らせること数日、ようやく青城山の川のほとりについたので、鞍を解いて馬を放ち、自らもしばしの休息をとっていると、一人の道士がやって来た。近づいた道士は言う。

「貴殿は、蝸牛角上で小さな功名を争って、あたら二万の生命を失ってしまった。その罪は軽くありませんぞ」

平仲は胆をつぶして声も出ない。

「とはいえ、俗世の修羅に気づいて世を捨てようとしたのは、まだ救いがある証拠。わしについて来なさい」

と先に立つ。平仲もそれに従った。

こちらは全勝を博したネメガ、使者を派遣して、盟に背いて兵を用いたことをなじると、欽宗はふるえ上がり、再び和を乞う。だがネメガは、今度は聴き入れず、東京への攻撃を急にしたため、和平派の李邦彦は、これ幸いと、主戦派の李綱・种師道を悪しざまにののしり、これに乗った欽宗は、二人を罷免してしまった。

そこへ孫傅《ふ》という副宰相が上申した。

「臣の知り合いで郭京と申す者、よく遁甲《とんこう》の法術に長じており、この者なら金兵を退却させるものと存じます」

久しぶりで出て来た郭京の名前である。おぼれる者はワラをもつかむの譬《たと》えの通り、欽宗は直ちに召せと命じた。

郭京は前に述べた通り、建康で王朝恩（王宣慰）をあざむいて花夫人、秦夫人、花逢春を監禁したが、楽和に謀られて逃がしてしまったため、朝恩の不興を買い、いたたまれなくなって東京に舞い戻って以前のように林真人の門下になっていた。林真人の死後は王黼《ほ》のもとに身を寄せたが、王黼の流刑後は伝手を求めて孫傅の門に出入りし、孫傅を言いくるめて帝へ推挙させたのである。

帝に拝謁した郭京、得意の弁をふるって妖術による金軍撃退を説けば、帝は膝を乗り出して聞き耳を立てる。

「よき地をトして三層の壇を築き、民間より十六〜

175　　金軍，東京を陥れて二帝を拉致し，燕青は恩人の家族救出に苦心

十八歳の美しい男女二十四人を選んで侍立させ、さらに武者七千七百七名に警固させせます。あまたのいけにえ、綾錦、酒を供えて法を行なうこと七日七晩、然る後に兵を出だされば、金軍の敗退は必定でございます」

帝は郭京の言う通りの手配を命じ、彼は日夜、もっともらしく法を修したのだが、金銀綾錦はことごとく己の懐中に入れ、みめ美しい妙齢の男女はすべて欲望の対象にしたことは、いうまでもない。

この有様を遠望した金軍のオリブは、

「宋の命運もはや尽きたな。兵を出す代りに、お祈りですませようとは。わしが怖いのは李綱と种師道の二人だけ。その二人が罷免されたとあっては、もう恐れるものは何もない」

と嘲笑して攻撃を強化したが、欽宗の方は妖術によって七日の後には敵を撃退できると信じ込んでいるので、日夜酒宴を開いて平気の平左である。

その七日目も終わろうとするころ、時ならぬ大雪が降って東京は白一色、と、金軍は鼓角の音も高らかに一斉に東京城攻撃を開始した。郭京の修法を信じて警戒を怠っていた宋軍は一たまりもなく、あっという間に東京は陥落してしまったが、郭京はそのドサクサにまぎれ、金銀財宝を持って逐電してしまった。欽宗が己の迂愚を悔んだが、もはや後の祭り。金の要求を納れ、自ら降伏使となって金営に赴いた。

オリブは欽宗を抑留して帰そうとはせず、黄金一千万錠、白金二千万錠、布帛一千万疋を要求し、河北・河東三鎮の割譲と帝の退位を求めた。これを怒った吏部侍郎の李若水《りじゃくすい》が金をののしると、金兵はその舌を引き抜き、首を斬り落とせば、オリブは、

「遼の滅亡に際しては、忠義に殉じる者が十余人もいたが、宋ではたった一人か」

とののしった上、道君皇帝・欽宗、太上太后ほかの皇族の重立った者を金営に拉致し、欽宗ともども北方へ連れ去ることにした。

これより先き、康王は金営を脱出して馬を走らせたが、疲れを覚えたので、とある廟で一休みしていると、都の方から一団の兵がやって来るのが見えた。金兵と思った康王、

「わが運命も、これで終わりか」

と嘆いて、自らの刃を首に当てたところへ、近付い

た軍勢を見ると、これなん東京の留守役の宗沢が、一万を率いて勤皇の戦さに馳せ参じるところ。康王を見て大いに喜び、

「殿下さえご無事におわさば、宋朝の再興は期して待つべきでございます」

そこで済州を仮行在所として四方に豪勇の士をつのっているところへ、廃されたために北方行きを免れていた元祐皇后（哲宗の妃）から親書がとどいた。開いてみると、

「後漢の光武帝が漢室を中興したのにならい、皇位について宋朝を永続させよ」

とある。宗沢も、

「南京は太祖興業の地、この地に御幸して大事を図り給え」

と上申したので、康王は帰徳に赴いて広天府と改称、天子の位についた。南宋第一代の高宗である。

さても燕青の邸で形勢をながめていた戴宗と楊林の二人、東京はもはや陥落し、二帝は金営に拉致《らち》されたと聞き、

「大事はもはや去った。さっそく山塞へ戻って事のよしを復命しよう」

と戴宗が言えば、燕青、

「相談したいことがあるので、もう二、三日ゆっくりしてほしい。わしが思うに、都が落ちて河北、河東が金の領地になったとなると、ここへも長くは住めまい。そこで行く先きを考えねばならんが、その前に果たしたいことがある。それをすませてから、ご両所を飲馬川へお帰ししよう」

と言う。何事かとたずねても、燕青は笑って答えないので、二人は仕方なく、そのまま留まることにした。

翌朝、燕青は通訳の姿に変え、戴宗に留守番を頼んで、楊林には固く封をした小箱を持たせ、北への道をとった。三里ほど行くと金軍の屯営である。その盛んな様を見て、人殺しも平気な楊林も、若干の身体のふるえを禁じ得ない。だが、燕青は平気で門衛の士官と話をつけ、中へ入った。幾つかの兵営を廻って本営まで来ると、二、三百人の精兵が固めている中に、憂色にとざされた道君皇帝（徽宗）の坐っている姿が見えた。

燕青は臆する色もなく、そこに近付いて三拝し、自

分は梁山泊の出であることを名乗って、くだんの小箱を捧げ、

「苦味のあとには甘味の吉兆になぞらえ、ここに青梅十箇、密柑十箇を奉呈します」

とさし出した。道君皇帝、その一つをとって口に入れ、

「そちの言わんとするところ、よく判った。志うれしく思うぞ」

と賞味し、燕青は涙ながらに退出したのだが、燕青の果たしたい念願というのは、これだったのである。

二人が金営を去って小一里も行くと、大勢の者の泣き叫ぶ声がする。見れば一隊の兵が二、三百人の難民を引き立てて行っている。遅れる者は容赦なく引っぱたくので、泣き声は絶えない。二人は傍らに身を寄せて、彼らをやり過ごしたが、列の中にいた娘連れの中年の婦人、やにわに燕青にとりすがった。

「一郎兄さん、助けて下さい」

見れば盧二郎旦那の妻子である。盧二郎は金軍にさし出す金の納入を命ぜられたが、全額出せなかったため牢死、残された家族は残金八百両のかたに、金軍に引っ立てられて行くのである。

「もし三日以内に納めなければ、北へ連れて行かれて奴隷にされてしまいます」

と涙ながらにかきくどく。侠気なら人に負けない燕青は、二つ返事で承知、帰って戴宗に、道君皇帝に拝謁したいきさつを語ったのち、部屋に入って有金をはたいてみたところ、ちょうど八百両あったので、これで恩人を救うことができると大喜び。

翌日、その金を持って楊林と金軍の金銭収納係を訪ね、八百両を納入した。これで夫人と女の子は返してもらえる。と思ったところ、収納係は言う。

「東京府庁へ納めるのなら、これですむが、すでに人質は陣屋に連行されているのだから、さらに三百両の手数料が要るのだ」

燕青はびっくりしたが、有金をはたいて持参したのだから、もとよりそんな金のあろうはずがない。とりあえず五日間の猶予を乞うたところ、

「もし陣を引き払わぬとなったら十日ぐらい待ってやってもよいが、引き払うとなったら一刻たりとも猶予はならぬ。そうなったら、あと六百両を持って大名

府へ行くことだな」

燕青は、この男のことばのなまりから、東京人が金兵をよそおっていると見て、

「お見受けしたところ、あんたも同じ東京の方、ちっとは慈悲をかけてくれてもいいじゃありませんか」

「こと金銭に関しては情実は一切無用。金が惜しいなら、この八百両を持って帰れ。ただ、あの二人は大名府へしょっぴかれて痛い目に遭うがな」

聞いていた燕青と楊林、むらむらと怒りがこみ上げて来たが、ここで争っても…と胸をおさえて、五日以内に三百両を持参する、もし間に合わなければ六百両を大名府へ持って行くから、北へ連行しないでほしい、と確約して引き下がった。

「とは言ったものの、三百両をどこで工面するか」

「たやすいことだ。韋駄天の兄いの神行法をわずらわして、山塞へ行ってもらえばいい」

帰って戴宗に頼んだところ、

「いくら神行法でも、五日で往復はムリだ。まして銀子を携えていては神行法は使えぬのだ」

「じゃ仕方ない。みすみす三百両の損になるが、六百両を山塞で都合してもらって、まっすぐ大名府の城下まで来てもらいたい。わしと楊兄いとは、そこで待っている」

戴宗は承知して未明に出発したので、燕青と楊林の二人は、まだ金軍の陣営があるかどうか確かめに行ったところ、陣営はすでに引き払われてしまって何の跡方もない。金軍は昨夜のうちに引き揚げてしまったのである。道君皇帝と欽宗、皇族、妃嬪《ひん》、官僚、それに献金未納の人民まで引き連れて……。

二人は仕方なくそこを去って、東京府へ行ってみることにした。ぶらぶら歩いて入城してみれば、かつての賑わいはどこへやら、商家は戸を閉ざし、歩く人も少ない。旧態のままにそびえる皇城の主は、もはや宋の趙氏ではないことが、何よりも二人の心を悲しませた。

日も西に傾きかけたので、城を出ようと歩いていたところ、着物の袖に二、三升の米を包んだ男がやって来る。見ると、二郎旦那の店の番頭の盧成である。聞けば、店は城が陥落したときに火をかけられ、家財道具なにひとつ残らなかった上に、旦那は死に、奥さん

とお嬢さんは、前述の通り、金軍に拉致され、自分は裏通りで間借りをしているが、たくわえもないので着物を質に入れては、米に換えているとのこと。

話しているところへ俄か雨が降って来たので、誘われるままに盧成のあばら屋に行ったのだが、雨はやまず、日も暮れたので、その晩はそこに泊った。

夜が明けた。店が焼けてしまっては、盧成もここにいても仕方がないので、燕青、楊林と一緒に東京を出、大名府へ向かう。小者一人が荷物をかついで従った。

「私も奥さま、お嬢さまにお目にかかりたい」と盧成が願ったからである。

幾日か泊りを重ねたある日、旧五月のことなので暑い上に、盧成と小者は荷物をかついでいるので、とかく遅れ勝ち。小さな丘があったので燕青と楊林とは、そこに上がって休息がてら、遅れた二人の来るのを待っていると、盧成が息せき切って駆けて来た。

「た、大変です。小者が追いはぎにやられました。私も殺されそうになったので、やむなく荷物を放り出して、やっとのことで逃げて来ました」

後を歩いていた小者は、いきなりとび出して来た二人連れの賊に、やにわに棍棒で打ち倒され、盧成はあわを食って荷物を放り捨て、知らせに来たのだという。二人が慌てて引き返してみると、果たして小者は頭を割られて死んでおり、荷物はなくなっている。手厚く埋葬をすませたが、おかげで着物も路銀もみんな盗られてしまった。あるのは懐中の小銭ばかり。

三人がゲンナリしながら歩いていると、突然、金鼓が鳴りひびいて砂塵が舞い上がる。一組の旅商人が、こけつまろびつ駆けて来て言う。

「金の大軍がやって来た。見つかると殺されるぞ。早くかくれた方がいい」

三人が樹木の茂みに身をひそめていると、金軍は一隊また一隊と大名府めざして通って行く。

「何しろ十万の大軍だ。あすになっても通り切るまい。こんなところにグズグズしてはおれん。ひとつ間道を通って大名府へ先廻りしようではないか」

と燕青が言うので、茂みを突っ切ってしばらく行くと、小さな村がある。そこで間道をたずねたところ、

「山路が一つごぜえやす。大名府へは街道を行くより、十五里は近うごぜえやすが、道はけわしくて歩き

にくいので、お気をつけなせえやし。ここから一里行ったところが金鶏嶺、それをくだると野狐舗、そこから大名府までは、たった一日でごぜえやす」

三人は歩き出したが、聞いた通り、小一里も行くとけわしい金鶏嶺にさしかかった。

一三

王進《おうしん》、戦いに敗れて仲間入りし、飲馬川《いんばせん》山塞を棄てて南へ向かう

燕青・楊林・盧成の三人、金鶏嶺を上りかけたところ、二人の男が墓地の中で、つかみ合いをやっている。

「この人でなしめ、姉を寝とりやがって。きょうはきょうで、二つのブツを一人占めしようってのかい」

「何を抜かす。姉が聞いてあきれらあ。この二つのブツは俺の骨折りで手に入ったんだから、分け前をたくさんとるのは当たり前よ」

争う二人を見た盧成、

「あの顔に傷のある方が、小者を殺した奴ですよ」

聞いた燕青と楊林、刀と長巻を構えて近寄れば、二人は喧嘩をやめて逃げ出す。そうはさせじと二人、後から脳天唐竹割り、横なぎで、たちまち斃してしまった。近くのほこらの中に、一同の荷物が置いてあったので、とり戻してまた進む。金鶏嶺に登って街道を望見すると、金軍の列はまだ続いている。

（間道に入ってよかった）

と思いながら山を下って野狐舗に着いたのは、もう日も西の山に入りかけたころ。楊林はあたりを眺めて、

「前に来た時は、ずいぶん賑かな町だったのに、兵火のせいか旅籠一軒見当たらねえ。今夜は、どこへ泊ったものやら」

あたりを見廻すと、町の中に軍陣が構えられて、五、六百人の兵が駐屯していたが、楊林と燕青とが金軍のいでたちをしているのを見とがめた一隊の兵がバラバラと駈け寄って来て捕えようとする。手向いしようとする楊林を押しとどめた燕青、

「よせよせ。もっとえらい人の前へ出て弁明しよう」

三人が本陣に曳《ひ》かれて来ると、一人の老将が腰を掛けている。威風堂々、なかなかの将軍とみえた。副官が報告する。

「三名の廻し者を捕えました。いかが処置いたしましょうか」

「不敵な奴、間者となって忍び込むとは」

と老将軍が叱りつけると、燕青、

「廻し者じゃありません。戦禍を受けた良民です」

老将は怒って机を叩き、

「これが金の人間なら赦せるが、宋の人民とあっては赦しがたい。斬り捨ていっ」

首斬り役、さっそく引っ立てようとすると、燕青少

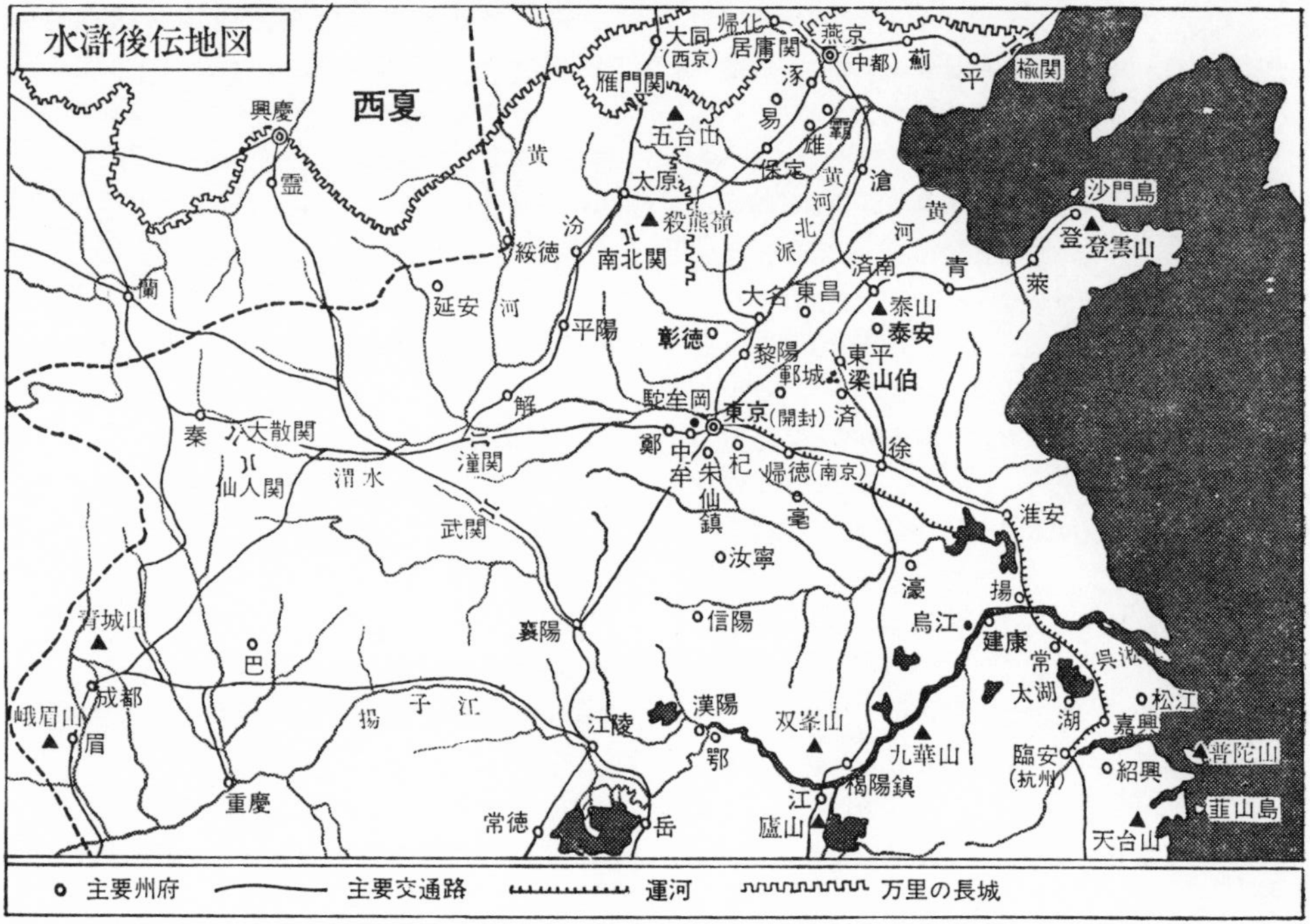
水滸後伝地図
西夏
興慶
霊
蘭
綏徳
延安
河
黄
汾
太原
南北関
殺熊嶺
平陽
彰徳
解
秦
大散関
仙人関
渭水
潼関
武関
大同
(西京)
帰化
居庸関
燕京
(中都)
薊
平
楡関
雁門関
五台山
涿
易
雄
覇
保定
黄
河
北
派
滄
黄
河
済南
青
萊
登
登雲山
沙門島
大名
東昌
泰山
泰安
黎陽
東平
鄆城
梁山伯
駝牟岡
東京(開封)
済
鄭
中牟
朱仙鎮
杞
帰徳(南京)
亳
徐
淮安
汝寧
濠
揚
信陽
烏江
建康
常
呉淞
太湖
松江
湖
嘉興
臨安
(杭州)
紹興
普陀山
韮山島
天台山
青城山
巴
成都
峨眉山
眉
揚
子
江
襄陽
江陵
漢陽
鄂
双峯山
九華山
江
廬山
楊陽鎮
重慶
常徳
岳
主要州府
主要交通路
運河
万里の長城

しも騒がず、

「死ぬことなんぞ少しも怖くない。ただ貴殿の言われること、ちと納得しがたい。なぜ人民が赦せないのですか」

「金の人間が金の衣服を着、金のために働くのは当然だが、宋の人民が先きを争って投降し、服装までも改めて、却って宋の人民を苦しめる、殺すのが当然ではないか」

「老将軍は、一を知って二を知らぬ方と見えますな。国が兵をたくわえるのは、民を守らんがため。国難に際しては、忠良なる将兵は身を挺してこれに当たり、人民を安堵させるのが任務。然るに惰眠をむさぼる将兵たちは、敵を恐れて一矢をも報いず、ために都は陥り、二帝も連れ去られてしまい申した。

貴将軍、胸に忠誠の赤心ありとお見受けしますが、ただ黄河のほとりをさまようのみにて、軍を留めて動かず、君国の難を坐視しておられる。これは五十歩逃げる者が百歩退く者を笑うたとえではござらぬか。

いまの如きご時世は、われら細民に堪えられるはずはありませぬ。老将軍は難民と見れば憐みをかけるべきなのに、却って刑罰を加えようとなさる。これこそ〝人を責むるに明るく、己を許すに暗い〟というものではござらぬか」

老将、燕青のこの筋の通ったことばにグッとつまり、

「まあ待て、ちとたずねたいことがある。その方は一体なに者か」

「何をかくそう、もと梁山泊にいた浪子の燕青とは拙者のことです」

「なに？　梁山泊にいたとな？　然らば史進なる者も存じておるか」

「知っているどころじゃありません。血盟し合った兄弟です。惜しくも方臘征伐で亡くなりました」

老将は部下に、

「顔をあらためてもらうから、凌《りょう》将軍をお呼びせよ」

と言いつける。ほどなくやって来た一人の将校、燕青を見ると大声で、

「おお、浪子の兄い、どうしてこんなところへ」

と叫ぶや見れば地煞《さつ》星の一人、轟《ごう》天雷の凌振ではないか。もはや間者の容疑どころではない。燕青・楊林・

凌振、老将軍の四人は、大いにうちとけて話がはずむ。

この将軍は、九紋竜史進の師、東京八十万禁衛軍の指南番の王進で、黄河の渡し口を守っていたが、汪豹の裏切りによって宋軍は潰滅し、王進の手勢も数百になってしまい、いまや進みも退きもならぬまま、ここに留っているが、機を見て出撃したい。凌振は大本営で火薬局をあずかっていたが、敗戦とともに、ここへ来て客将になっているとのこと。燕青、

「ここは守るべき険要の地もなく、四方は敵の攻撃にさらされております。金の大軍は、ほどなく参りましょう。他に移るべきかと存じますが」

「ご教示かたじけない」

翌朝、燕青と楊林とが別れを告げると、王進、凌振ともに名残りを惜しんでやまないが、ゆっくりしてもおられぬ二人、盧成を伴って出発し、翌日の夕刻、大名府に着いた。戴宗はすでに到着しており、

「兄弟ってのは有難いねえ。李応の兄いは二つ返事で承知してくれた上、途中が物騒だろうからと、わざわざ護衛までつけてくれたよ。〝仕事が終わったら、どうか山塞に来てほしい、会いてえ…〟という、兄弟たちからの言づてだった」

三人は大いに喜び、翌朝になると、燕青と楊林の二人は、城内へ偵察に出掛けた。

オリブの率いる金軍は、大名府へは立ち寄らず、まっすぐ北へ帰って行ったのだが、献金未納の科人《とが》たちは大将のダライにまかせる一方、三万余の士民兵を徴発して大名府の守備に当たらせていた。時の大名府知事は劉予という横着な奴、宋の運が傾いて金の威勢がふるうと見るや、まっさきに帰順したので、金でもこれを多として河北一帯を与え、斉帝とした。

これより先き、河南を張邦昌に与えて楚帝としているから、金のカイライ皇帝が二人できたことになる。

劉予は自ら偉い者になったと妄想して、宮殿を造営し、百官を設け、皇后、皇太子を立てるなどのことをやり出した。これを見た大名府の正兵馬総督の大刀関勝、憤まんやる方なく、官職を返上して郷里に帰りたいと申出たところ、劉予は驚いて、

「その方を征南大元帥に任じて、宋匪を掃蕩しようと思っていた矢先き、どうして罷めるなどと言い出すのだ」

「それがし、非才とはいえ、異姓の皇帝に仕えとうはござらぬ」

「ならば、なぜ、かつて梁山泊に籠って国に仇をなしたか」

「それは一時の誤り。ゆえに帰順して方臘を伐ち申した。閣下は宋朝に恩義ある方、いまこそ宋朝のために金を伐つべきではありませんか。それを逆に敵の金から封ぜられてその気になり、宋を伐つなど以てのほかでござる。このような人の下にあることは、拙者の正義感が許さぬ」

思った通りのことを、遠慮もなく言ってのけたものだから、劉予は大いに怒り、

「この大逆無道のしれ者、わしを陛下と呼ばずに閣下とぬかしおった。直ちに捕えて斬れ。斬ってさらし首にし、命に従わぬ者へのみせしめとせい」

侍衛の武士、たちまち関勝を縛り上げて引っ立てたのだが、劉予が宋にならって設けた宰相、枢密らの徒が一同うちそろって言上に及んだ。

「関勝の広言、もとより不逞の辞ながら、彼は河北切っての名将、いまや人材は一人でも欲しいとき、これを斬るのは惜しいことです。陛下におかれましてはここはひとつ怒りをしずめられ、死一等を減じて彼を獄に下したまえ。臣らは、ゆるゆると彼をなだめすかし、加えて陛下のご仁徳を説きますれば、必ずや前非を悔いて、仰せに従うに至るでありましょう」

劉予も考え直した。

「卿らが、そのように申すなら、しばらく身柄を卿らにあずけよう」

こちらは燕青と楊林、城内に入って金営を探していると、金鼓の音がして、一人の男が縛り上げられて連れて行かれつつある。二人は見るなり、肝をつぶした。一別以来の関勝だったからである。武装兵が周りを取りかこんでいるので、ことばをかけることもできず、心中ただ、弱った、えらいことになった、と思うばかり。

検視役が旗をふると、首斬り役が関勝を膝まづかせようとする。関勝は聞き入れず、怒声をはり上げる。

「われ死せば必ず悪鬼となって逆賊をとり殺さんず。死すともわれは宋の臣ぞ」

検視役も首斬り役人も、日ごろから彼を尊敬してい

るので、敢えて手を下しかねていると、伝奏官が馬をとばして到着、死一等を減じて入牢を告げた。ホッとしたのはむしろ役人たち、さっそく連れ去った。

燕青と楊林、そのあとについて行ったが、牢の門はピタリと閉ざされてしまったので、とりつくしまもない。仕方なく門番に、そこばくの金をつかませると、門番も声をひそめて、いきさつを語ったのち、

「いまのご時世、まっとうな人間であるのは、むずかしいことですわい」

と嘆く。その場を離れた二人、

「何とかして救い出す手だてを考えなければ」

「山塞から兵をくり出すか」

「ここには三万の兵がいる。ちょっとムリだろう。しばらく機会を待とう」

言いながら牢を離れると高札が出ている。

――献金未納者は、三日以内に完納すれば釈放する――

「よかった。あした銀貨を持って行けば間に合う」

二人はホッとして、まずは一杯と居酒屋に上がる。と、一人の金の将官が飲んでいたが、腰の袋から一尺あまりの木の札らしい物をとり出して、二人の小者らしい男に示し、何事かをしゃべったのち、また袋の中にしまい込んだ。燕青と楊林も、その向かいの席で一杯やっていたところ、その小者らしい男が人違いをしたらしく、燕青に言う。

「あんたは東京の雍《よう》丘門外で糸屋を開いている米《まい》さんの若旦那じゃありませんか」

燕青も心得て、

「そうだが、あんた、だれだったかね。見たことはあるんだが、ちょっと思い出せない」

「手前は殿師府の前を東へ行った牛皮小路の柳という者で、東京府庁につとめています。友人がちょっとしたことで斉王さま（劉予）の手の者に捕まったので救い出そうと百方手をつくし、いまやっと、この旦那にお願いして、木札を手に入れる手配がつきましたので、これで連れ戻しに行けることになりました」

「その木札とやらは、どんな役に立つのかね」

「金朝では文書というものを使いません。すべて、この木札を証しとします。簡単に出してくれますが、悪用する者はいないのです」

「それは簡単でいいな。七面倒な文書なんか書かなくて済むんだから」

彼の将官、酒がしたたかに入ったので、ふらふらと立ち上がると、そのまま出て行こうとする。小者は、なおも引き留めようと、これも続いて下へ下りて行く。燕青が見ると、例の木札が床の上に落ちているので、急いで拾い上げて着物の中へかくした。将軍は腰の袋に押し込んだつもりなのだが、そのまま下へ落ちた。けれども、木札は皮袋に入れてあるので音がしない。酔っぱらっているので気付かずに、下へ下りてしまったわけである。

木札を拾った燕青、勘定をあわただしく済ませ、楊林の手を引っぱって外へとび出た。

「そんなものを手に入れて、一体どうしようってんだ」

「いい使い道があるんだよ。あすになれば判る」

燕青は、にこにこ顔。宿に戻ると戴宗に、関勝のことを語って聞かせ、まず盧夫人母子を引きとり、その上で関勝の救出について考えることにした。

翌朝、燕青と楊林の二人は、盧成に銀子を背負わせ金営に例の金銭収納係を訪ねて、先きの受領証を見せ、残りの六百両を差し出した。収納係はびっくりした。

「短時間に、本当に残りの六百両を作って持って来たとは、全く感心した。それにしてもあんた方は先きの受取証を持っていたのでよかった。もし受取証がなければ、営内から一枚の木札をもらい受けて交渉しないと、連れ戻すことはできないのだ。尤も、その木札をもらうには、何百両かの銀子が要る上、係りの役人にも相当な礼が必要なんだ」

「その木札てえのは、そんなに功徳があるんですかい?」

燕青が空っとぼけて訊ねた。

「あるとも。元来、金朝では、その木札を唯一のあかしとしているんだ。兵馬、糧秣、軍事諸物資はもとより、打ち首寸前の重罪犯人でも、その木札ひとつで直ちに放免よ」

聞いた燕青、心中ひそかに手を打って喜んだ。だが、その心中を知る由もない金銭収納係、盧氏と娘とを連れ出して渡せば、夫人は手を合わせて喜ぶ。

「こうなった上は、ぜひこの娘をもらって下さい」

と夫人は燕青をかき口説き、娘は辱しそうに奥へ逃げ込む。燕青は、

「そ、そんな下心があってお助けしたんじゃありません」

と、勇士に似合わぬ慌てよう。はたから戴宗と楊林とが、

「そりゃ何よりの良縁だ、浪子の。その仲人は我ら二人にやらせてくれ」

と冷やかすので、燕青は赤くなって、ただモジモジ。しばらく燕青が酒のサカナにされたのち戴宗が言う。

「明朝出発して、ひとまず山塞へ行こう。いまは戦さのドサクサの最中。万事は女性たちを、あそこへ落ちつかせてからのことだ」

「もう一日待ってくれ。そうすれば、関勝ともども山塞へ行ける」

と燕青は、例の木札をとり出して説明する。他の二人も感心して、その木札を利用しての関勝救出の計画を練った。

翌日、燕青は金軍の将官になりすまし、戴宗と楊林は従卒に扮して町に入ったが、そこでまた次のような情報を聞き出した。

劉予は王に立てられたとはいえ、全くのカイライで政務は大小にかかわらず、すべてダライの差図を受けなければ実施できないため、通事府という役所を設けて相互の連絡に当たっているという。

燕青はそこで、二人を従えて通事府に入って行くと肩をそびやかして、いとも尊大に、木札を見せれば、かつ流暢に金語をしゃべって来意を告げ、通事府の役人、おろそかにはできないとすぐさま劉予に取りつぐ。

「ダライ閣下には、勇将のほまれ高い関勝が入牢中と聞き及ばれ、召し寄せて重用したいとのこと。もし、なおも命にさからう場合は、そのときこそ極刑に処するとの由で、証拠の木札を所持して将軍がお越しでございます」

劉予は従わぬわけにはいかない。直ちに関勝の引き渡しを命じる。ほどなく関勝が曳かれて来ると、燕青は目くばせしながら何やらベラベラ金語をしゃべる。関勝は、見れば兄弟の燕青なので、ハハンと思った。そこで、適当に殊勝らしさをよそおいながら、金将――実は燕青――に引っ立てられて牢屋を出る。

牢屋を出た一行は、もちろん金営へ行くはずはない。歩いて行くうちに、いつしか城門を出てしまった。ようやく人気もなくなってしまったことを見すまし、燕青は手早く関勝のいましめを解く。そして初めて、かつての兄弟にもどって手をとり合って、これまでのいきさつを物語る。

「ところで、わしはこれからどこへ行けばよいのだ」

「李応兄いらが飲馬川に集うているから、そこへ行けばいい。兄いにはご家族は？」

「実は城内に家内が残っている。子供はないんだ」

「兄い、ひとつ手紙を書いてくれ。わしが迎えに行こう」

「それは有難いが、城内では婦女を外へ出さぬという。まして、わしの女房とわかったら、ただじゃ済まい」

「この木札がモノをいうわさ」

「それは一度しか通用せんというぞ」

「なーに、こう言うんだ、ダライ閣下におかれては将軍の帰順を喜ばれ、直ちに重任を与えて南征させることになったが、ついては家族の同伴を特に許すことになったので、そのように取りはからえ、と命ぜられた、とな。あの劉予めが、何よりもこわいダライの命令を疑って、いちいち詮索するなんて考えられんよ」

関勝もやっと安心して、万事を燕青にまかせることにした。翌朝、燕青は、またもや戴宗と楊林とを伴って通事府へ行き、計画通りの口上を述べると、通訳官は再び劉予にその旨を伝える。劉予は、またしても、そのまま信用して、証明の札を燕青に与えた。燕青は、その札を持って関勝の邸へ行き、こっそりと関勝の手紙を渡す。一読した夫人は大喜びで家財をまとめ、四人の郎党、二人の召使いの女ともども、家をあとにする。城内も、劉予の証明の札で難なく通り抜け、関勝と再会することができた。一同、大喜びの中に燕青が言う。

「幸いにも、うまく行ったが、こんなところに永居は無用。明朝にも出発しよう。韋駄天の兄いには、今夜にも神行法を使って山塞へ先行してほしいんだがね」

戴宗は承知して、その足で山塞へ発った。翌朝、一行は早起きして山塞へ向かう。一日歩いて例の王進将軍の陣のところまで行ってみると、地面には至る所に

死体がころがっている。燕青、
（さては打ち破られたか）
と馬上で手を合わせて回向をし、なおも馬を急がせる。日はすでに西山に傾いたが、一筋の人家の煙も見当たらない。仕方なく二、三里ほど道を急ぐと、俄かに襲って来た大雷雨、難渋していると、行手の松林の中に一つ灯りが見えた。やれ嬉しやと近付いたところ、破れ寺である。とにかく一夜の宿をと上り込んで見ると、本堂の壁に燈明がひとつ掛けてあり、それが外に漏れていたのである。楊林は、それを取り上げて庫裡に運んだ。男たちは仏殿で携帯していた乾飯と塩肉とを食べ、世間話をしているうちに雨はあがって空は澄み渡り、一輪の明月が冴え渡っている。眺めているうちに、眠気を催して来たので、しばしトロトロとしていると、外で人の足音がする。すわ盗賊、と得物を手に廊下に身をひそめてうかがうと、二人の将官、武器を手にした十人ほどの壮漢を供にして、本堂に上って来た。一同、どっかと床に腰を下ろすと、大将株の将軍が言う。

「燕青君が、ここは敵に対して四方ガラ空きだ、と陣地を移すように勧めてくれたのに、耳をかさなかったのが悔やまれる。賊どもに散々破られ、わしの一世の英名も、いまや水の泡となってしまった。かくなる上は自害して、朝廷にお詫びするほかはない」

すると他の将官が、

「こんなところで死んでは、ようやく血路を開いて脱出して来た意味がありますまい。とにかく、一晩やすんで明日、身のふり方を考えましょう」

となだめている。燕青と楊林、

「老将軍、短慮はいけません。われらがついておりますぞ」

と声をかけながら姿を現わせば、それと判った王進は驚喜して、

「これは意外や意外、またお会いできようとは。じゃが、笑うて下され。このざまじゃ。貴殿のご忠告に従うのが遅かったばかりに、劉予の子の劉猊《げい》めが、高鶏泊に出向いて賊の首領張信、畢豊《ひっぽう》を帰服させての帰るさ、五千ばかりの軍勢にて包囲しおった。拙者と凌将軍とは必死に切り抜けたものの、手勢はことごとく討たれてしまい申したわ。これから一体、どうしたら

よいものやら。行くあてとてござらぬ始末」

「ご承知ないのですか。康王は南京において即位され、いま四方に豪傑を求めておわす。また宗沢は東京にあって河北、河南の回復を図っております。われらの兄弟たちは、いま飲馬川に集うております故、そこへ行って、しばらく休養なされ、兵をととのえた上で南に向かい、宗沢どのの旗下に加わって中興の業を扶けられるのがよろしいかと存じます」

燕青はそう述べたあと凌振に、関勝救出の一件を話して聞かせると、凌振は感心することしきり。その夜はまずそこで休み、翌朝、とにかく山塞へ行こう、ということで、王進・凌振も加えて出発した。

半日ほど進んだが、店らしいものは全く見当たらず、一同、すき腹をかかえてゲンナリしているところへ、後の方から突如、一群の兵馬が殺到して来た。それは劉猊の騎馬遊撃隊三百余りで、いずれも軽弓短箭、馬を走らせてやって来る。燕青、急いで車を林の中に入れてかくしたところへ、矢のように突き進んで来た敵の勢、

「そこの物判りのよさそうな奴、車の中の女どもをさっさとこっちへよこせ。酒の相手をさせる」

王進らは怒って、各々が刀を抜いて立ち向かえば、馬上の頭らしい男、

「てめえら、たった十四、五人で手向いしようってのか」

とあざ笑うのを、燕青が早くも放った一矢、男はひたいを射ぬかれて、まっさかさまに落馬する。楊林、他の馬の股に斬りつければ、これまた、もんどり打って転げ落ちるところを、王進の一刀が真っ二つに断って捨てる。と見た三百の勢は、どっと押し包んで攻めかかった。

多勢に無勢、いまや危うしと見えた折りから、突如として現れた一手の軍勢、先頭に立つ一人の壮漢、双の手の鞭をふり回しながら割って入り、遊撃兵たちをバッタバッタと薙ぎ倒せば、兵士らはその勢いに押されて逃げてしまった。

燕青、何者かと見てあれば、呼延灼《こえんしやく》、樊瑞《はんずい》・戴宗《たいそう》の三人である。戴宗、

「李の兄いが〝道中難儀だろう。三百の兵をつれて迎えに行け〟というので、やって来た。間に合ってよ

かった」

みんなで無事を喜び合う。遊撃勢の殺された者三十余人。その乗馬十余頭を手に入れたので、一同うち乗って山塞にやって来た。李応らの出迎えを受けて中へ入り、王進を上座に据えて話がはずむ。さっそく酒宴が開かれたが、

「燕青の兄いが才たけ、機を見るに敏だとは、かねて承知していたが、これほど出来た人物とは知らなんだ。われらはただ猪突猛進するばかり。とても及ぶところではない」

と、みんなで燕青をほめそやし、三日間ぶっ続けで痛飲した。

一方、遊撃兵たちは逃げ帰って、敗戦を劉猊に報告、「これは飲馬川山塞の賊徒の仕業だから、速かに討伐していただきたい」と上申したのだが、それはさておき。

大名府での話にもどるが、東京の柳という男、金軍の将軍と酒をのんだ翌日、木札を貸してもらおうと将軍の所に行くと、将軍は「昨夜渡したではないか」と言う。酔って落としたのだが、手元にないので、渡したものと思い込んでいるのである。結局、その意見が通り、それを失ったと見なされた小者は懲役として軍役につかされ、一方の将軍も、軽々しく大事な木札を渡したとして、鞭百叩きを食った。

斉王（劉予）の通事庁でも、木札の番号控えを改めたところ、余計な番号が二つも出たところから、初めて関勝が逃走したことが判った。そこへまた、関勝が飲馬川山塞へ向かったのを見たという者が出て来たので、劉予は怒り、いましも討伐の兵を出そうとしているところへ、遊撃隊が敗れたという報告。すぐさま劉猊をダライのもとへやって援兵を乞うとともに、山塞討伐を願う。ダライは、

「聞けば彼らの中には智勇にひいでた者も多いという。殺すよりも帰順させよう」

そこで大将トクロに一千の兵を与え、まず帰順を勧告、それがだめなら討伐と決めた。劉猊が命令をかしこまって退出して来ると、降将の畢豊、

「それがし、さきに竜角岡において彼らに敗れ、兄の畢化また殺されて万慶寺を焼き払われました。その恨みは骨髄に徹しております。ついては張信ともども

先鋒となり、斉王府の兵五千を引きつれて討伐に向かいたく」

「では、その方ら二人は先発せよ。ただ、ダライ元帥は招撫したいお考えなので、そこはうまくな」

畢豊はかしこまって、直ちに張信と出兵した。手勢五千、山塞を一呑みにする気概である。

こちらは山塞、酒宴の最中に、物見から敵勢が接近中との報告が入った。李応が頭領たちに防禦策をはかると、朱武、

「聞けば張信は、なかなかの戦さ巧者、加えて金軍が後詰にひかえているとなると、これはあなどり難い。こちらは、まず山中に柵を構え、四隊の遊軍を編成して、時に応じて遊撃に出る。王進、関勝、呼延灼、李応の兄いは本隊として敵に当たり、朱仝、樊《はん》瑞、呼延鈺《ぎょく》・除晟《せい》の各位は遊撃に任じ、戴宗、燕青の兄弟は伝令に当たられたがよい」

持ち場が決まって防衛の手はずを固めたところへ、早くも張信・畢豊の大軍が到着して、両軍は対峙する。開戦の陣太鼓が三たび鳴り渡ると、張、畢の二人は馬首をならべて進み出て大音声、

「盗賊ども、とくとく出て来て降参せよ。命だけは助けよう」

こちらは李応、呼延灼・王進・関勝、打ちそろって馬を進めれば、畢豊はまたもののしる。

「梁山泊の死にぞこないども、よくもわが兄を殺しおったな。いまやわれら、天兵を率いて推参した。もはやのがれられぬところと観念せい」

李応も応じて、どなり返す。

「そうわめくな。あのクソ坊主が天罰をこうむるのは当たり前。てめえは俺にやられて夜中に命からがら逃げ出した負け犬。よせばいいのに、またやられに来やがったか。このドまぬけめ」

聞いて畢豊はカッとなり、大なぎなたを振りかざして斬りかかって来るのを、李応は槍をしごいて応戦する。二十合ほど渡り合ったが勝負はつかぬ。張信、こらえ切れずに双刃の刀をひらめかして助太刀に出れば、関勝また青竜偃《えん》月刀をふりかぶって応援する。李応、わざとすきを見せて槍を引いて逃げ出せば、畢豊、逃がさじと馬に鞭をくれて追いすがる。李応、ひそかに手裏剣を投げれば、畢豊の左ひじに命中、傷手を負って

馬を返すのを、こんどは李応が追いかける。張信は畢豊が敗れたのを見て、これまた馬を返そうとするが、関勝にさえぎられて逃げられない。

　山頂にあって、これを見ていた凌振、続けざまに号砲を放てば、呼延鈺、徐晟、朱仝、樊瑞が四方から討って出る。張信と畢豊は、救援の手を断たれ、仕方なく兵を引けば、兵は互いに踏みつけ、乗り上げて、早くも一千余りの兵を失ってしまった。ようやく万慶寺の焼け跡まで引き返すと、折りよく劉猊《りゅうげい》とトクロが到着している。両人が敗戦の報告をすると劉猊、

「軽率な攻撃はならぬと言っておいたはずなのに、二人とも功をあせり、勇にはやって味方の鋭気をくじいてしまいおった。とまれ、ここにひとまず宿営しよう。ダライ元帥は、まず招撫、討伐はそのあとと指示された。とりあえず副将をやって投降をすすめてみよう」

　山塞側も緒戦に勝利を得て、ひとまず引き上げて作戦会議を開いた。

「畢豊、張信は破ったが、劉猊がすぐやって来るのは必定、油断はならぬ」

　と話し合っているところへ、劉猊の使者が来た、という報告。この使者は副将の踢殺羊《ていさつよう》張保という男、かつては薊《けい》州府の兵卒で、病《へい》関索楊雄の持ち物を奪って、拚《へい》命三郎石秀に殴りとばされたことがある。金軍が薊州にやってくると、流れ者を糾合して投降し、劉予の配下に加わって副将にとり立てられたのである。張保は、むかしのことは忘れたかのように意気揚々と乗り込んで来た。使者としての口上を聞けば、

「斉国太子（劉猊）には、諸兄を高禄をもってお迎えしたい、とのことでござる」

　とのこと。李応、

「われらは宋朝の臣、斉国とは何のかかわりもないのに、爵位をくれるとは解せぬ」

「大金は天意を受けて斉国を建て、ここ河北の地をその版図に収め申した。貴殿らは天下の英俊、よろしく時勢を察して来り投ぜられ、われらとともに功名手柄を立てられよ」

「しばし待たれよ。兄弟たちと談合した上で、返答致そう」

　そこで張保を山上に送って留め、頭領たちを集めて

相談したところ。王進・関勝・呼延灼・朱仝ら、金と戦って敗れ、無念の思いを胸に蔵している連中は、

「ここはわれら力を合わせて、まず大名府を打ち破り、劉予を誅滅して河北の地を回復しよう。もとより一命は棄てても、さらさら悔いるところはない」

と主戦論を唱えるが朱武、燕青は、

「各々の気持はよくわかるが、劉予の威勢はいまや絶頂、加えてダライの三万の大軍も大名府をおさえていて、とても破り難い。それに、われらの手勢は、わずか三千、戦いを続ければ疲労困憊《ぱい》するは必定。もしダライが自ら大兵を率いて来攻するにおいては、到底ささえ切れるものではない。そこで、この際、あの使者の張保をいつまでも引き留めておく。さすれば劉猊はいら立って、自ら攻め寄せて来るに違いあるまい。そのときの計画は、かくかくしかじか。そうなると我らの勝利は間違いあるまい。そのあとで寨を捨てて南方へ移り、宗沢どのの旗下に投じて宋中興の業を助ける、これが上策と思いますが」

みんな、それは妙案と、それに従うことにした。

劉猊は万慶寺跡に三日間とどまって待っていたが、張保が一向に戻って来ないので、果たして腹を立て、畢豊・張信を先鋒に、トクロとともに飲馬川へ押し寄せたところが、敵陣は空っぽ、人っ子一人見えず、木戸は堅く閉ざされたまま、ののしり、わめいて挑発しても、出て来る気配はない。こうして三日目、東の空もまだ白まぬころあい、一発の砲声を合図に、飲馬川の山塞勢は押し出した。先頭に立つのは、もとより李応らの面々である。これに応じて繰り出した攻撃方の軍勢、劉猊もまた先頭に立って馬を進めている。

「汝ら草賊どもめ、理不尽であろう。命を助けんと、わざわざ使者をつかわしたるに、その使者を抑留して帰さぬとは怪しからぬ」

敵側に関勝の姿を認めた劉猊、いよいよいきり立ち、

「おのれ、木札盗人め、逃走して盗賊の群れに投じるとは」

関勝もまた、

「敵に降って王を称するとは赦し難い奴。引っとらえて、その首引き抜いてくれん」

と青竜刀をふるって斬りかかる。三手も合わせたが、劉猊は到底、関勝の敵ではない。馬首を返して逃げ出

199　王進，戦いに敗れて仲間入りし，飲馬川山塞を棄てて南へ向かう

す。これを見た畢豊と張信、先日の仇と馬首をならべて跳り出し、李応、呼延灼と戦う。左ひじのまだ癒え切っていない畢豊、呼延灼の双鞭に肩の付け根を打たれて落馬する。加勢に来た張信もまた燕青の一矢を胸に受けて馬からころがり落ちたが、悪運つよく味方の陣へ逃げ込んだ。

呼延鈺と徐晟、おめき叫んで打って出れば、トクロは旗色悪しと逃げ出すのを、好漢《おとこ》たちは一斉に突撃、劉猊は甲冑を脱ぎ捨て、これまた逃走する。こうして攻撃軍は二千余を失い、やっと万慶寺まで退却して、ホッと一息ついた。劉猊、

「またしても不覚をとったが、奴らを討滅するまでは絶対に戻らぬ。急ぎ救援を頼もう」

と、なおも強気で、敵の襲撃にくれぐれも油断せぬよう命じた。

一方、山塞側は、かねての計画に従い、たそがれを待って夜襲準備をすすめる。使者の張保は、その場で打ち首にされた。夜半を待って馬を進めた山塞勢は、万慶寺に近付いた。見れば劉猊の指図で、寺の周囲の塀には木柵、鹿砦が設られ、夜廻りがひっ切りなしに回っているし、将兵も甲冑姿のまま、うたた寝をしている。なかなか厳重な警戒ぶりと見えた。

李応、手勢を分かって王進と呼延灼を裏門に伏せさせ、朱仝・徐晟・呼延灼を右手に廻し、自らは関勝・樊瑞とともに表を固め、公孫勝の施す幻術をひたすらに待つ。

折りから狂風がにわかに吹き起こって、砂を上げ、石ころをとばすところへ号砲一発、劉猊・張信・畢豊は、すわ何事ぞと目を覚ます。備えを固めているとはいえ、一日の戦いの疲れは、どうにもならぬ、やっと身を起こすと、寺のまわりは松明のあかりで真っ赤、金兵まず乱れ立って逃げ出そうとすると前後から弓が急霰のように降って来るので、ただうろたえるばかり。

そこへ持って来て、あちこちで天地もくつがえし、引き裂くような地雷の破裂、人馬はそれに打たれて、ことごとく微塵ととび散った。張信、垣を押し倒し、劉猊をかばって走ろうとしたところ、呼延灼のふり下ろす一鞭に脳天を砕かれて忽ち絶命する。逃げ出した畢豊も樊瑞の一太刀に、同様あの世行き。うまくのがれたのは、トクロと劉猊と、四、五十人の兵だけであ

った。

この計略は燕青の立てたもので、張保を留めて劉猊を怒らせ、来攻させる。三日ほどは相手にならず、そのすきに万慶寺に地雷を埋める。相手が敗走しても深追いせず、もう一度、寺跡に陣を張らせる。公孫勝が山頂で風神に祈ると同時に、地雷の導火線に火をつける。敵は全滅する、という寸法で、その作戦通りに事が運んだ次第。

全勝を博して引き上げた山塞軍、そこで知恵者の燕青は言う。

「のがれた劉猊が、ダライの大軍をたのんで再び攻めて来るのは知れたことです。したがって、この大勝をしおに、かねての計画通り、とりでをひきはらって南へ移り、宗沢軍と合流しよう」

そこで、さっそく用意をととのえて出発することになった。兵はすべて三千余、馬は五百頭、車は二百台、それに財宝、糧秣、兵器から女子供、家財をのせ、火を放って山塞を焼き払い、南をめざして出立したのである。

一四

首尾よく黄河《こうが》渡河に成功し、
三兄弟、梁山泊《りょうざんぱく》跡で英霊に礼拝

李応以下の山塞勢、飲馬川を棄て、隊伍をととのえて南に向かい、黄河の渡し場まで来た。ここは北朝と南朝とが境いを接するところで、北岸には金の大軍が駐屯して守備しており、河流は滔々《とうとう》として、渡るに一艘の舟もない。そこで山塞勢もしばしば留って、策をめぐらすことになった。

金軍はウロクを大将に、いつぞや金兵を導き入れた逆臣の汪豹が副将で、五千の兵を率いて守りを固めているのである。李応は、みんなに相談した。

「ここは、どうあっても、奴らを撃破しなければ河は渡れぬが」

「汪豹という国を売った奴、肉を食ってもあき足りぬ。われら二人で、さっそくやっつけてやる」

と呼延灼・王進が勇めば、李応、

「汪豹如きは、ものの数ではないが、ウロクがひかえているので、あなどり難い。くれぐれも用心しなくてはならぬ。わしも兵をつれて応援しよう」

こうして呼延灼と王進とは、兵五百を率いて進発した。そのころ、ウロクは陣中で軍議を開いていたが、山塞軍の到着と聞いた汪豹、

「〝帰途にある軍隊と、窮地に陥った兵は襲ってはならぬ〟と兵法書にありますが、彼奴らはこの際、叩いた方がよいと思います。とはいえわが方の防備は十分なので、守りを固めて戦いに応じなければ、彼奴らの兵糧は尽きましょう。その間に、ダライ元帥に出兵を乞い、前後から挟撃すれば、一挙に殲滅することができましょう」

主戦派のウロクも、やむなくその計を納れ、敢えて戦おうとせず、書をダライに送って出兵を乞うた。

こちらは王進と呼延灼の先鋒隊、金軍の陣に近寄ってみたところ、防備はすこぶる厳重で、討ち入るすきはない。李応の本隊も到着して、あの手この手で戦いを挑んだものの、一向に相手になろうとはしないので、やむなく軍を返した。智恵者の燕青は言う。

「これはきっと、われらの疲労と兵粮の不足を待つための策略に違いない。そうなってから援軍が来て、挟み撃ちされたら、えらいことになる。それを防ぐために忍びの者を出して、もし援軍を頼む使者でも引っ捕えることができたら、自ら計略も立つだろう」

そこで蔡慶と杜興を巡察に出したところ、ほどなく、

ウロクの出した二人の使者を捕えて来、援軍を乞う書状も見つかった。

「斬り捨てい」

と李応は命じたが、呼延灼、顔に見覚えがあるので訊ねたところ、

「呼将軍、てまえはかつて将軍の部下、先立って汪豹めが黄河の渡し場を敵の手に渡してしまったため、やむなく投降したのです」

と言う。「金軍はなぜ出て来て戦おうとしないのか」と問うと、

「ウロクは、すぐにでも戦おうと言ったのですが、汪豹がとめて、援軍が来たら挾み撃ちにしようと主張し、そうなったのです」

「おまえたち二人、こっちの味方についたら、命を助ける上に、手厚い恩賞を与えるが」

使者は膝を折り、涙を流して忠誠を誓う。燕青は酒食を与えて二人の心をなごませておいて李応に、

「大名府への往復には、少なくとも五日はかかります。六日目になったら、ウロクを破る計略がある。それまでは陣を厳しく守り、敵の夜討ちを警戒してほしい」

六日目が来た。燕青は例の木札をとり出して言う。

「これがまた役に立つ時が来た。先だって金兵をやっつけた折り、剝ぎとった軍服があるから、楊林・樊瑞・杜興・蔡慶に着てもらって部下をよそおう。わしは例の通り金軍の将官に扮し、例の使者にはあらかじめ口上を教えておいてともに敵の陣営に行く。こちらは四人の頭領が選りすぐった一千の兵をつれて攻撃をかけてほしい。敵はすぐ応戦するだろう。そこをわしが敵陣に火をかける。これで敵はやっつけられるでしょう」

こうして燕青は、四人の好漢《おとこ》と使者とを連れてウロクの陣へ出向き、使者がまずウロクに会って言う。

「ダライ元帥は出兵を承知なさらず、よって書状を持ち帰りましたが、一名の将官をさしつかわされました。その口上をお聞き下さい」

そこで燕青が進み出、例の木札を示した上で、金語をつかって、

「ダライ元帥の仰せには、五千の大軍を擁しながら、たかが草賊を相手に打って出ぬとは、何たる卑怯、援

軍を求めるに至っては以てのほか」

と叱りつければ、ウロクは、

「わしは戦おうと言ったのに、汪豹にとめられたのだ」

「元帥の重ねて仰せられるには〝汪豹はもと宋朝の臣、交戦せぬのは二心あってのことであろう。もし二度と戦おうとせぬ分においては、軍法に従って処断せよ〟とのことです」

汪豹は、かたわらにあって聞いているが、ことばが通じないので何のことやら判らない。そこへ、

「賊軍の四人の大将があらわれ、われわれを卑怯者呼ばわりしています」

という注進、ウロクはカッとなって槍をかいこみ、打って出ようとするのを汪豹、

「援軍到着まで打って出てはなりません」

といさめれば、ウロクは叱りつける。

「この能なしめ。貴様の言を聴いたばかりに、俺は元帥に叱りつけられたわ。もし貴様が打って出ぬのなら、その首を落としてしまう」

汪豹も仕方なく、しぶしぶ刀をとって出陣し、両軍は対峙の形。呼延灼、汪豹を認めると怒りが爆発し、双鞭を手に打ってかかれば、汪豹もこれを受けて十合あまり戦う。ウロクは汪豹がひるむと見て槍をしごく。関勝がこれをさえ切って三十余合。

そこへ凌振が号砲を放つ。燕青と樊瑞、ころはよしと陣内に火を放てば、ウロクはあわてて馬首を返して自陣に馳せもどる。そこへ楊林・杜興・蔡慶・燕青・樊瑞の面々が一斉に襲いかかったので、ウロクは恐れて逃げ去ってしまった。

汪豹もうろたえて脱出しようとするところへ呼延灼が追いすがって一鞭、落馬したところを部下が縛り上げる。ウロクの軍勢は、討たれる者は討たれ、逃げる者は逃げて、ことごとく散り散りばらばらになってしまった。戦いには大勝利したが、渡るに船はない。思案していると、かの使者、

「支流に三百艘の大船がかくしてありますから、それで渡れます」

と申出る。李応は大喜びで船を見付け出し、全軍、家族もろとも渡河に成功した。南岸の黎陽城は宋軍が守っていたが、守兵はかつて王進の部下だったので、

城内に導かれた。李応はここで使者二人に、三百両の銀子を与えて帰らした。ついで汪豹を引きずり出し、さんざんののしった末、一本の旗竿を百歩のところに立てて、それに汪豹を縛りつけ、

「てんでに矢を放て」

と兵に命じる。半刻も経たぬうちに、この逆賊の身体は、はりネズミのようになってしまった。

少憩ののち李応は、これまで通り兵馬を三隊に分かって南進を始めたが、

「韋駄天の兄い、一足先きに東京へ行って様子をさぐってほしい。宗沢どのへの帰投の手はずにも好都合だから」

と戴宗に頼む。戴宗は承知して出発した。数日の行軍ののち、一行は中牟県に到着したが、人民は逃散して空っぽである。

「とりあえず、この町に駐屯して韋駄天の帰りを待ち、その後の行動を決めるとしよう」

ということになった。三日経ったが戴宗は戻って来ない。所在なさに燕青らは野外へ鳥討ちに出かけた。日も傾きかけたので帰路につくと、街道を行く二台の車がある。乗っている四人はいずれも立派な身なりをしている。

(はて、見たことのある顔だが)

と思いながらも、そのままやり過ごしたが、二、三町あとから十人ほどの武装した兵士がやって来た。中の頭だった男、燕青を見て大声をあげた。

「一郎兄い、どうしてこんなところへ?」

見れば、東京城内の盧二郎旦那のとなりの、府庁の役人をやっている葉茂《しょうも》という男である。

「どこへ行くんだね」

と燕青がたずねると、

「ひでえ目に遭っちまった。千五百里も歩かなくちゃならねえ」

「どうして、そんな遠くへ?」

「それというのも、みんなあの厄病神どものせいでさあ。あの車に乗った四人をだれと思し召す。名を言えば鬼でもたまげますぜ」

「一体、だれだい?」

「だれあろう、拝啓仕り候てぐあいな手紙を書いて、宋の天下を金にくれちまった、おえら方さね」

燕青はびっくりした。

「じゃあ、蔡《さい》京・高俅《きゅう》・童貫・蔡政たちだな。とっくに遠島になったはずなのに、なんでいまごろ、ここらをうろうろしているんだい」

葉茂はそこで、王黼《ふ》らが雍丘で暗殺されたころ、蔡京らは護送役人を買収して田舎にかくれ住み、金に投降して役にありつこうとしていたこと、なかなか探し出せずに困っていたこと、たまたま恨みを抱く者の訴えがあって召しとられ、かくは配所の儋《たん》州へ護送して行くところだ、などを物語った。

燕青はそこで中牟県泊りをすすめ、護送官も同意したので、待っている楊林らに、ことの次第を告げると、みんなは喜んだ。

「奴に会えるとは願ってもないこと。一太刀ずつお見舞いしたい」

「いや、一太刀じゃ面白くない。どうでもゆっくり、もてなさなくちゃ、かくかくしかじか」

という燕青のことばに従うこととし、李応にもそれを知らせた。

そこで燕青は、楊林ら四人を従えて護送官の宿所へ行って蔡京ら四人に向い、

「われらの李将軍は、蔡相国らがお越しとうかがい、一献さし上げて旅のつれづれをおなぐさめしたい、と申しております。護送官どのも、ご一緒に」

と言えば、李将軍とは一体だれのことか判らぬものの、ご馳走してくれるのを拒む手はあるまいと、みんな喜んで招待に応じる。宴たけなわになったころ、蔡京は切り出した。

「われらをご招待下さった李将軍とは、一体どんな方で？　して、どういうわけで、われらをお招き下さるのか」

そこで李応は進み出て言う。

「それがしは余人ならず、梁山泊にあった撲天鵰《はくてんちょう》李応でござる。相国の思し召しにより済州の獄中にあったが、幸いに救い出されて飲馬川に集い、いまはみなを引き連れて宗沢どののもとへ参り、中興の業を扶《たす》けん途すがら、はからずも今日お目にかかれた次第」

蔡京らは驚いて、酒どころではない。座を立とうとすると、王進・柴進の二人が、こもごも立って恨みの数々をぶちまければ、裴宣、二ふりの剣をとって、四

人の顔の間ぎわまで剣舞の剣をひらめかす。四人は恐れて、もはや顔色もない。見かねた護送官、

「もはや夜もふけ申した。この四名の方は大事な護送人、これでご放免いただきたい」

と恐る恐る口を出したが、

「このたわけめ、もう一度口をはさんでみやがれ。命はないぞ」

と樊瑞におどしつけられて、すごすごと引き下がる。やがて李応は宴席をとり片づけさせ、宋江以下の、いまは亡き兄弟の位牌を壇上に飾り、

「兄弟方の英霊よ、みそなわしたまえ。いまここに四姦賊を捕えました。兄弟方の生前のご無念、いまこそ晴らして進ぜます」

と言って拝をすれば、四人は土下座して命乞いをする。そこには、かつての飛ぶ鳥をも落とす勢いの大官ぶりは全く見られない、見苦しいばかりの姿であった。李応は構わず、

「〝大臣には刃を加えてはならぬ〟という祖宗のおきてに従い、貴公らにチン毒入りの毒酒をさし上げよう。ゆるゆるご賞味あれ」

と手下に命じて四つの大碗に酒をなみなみとつがせた。四人は涙をあふれさせ、わなわなとふるえて、受けとろうとはしない。そうと見た李応、手を上げてひとふりすると、進み出た部下たち、二人して一人をつかまえ、耳を引っぱって口に毒酒をそそぎ込む。またたく間に四人は身体中の七つの穴から血を流して、こと切れてしまった。

かの護送官、四人の死を見て仰天したが、

「将軍がたのなされ様、さこそと思われますが、これではてまえ、復命のしようがありません」

「かまうものか、梁山泊の男伊達《だて》に奪われて、殺されてしまった、と言えばよいわ。第一、貴公は、よけいな旅をしなくて済んだではないか」

と二十両を与えて去らせた。燕青はまた十両と葉茂に与えると、葉茂も喜んで去って行く。

あくる朝、戴宗が戻って来て言うには、彼らがあてにしていた宗沢は、遷都を上申したものの、近侍の奸臣に阻止され、ために気鬱《うつ》の病いにかかって死んだのだが、そのいまわのきわにも「黄河を渡れ」と三たび叫んで、血を吐いてこと切れたという。

「朝廷では、杜充を後任としたが、こやつは無能の上に将士をいたわらなかったので、将兵の心は離れてしまった。そこへもって来て、ウジュ麾下の金軍十万が建康を襲うと聞いた杜充は恐れおののき、敵の来襲を前にして河南を棄てて淮西《わい》に逃げてしまったものだから、人民はまたしても四散し、東京は空っぽになってしまった」

と戴宗は付け加えたので、一同はガッカリ、

「宗沢どのがいなくなってしまったいま、われらは、どこを頼って行ったらよいのか。ましてや金軍十万が来襲するとあっては、こんな町などにもおられぬ。まさに進退両難、どうしたらよいのやら」

戴宗は言う。

「わしは山東路で一人の弟分に会ったが、彼の住居は、まことに工合いがよいという話だった。しばらく、そこへ身を落着けようではないか」

「それは一体だれだ」

「穆《ぼく》春だよ。やはり東京の模様を探りに来ていたんだ。彼は〝阮《げん》小七・孫立らが登雲山で旗あげし、兵も強く食糧もたっぷりある、一緒に来ないか〟と言うのだ。わしが〝兄弟たちが中牟県で宗沢どのの消息をもたらすのを待っている〟というと、残念そうに帰って行った。わしが思うに、登雲山は山東半島の海ぞいの辺鄙《へんぴ》なところなので、ウジュの兵も、あそこは通るまい。あそこへ行ってしばらく休養し、それから建康へ行って朝廷に帰順したって遅くはあるめえ」

頭領たちも賛成し、これまで通り軍を三隊に分けて進発し、山東路へ向かった。間もなく東昌府、暮れもようやく迫って来たころ、偵察に出ていた戴宗が急ぎ戻って来て、

「ウジュの大軍が近付いて来ている。本隊と後詰の軍は、すぐ退避してくれ。わしは先鋒隊を呼び戻しに行く」

と言い捨てて、また走り去った。李応はすぐさま軍勢をわき道に入れさせ、三里ほど離れた臥竜岡のふもとに駐屯した。

呼延灼のひきいる先鋒隊は、早くも到着したウジュ軍と正面衝突、敵の大軍にひともみされて四分五裂となり、わらわらと、てんでんばらばらに夕闇の中を逃げ出したが、夜が明けて点呼をとってみると、呼延鈺《ぎょく》

211　首尾よく黄河渡河に成功し，三兄弟，梁山泊跡で英霊に礼拝

と徐晟《せい》、それに二百余りの兵が行方不明になっている。昼になると本隊、後詰の軍も一つになることができた。

「あの二人は腕も立つし、機転もきくから大丈夫。あとからきっと来る。ここは敵の攻撃には丸はだかだから、もう少し進もう」

と呼延灼は言うので、李応も仕方なく前進命令をくだした。

こらは呼延鈺と徐晟の二人、金軍が迫ると見るや、先頭に立って突進するうちに、夕闇のこととて、いつしか金軍の中にまぎれ込んで退くにも退けなくなってしまった。金軍の先鋒の大将アヘマはウジュ麾下第一の勇将で、十五〜二十歳の青少年を捕えて、これに武芸を叩き込み、特攻隊を編成していたが、大胆不敵の若者のこと、勇敢に戦う五百人余の一隊ができ上がっていた。

そのアヘマは、二人のりりしいのを見て訊ねると、二人――呼延鈺と徐晟――は悪びれずに答える。

「われら兄弟は張竜・張虎と申し、父の張得功は目下、斉王府にあって正兵総督をしております」

「武芸はできるか」

「何でもござれです」

二人が得意の武術を披露に及ぶと、アヘマは大いに喜び、さっそく二枚の木札を出して与え、

「これを所持しておれ。特攻隊小飛騎の役を与え、五百名の長にしよう。だが、もし逃亡すれば斬罪に処す」

「われらの父は斉国の役人、逃げるはずがありますまい」

二人は木札を受けとって隊に向かう。

「当分、あいつをたぶらかしておいて、すきを見て逃げ出そう」

二人は、ひそかに話を決めたが、二人とも気はきくうえに、何でもよく聴くので、喜ばぬ者はない。加えて、ひまさえあればアヘマの所へ出掛けて忠勤をはげむため、アヘマはすっかり信用してしまった。

「小飛騎になったのだから、隊士の点呼をとらぬばいけないね」

二人は、そう言い合って、机を持ち出して一人ひとり名前を呼び上げる。宋安平まで呼び上げて、ふと見ると、この少年、利口そうで体つきも立派だが、むし

ろ文の方を好む者と見た。どこかで見た記憶があるようなので、呼延鈺がたずねると、

「わたしは鄆《うん》城県の宋家村の者、父は宋清《せい》と申します」

「武芸は出来るか」

「小さい時から詩文に親しみ、京師に出て科挙の試験に応じて進士に及弟しましたが、東京が陥落したので帰郷をしようとした途中、つかまってしまいました」

てっきり宋江の甥と呼延鈺は徐晟に目くばせした。

「そなたが読書人なら、書記にとり立てて、われわれと一緒に寝起きすることにしよう」

点呼が終わって一同が散ったあと、

「君は、われわれ二人を覚えているかい？」

「お見受けしことはあるように思いますが、ちょっと思い出せません」

そこで二人は名乗りを上げ、すきを見て、ともに逃げ出そうといえば、宋安平にもとより否はない。以来、三人は一緒に寝起きして何事も相談し合う。

ある日、連れ立って馬小屋を見廻っていたが、千頭もいる馬の中に、ずば抜けた白馬二頭の駿馬がいた。白馬は、かつての宋江の愛馬、黒馬の方は同じく呼延灼の乗馬であったとは、二人は気づかなかった。

さて、ウジュの軍勢は、すでに山東に達したが、済州府は勇名高い張宣撫使の守る所とあって、ウジュも敢えて攻撃せず、わき道を通って淮西へ抜けようと考え、その軍議のためにアヘマを呼び寄せた。

「アヘマの留守こそ脱走には絶好の機会」

と三人は、例の白馬・黒馬に月毛の駿馬の三頭を選んで打ち乗り、風のように逃走したのだが、呼延鈺と徐晟の手勢は、先日の戦いで散り散りになってしまったので、真っ直ぐに登雲山を目指すことになった。が、宋安平が、

「鄆城県は済州の治下、ここからも近いので、ぜひ、わたしの家へお立寄り下さい」

と切に奨めるので、他の二人もその気になった。七、八里も行くと、道ばたに居酒屋がある。三人とも腹がへっていたので、馬から下りて飯と酒を注文する。この酒を飲まなければよかったのだが、一口したとたん気が遠くなってしまった。しびれ薬入りだったのであ

る。それを見た番頭、仲間を呼んで馬を曳き入れさせ、続いて三人の懐中をさぐって四、五十両の銀子をひきずり出した。そこへ出て来たのは、三十まえの男、

「料理するのは、ちょっと待った。どうやら良子の子息らしい」

と、ひきとめた。この男、以前、武松に、兄の武大が女房の潘《はん》金蓮に殺されたことを話して、武松に淫婦の金蓮と、間男の西門慶《せいもんけい》とを殺させた鄆哥《うんこう》である。熱血剛直な小商人だが、戦さ続きで商売にならぬところから、ある人を頼って来ていたのである。

ある人というのは、もと梁山泊で糧秣係をやっていた江忠という男で、宋江の腹心だったが、梁山泊勢が投降した後は、もう老齢だったので帰郷して百姓をしていた。宋江らの死後は梁山泊に廟を建て、そこで廟守りとして暮らすかたわら、地廻りと語らって、ちょっとした荒かせぎをやっている。鄆哥もその仲間に加わり、街道で居酒屋を開いて、金を持っていると睨んだ客に、しびれ薬入り酒を飲ませて財物を失敬していたのである。

その時、鄆哥は解毒剤を飲ませて三人を正気にもどしたのである。ところ、宋安平が、キョトンとしている三人に名前をたずねた。

「宋家村の者で、父は鉄扇子の宋清だ」

と名乗ると、鄆哥はビックリした様子で、中へ招じ入れ、改めて酒肴を出すので、今度は三人の方が驚いた。

「あなたは誰です。それが判らないと、この酒も飲めません」

そこで鄆哥は、自分の氏素性を名乗り上げたので、三人もそれぞれ姓名を名乗って、これまでのことを物語ると、鄆哥、

「梁山泊にゆかりの深い方とは、これも亡き宋江旦那のお引き合せでしょう。さっそく江忠旦那に知らせて、山上へご案内しますから、皆さんも尊像を拝して下さい」

三人は、さっそく立ち上がろうとする。鄆哥は、

「ま、二、三杯召し上がってからでも遅くはありますまい。私が矢を射てお迎えの舟を来させますから」

と言ったが、徐晟、

「わたしの記憶では、山の前方には道があったはず

だ。馬でとばした方が気持いいよ」

と言うので、三人は馬を走らせる。鄆哥の知らせで江忠も下りて来て出迎える。

江忠老人の案内で、三人は拝をしたのだが、いらかは高くそびえ、金色の像は光り輝いていて、正面には晁《ちょう》天王・宋江の塑像、左右には天罡星・地煞《さつ》星百八体の像が、いかめしく立っているさまに、三人がすっかり感激したのも尤もな話。

その感激の余り、三人は神前で兄弟の誓いを立てた。最年長は宋安平、次は呼延鈺、最年少は徐晟で、互いに血をすすり合って、名字違いの兄弟となったのである。

参拝を終え、兄弟の固めもすんで、みんなして一杯やっているところへ、居酒屋の仲間が慌だしく駆けて来て言う。

「大変だ。鄆城県の都頭だった趙能の伜で、あだ名を百足虫《むかで》というゴロツキが、戦争騒ぎのドサクサにまぎれて一儲けやらかすつもりで、ならず者どもを狩り集めて徒党を組み、近郷を荒し回っているんだが、奴は〝父と叔父の二人を梁山泊の者に殺された。仇を討って神像をこわし、廟を乗っとって山塞にする〟と言って押し寄せて来た、というんだ」

聞いた呼延鈺と徐晟の二人、手ごろな腹ごなしとばかり、得物を手にしてとび出す。鄆哥もまた槍を手にして続く。山の手前で彼らに出くわしたが、総勢は百余人もいる。

「お若えの、危ねえ真似はよしたがいいぜ」

と、馬上の百足虫は威勢だけはよかったが、二人の方は鍛え方が違う。呼延鈺が一刀を払うと、たちまち馬から逆さに落ちるのを、徐晟が首をかき落とす。ついでに先頭の奴から四、五人を斬って棄てれば、所詮は烏合の衆、悲鳴をあげて逃げ散ってしまった。

その夜は廟内に泊って翌朝、徐晟、

「東昌ではぐれてしまって大分になるので、皆さん心配しているだろう。きょうは宋兄さんを宋家村まで送ったあと、登雲山に向かおうじゃないか」

というので、江忠に別れを告げて、三人は宋家村をめざす。梁山泊から宋家村までは、ほんの十数里、馬上で無駄話に花を咲かせているうちに、はや村のそばまで来てしまった。

一五　両山塞の好漢が合同して船出し、薩摩《さつま》に誤航して日本兵と戦う

「折角のお誘いだから、今夜一晩だけ、ご厄介になるとしよう。早く帰らないと心配しているから」

「まあ、そう言わないで、せめて二、三日」

そう言いながら村へ入ったのだが、あにはからんや、村は焼野原で宋安平の父母も行方知れず、血まなこになって捜したが見付からない。

「兵火にかかって、ご家族はどこかに避難していらっしゃるのだろう。心配したまうな。日も傾いたので、とにかく先の村まで行って宿泊し、明日また捜すとしよう」

と呼延鈺《ぎょく》が言うので、宋家村を出て半里ほど行くと一つの廟がある。中へ入って道士に聞けば、

「三日まえ、鄆《うん》城の知事と民兵隊長とが二、三百の土民兵を率いてやって来て、一物残さず奪って行きましたが、その際、あなたの父上と母上とを連行しました。何かお宅に怨みでもあったのでしょうか」

安平はびっくりしたが、他の二人になぐさめられ、翌日、県庁へ行って確かなことを探り出すことで寝についた。あくる朝、土地の顔役であるところから、鄆《うん》哥《こう》が調べに出掛けたが、夕方帰って来て報告する。

「あの民兵隊長は曽世雄といって、曽頭市の曽親分、つまり前に宋江旦那に殺された奴の孫ですが、宋江旦那が曽一家をやっつけた折り、運よくのがれて成人し、金軍に投降して鄆城県の民兵隊長になっているのです。新任の県知事の郭は悪い奴で、二人でしめし合わせて宋家を焼討ちし、四郎旦那と奥さんとを捕えたもので、曽世雄はすぐにも殺そうというのを、知事は三千両をゆすりとろうとして、一応牢に入れたのです。私が銀をつかって牢内で面会したところ〝早く救い出してほしい〟とのことでした」

「それじゃあ、登雲山へ行き、大部隊をつれて来て実力で奪還するほかはない。わたしと徐晟君とすぐ出発しよう。往復で十日ほどかかるが、それまで待っていてほしい」

呼延鈺はそう言い、二人で登雲山めざして出発した。三里ほど行くと、道ばたで休んでいる戴宗にバッタリ遇った。聞けば、心配した山寨の一同の意を受けて、楊林と一緒に捜しに来たのだが、足の遅い楊林を待っているところだという。

「きみたちと離れ離れになったあと、われわれは予

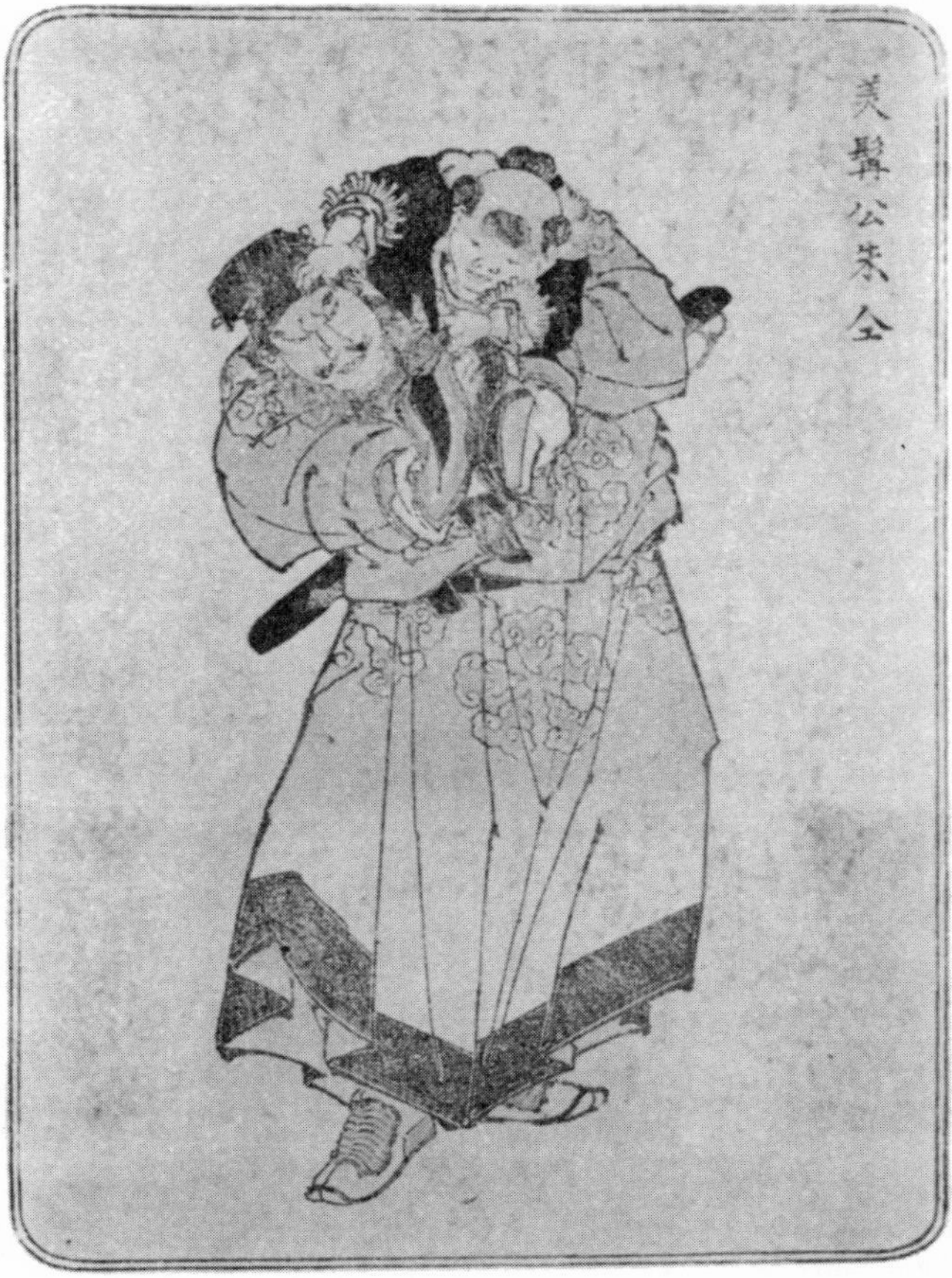

219　両山塞の好漢が合同して船出し，薩摩に誤航して日本兵と戦う

定通り登雲山に行くはずだったが、途中の済州にしばらく滞在したため、まだこの先きの一宿場ほどのところにいる。二人とも、ともかく本陣に行って、元気な姿を見せ、宋清さん救出を頼むことだ。それにしても、朱仝《どう》が家族を連れに出かけて十日余りも戻らぬとは、ちとおかしい」

戴宗がそう言っているところへ楊林がやって来たので、打揃って本陣に行き、無事を告げて宋清救い出しを要請すれば、

「それは放ってはおけん。だが、あんな田舎町で大兵を動かすわけにはいかぬので、先鋒部隊の中の、関勝・燕《えん》青・樊瑞《はんずい》・戴宗の諸兄にお任せしたい。われわれは真っすぐに登雲山へ行き、そこで落ち合うとしよう」

「わしは家内を聞煥章《ぶんかんしょう》どのに汝寧《じょねい》まで連れて行ってほしいと頼んだままになっているので、二人の伜と一緒に汝寧まで行って来る」

と呼延灼が言えば、呼延鈺も、

「わたしは宋安平と兄弟の誓いを立てたうえ、すぐ戻ると約束したので、汝寧へ行ったのでは約束違反になります。父上は、このまま登雲山へ行き、わたしと弟とで宋清さんを助けたあとで、母上を迎えに行かれてはいかがですか」

呼延灼も賛成し、他の頭領たちと山塞へ向かった。

さて、関勝らは兵を率いて鄆城県から三、四里の東渓村までやって来、そこで兵を留め、夜半を待って城壁まで押し寄せた。戦乱で無住となった破壊家居の梁や柱をとりはずして四、五組の梯子を造り、それを伝って城壁の上に立ったが、守備兵は一人もいない。そこで城門を開いて全員なだれ込み、県庁へ向かった。

知事というのは誰あろう。あのインチキ術者の郭京《かくけい》で、六遁の法で神兵を招くと称して失敗し、東京陥落後は金朝に投降してウジュの軍に従ってやって来、済州を落とした後は鄆城の知事になっていたもの。悪徳強欲は、以前のままである。そのとき、ぐっすり眠っているところを樊瑞に捕えられてしまった。一方の楊林らは牢に殺到したが、めざす宋清夫婦はいない。郭京知事に訊ねると、金軍のアヘマから「特攻隊員の軍安平が逃亡したので、父親の宋清を捕えて送れ」という命令が来たため、済州へ送ったと言う。

呼延鈺、急いで馬をとばして宋安平に知らせたところ、安平はガッカリ。

「ま、くよくよしなさんな。何とかなる。まず韋駄天の兄い、楊林・鄆哥の皆さんに済州の様子を探ってもらうとしよう。万事は、それからだ」

と燕青はなぐさめ、四人は出発する。道すがら楊林、

「朱仝の様子も探らにゃならんが、うちはどこだろう?」

と言うと、鄆哥が「錦香村といって、ここから近い。そこを通るから、ついでに寄ってみては」と言うので、その村へ入って行った。遊んでいた子供に訊くと教えてはくれたが、いま留守だと言う。その家へ行って戸を叩くと、朱夫人が出て来たので、

「兄弟衆と登雲山に行くことになり、朱仝は奥さんを迎えに帰ったはずだが」と言うと、

「確かに一旦は家に戻って来ましたが、実は、うちでおあずかりして、お世話をしていた雷横《らいおう》さんのお母さんのことで、出て行ったきりなんです。というのは、あるとき、雷横さんのお母さんの甥という済州の人が来て〝こちらで面倒を見るから〟と、お母さんを無理に連れて行きました。ところが、その甥は、雷横さんのお母さんを大切にしないと聞き〝兄弟のおふくろさまだ。放ってはおけん〟と済州まで出掛けて行ったまま、帰って来ないんですよ」

と答える。その甥は〝口曲りの銭〟というあだ名の奴で、府庁まえの永豊小路に住んでいると聞いた三人は、朱仝の家を辞して、その足で済州に向かった。

雷横というのは梁山泊の仲間で、その雷横が方臘征伐で戦死すると、その母親を引きとって面倒を見ていたのだが、朱仝は保定府の都頭制となると単身赴任し、家族と雷横の母親とは故郷へ残していたのである。

雷横の母の甥は悪い奴で、叔母が小銭を持っているとわかると、だまして連れて行ったものだが、こわい者なしのこいつにも、一人だけ頭の上がらぬ者がいた。女房の巫《ふ》氏である。この女がまた、ひどい莫連女で、亭主を尻に敷いておいて、自分はちょいちょい、内しょのつまみ食いをやっていたが、銭の口曲り奴は文句一つ言えない始末。

夫婦は談合して雷横の母を引きとったものの、だましたり、すかしたりして有金をまき上げてしまうと、

手の平を返して邪けんになった。だが、雷横の母は、いまさら朱仝の家へも戻れず、泣きの涙で耐えていたのである。

家に帰って雷横の母のことを聞いた朱仝は前述のように「さっそく迎えとって、ともに登雲山へ行こう」と出かけて行く。出迎えた口曲りの銭の奴、口先きだけはチヤホヤとお世辞を言った末、歓迎用の酒を買うと言って外へ出て考えた。

（金軍の布告が出ていたっけ。南朝の官吏を訴人した者には銀一千両を与える、とな。あの朱仝も保定府の都統制という立派な役人だから、ひとつ訴え出て……）

と悪心を起こし、金兵を伴なって帰って逮捕させたのである。金軍では、ひとまず朱仝を馬小屋に放り込むことにしたのだが、朱仝はそこの事務所で薬を調合していた男を見てびっくり。紫髯《しぜん》伯の皇甫端《こうほたん》だったのである。

朱仝が、ここへ放り込まれたいきさつを話すと、皇甫端、

「気づかいは要らんよ。金でも人材がほしいので、投降するなら才能に応じて任用すると言っているからね」

と言う。その皇甫端は、

「わしは東京陥落の際に金軍に捕えられたが、馬の病気が治せるというので、留用されているのだ。それから、宋江兄いゆかりの宋清さん夫婦もつかまっているので、中へ入ったら会ってみたまえ」

かたわらの小部屋へ入って宋清夫婦に会うと、本来なら牢にとじ込められるところだが、腕ききの馬医者の皇甫端のたっての要望で、ここに寝起きすることができたとのことである。夫婦をなぐさめて出て来ると、皇甫端、

「彼奴らは、ただ金が欲しいのだ。わしにいい手づるがある。というのは、あのアヘマの女房は実はオリブの娘だから、アヘマは頭が上がらず、女房の言うことなら何でも聴くんだ。ここの馬係りの小頭は、その女房について来た奴だから、女房に顔がきくので、金をばらまけば何とかなる」

となぐさめ、山塞側と連絡のとれる日を待つことにした。

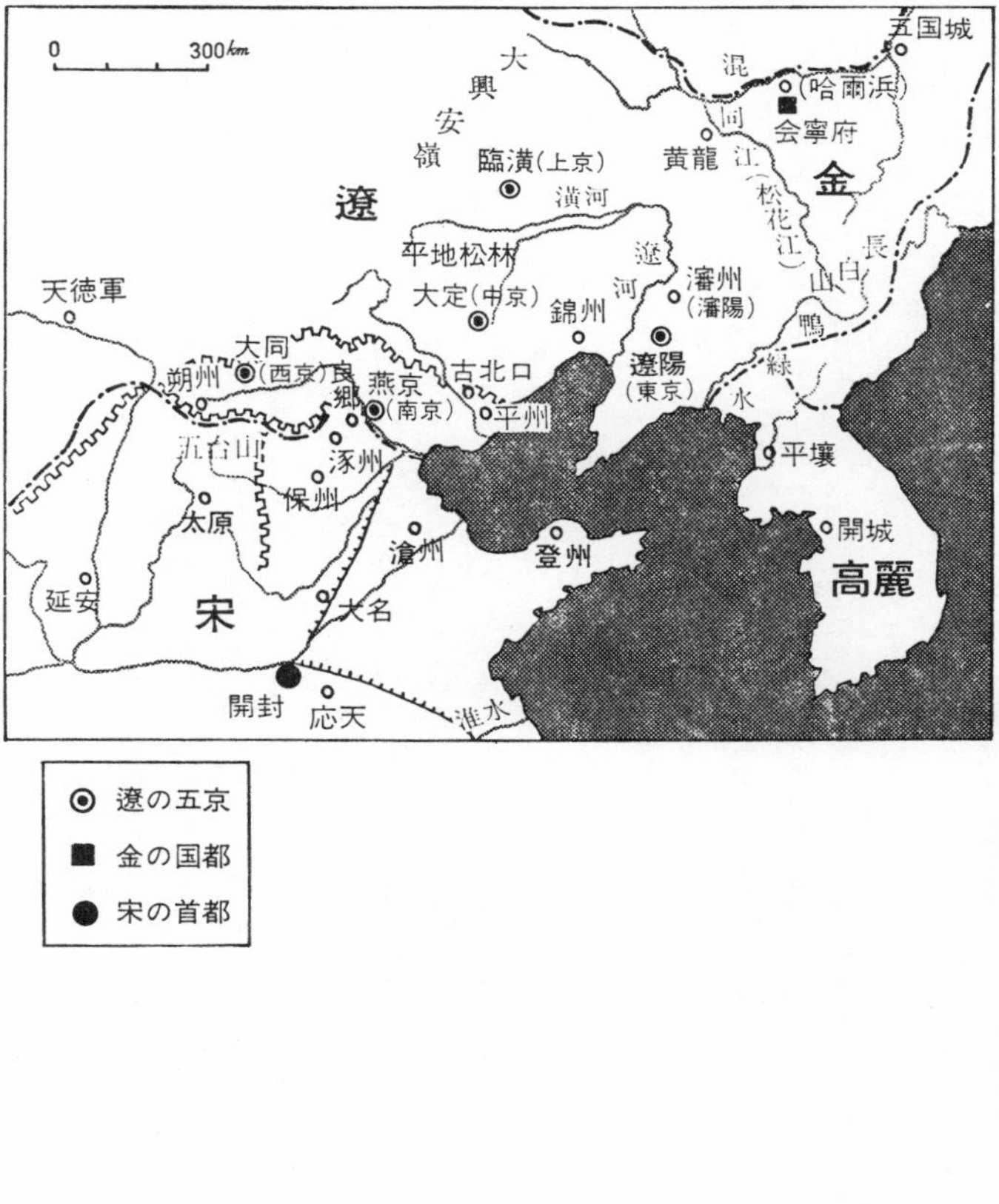
0 300km
大興安嶺
遼
金
宋
高麗
五国城
混同江（松花江）
（哈爾浜）
会寧府
黄龍
臨潢（上京）
潢河
遼河
平地松林
大定（中京）
錦州
瀋州（瀋陽）
遼陽（東京）
長白山
鴨緑水
天徳軍
大同（西京）
朔州
良郷
燕京（南京）
古北口
平州
五台山
涿州
保州
太原
滄州
登州
平壌
開城
延安
大名
開封
応天
淮水
遼の五京
金の国都
宋の首都

片や済州についた戴宗ら三人、口曲りの銭の家へ行って朱仝のことを訊ねたが、応待に出た女房は「そんな人は来ていない」とケンもホロロに三人を追い出してしまった。三人は、何が何やらわけの判らぬまま歩いていると、バッタリ遇ったのが皇甫端である。彼は朱仝から、三人がいま登雲山にいることを聞いていたので、あいさつもそこそこに馬小屋へ連れ帰って、朱仝と宋清に会わせる。

「わしは馬係りの小頭に話し、アヘマの女房と内々に話をつけた。朱の兄いは銀二千両、宋の旦那は銀千五百両、それに乗り逃げした三頭の馬のしろを出せば釈放してくれることになっているんだ。ただ、それを知らせる方法がなくて弱っていたところなので助かった。すぐにも金策を頼む」

と皇甫端が言うと、楊林、

「金でケリがつくのなら、何とかなる」

「アヘマはウジュの命令で戦さ船を造るため明日出発する。早い方がいい」

「往復五日はかかるが…」と戴宗。

「じゃ、もう一度話してみよう」

皇甫端は出て行ったが、しばらくして戻って来た。

「話はついた。期限は八日間だ。銀子は女房が受けとり、人間は牛都監に引渡した上で釈放と決まった。とりあえず曽世雄に宋の奥さんを送り返させる。これは明朝出発だ。奥さんが、ここにおられては何かと不便と思ったので、わしの一存で決めた」

戴宗と鄆哥とは即日出発することにし、楊林は残って模様を見ることになったのだが、神行法のお蔭で戴宗は、半日も経たぬうちに朱仝の家について事情を知らせ、ついで還道村に戻って来て関勝と燕青にも説明した。

「郭京から奪ったのは二千両足らず、ここはどうあっても韋駄天の兄いに登雲山へ行ってもらうほかはないが、八日間で往復できるだろうか」

と関勝が心配すれば、燕青はニッコリ笑って、

「アヘマが済州を離れ、曽世雄が宋の奥さんを連れてくるとなると、金は一文もつかわずにすむわい。宋清の旦那と朱仝も取り返すいい手がある。それは、かくかくしかじか」

と策を述べ、関勝に、兵馬を廟のまわりに伏せるよ

う頼んだ。

昼過ぎになると、果たして曽世雄は五十人の兵に宋清夫人を護らせながらやって来た。関勝らは身をひそめ、宋安平一人が待っている。

「こりゃ、宋安平、元帥には張竜・張虎の二人と、三頭の馬を返せとの仰せじゃ」

「張竜・張虎と三頭の馬は、みなこちらにおりますれば、すぐ連れて参りますし、お金も母をお渡し下されば直ちに用意いたします」

曽世雄がうなずいて宋夫人を渡すと、樊瑞・燕青・呼延鈺《ぎょく》・徐晟《せい》の四人が銀子を持参したが、曽世雄、

「足りないではないか」

安平は呼延鈺と徐晟を指さして、

「この二人が張竜と張虎です。不足分は、この二人に出させますが、その前にお会わせしたい方がありま す」

と言って郭京を連れて来た。曽世雄はびっくりして
「どうして、ここへ?」と訊ねる間もあらせず、廟外に砲声一発して関勝の手勢が囲りをとりかこむ。と、呼延鈺と徐晟の二人、やにわに曽世雄を捕えて縛り上げれば、樊瑞・燕青も郭京を引っくくる。燕青、

「曽世雄のつれて来た兵たちは、みんな東廊下に入れて錠をおろせ」

兵をとじこめておいて、郭京と曽世雄の二人を斬り捨てたのち、燕青、

「悪党二人は、これで片付いた。韋駄天の兄いは、急いで宋清・朱仝の両所に旅立ちの仕度をするよう知らせてほしい。関の兄いは兵五百をつれて済州城外に伏せ、もし追手が来たら食いとめてもらいたい」

二人は承知して座を立つ。燕青は金兵たちに、

「ちょっと借用したいから服を脱げ、その代わり、あす釈放してやる」

金兵たちが服を脱ぐと、燕青は手下五十人を選んで着せ、樊瑞を曽世雄に扮させ、呼延鈺・徐晟をともなって済州へ向かう。夕方ごろ済州に着くと、門番は金兵と見て中に入れる。一隊は、そのまま馬小屋まで入り込んだ。

朱仝と宋清の二人は、さきに戴宗から救出策を告げられていたのだが、皇甫端はいきさつを知らないので、何か言おうとするのを、樊瑞は、いきなりつかまえて

引っぱって行く。「何をする」と立ちはだかる馬係りの小頭は、徐晟のげんこで引っくり返ってしまう。一同、大通りへ出たところで朱仝、

「みんな一足先きに行ってくれ。わしは雷横兄いのおふくろさまを連れて来る。ついでに、あの口曲りの銭の野郎をやっつけねえと、腹の虫が収まらぬ」

と、永豊小路にやって来て見れば、銭の奴と女房とは、

「褒美の金が入ったら何につかおうか」

「着物を二枚ほど作ってえ。それに、あの婆さんは追い出しましょうよ」

とか何とか言いながら酒を飲んでいる。聞いた朱仝は怒り、戸を蹴破って、

「褒美の金、くれてやるぞ」

ととび込んで、一刀をくらわせる。口曲りの銭の奴は、口ばかりか、首まで一皮を残して肩先にダラリとまがってしまった。続いて女房を斬り殺し、台所で用をしていた雷横のおふくろさんを連れ出す。城門まで来ると、一同、門番を斃して城門をあけ、どっと外へなだれ出た。


一里も行かぬうちに、後の方で鬨の声、牛都監の手勢が追って来たのである。


「貴公たちは先に行ってくれ。わしと呼延鈺と徐晟とで食いとめる」

と待ち受ける。双方入り乱れての乱闘となったが、そこは腕前の差、牛都監は馬首を返して逃げ出すと、関勝の伏勢が起こって牛都監は真っ二つになり、兵も命からがら逃走する。関勝と樊瑞《はんずい》とは深追いせず、兵をまとめて路を急ぎ、夜明けには錦香村に到着した。迎えた燕青は、さっそく還道村に雷横の母を伴って行く。宋安平も父親の無事を見て大喜びである。

燕青は、閉じこめてあった金兵を釈放したが、皇甫端、

「わしは、諸兄の計略を知らぬものだから、本当に金を出すのか、もったいないと思ったよ。わしも、かねがね逃げ出したいと思っていたので、これで助かった」

一同は打ちそろって登州への道をとる。登州間近に来ると、一足先きに戴宗が知らせておいたので、呼延灼と阮小七とが兵を連れて出迎える。こうして、かつ

ての同志たちは、またしても運命の糸に操られて、次々と登雲山に集結したのである。

　めいめいが一別以来の情を述べ合ったあと、王進と聞煥章とは賓客として、公孫勝とともに上座につく。東側には飲馬川の頭領、西側には登雲山の頭領たちが坐って、恒例の大宴会となった。すなわち、王進・聞煥章・扈《こ》成・欒《らん》廷玉の四人の新入りをのぞき、関勝・呼延灼・公孫勝・李応・朱仝・戴宗・阮小七・燕青・朱武・黄信・孫立・樊瑞・裴《はい》宣・安道全・蕭譲《しょうじょう》・金大堅・皇甫端・孫新・顧大嫂・蔣《そう》敬・穆《ぼく》春・楊林・鄒《すう》潤・蔡《さい》慶・凌振・宋清・杜興の二十八人は、もともと梁山泊の同志たち、それに宋安平、呼延鈺《ぎょく》・徐晟《せい》ら、息子・甥のともがらを加え、総勢三十五人の豪傑、好漢相集うたのである。

　三日間の大宴会ののち、登州へ偵察にやっていた小頭が戻って来て報告する。

「アヘマは戦艦の建造を終わったので、水陸から臨安を挾撃する予定でしたが、済州で牛都監が殺され、鄆《うん》城では曽世雄と郭京とがやられたと聞いて、急ぎ済州に戻り、二万の大軍を率いて、この登雲山を攻撃しようとしております」

　聞いた一同、いろいろな意見を出し合ったが、強硬な主戦論を制した安道全、

「ここは一つ、長久の計を立てねばならん。わしに恰好な地の心当たりがある」

と前置きして言い出したのは、かつて遭難して救われた、李俊・楽和・童威・童猛・花逢春《かほうしゅん》の拠るシャム国や金鼇《ごう》島のことである。

「中国で東奔西走、痛めつけられているよりも、はるかにましではないか」

　みんな横手を打って賛成するが、そこへ渡る船をどうするか、が問題になった時、智恵者の燕青が言い出した。

「アヘマが戦艦数十隻を建造したという話だから、そいつを借用しよう。ただ登州の様子が不明だが」

　孫立と欒廷玉とが立って、登州には役立たずの兵が千人ほどいるだけだ。心配はいらぬ、と言う。念のために戴宗に急ぎ探ってもらうと、

「アヘマはウジュの命を受け、登州で劉夢竜の弟の劉夢蛟《こう》を使って五百隻の大戦艦を造ることにし、すで

に百隻が完工して岸につないである。必要な船具はみなそろい、舟子・楫《かじ》取りも集められて、船に乗り込んでいる。ところが肝心のアヘマは、済州の変事を聞いて、そちらへ出向いたので、登州城内は空っぽ同然」

との報告である。李応、さっそく兵士たちに同行希望者をつのれば、三千余の兵がお供したいと願い出る。そこで李応は、善は急げとそれぞれの部署を定め、翌日の夜明けを待って急ぎ出発した。

半日足らずで登州に到着、州知事と毛乾とは城門を閉ざして守りを固めた。打って出る勇気はないと見た阮小七、海岸に突進して、

「船の者ども、じたばたするな。降参すれば命だけは助けてやる」

と大声で呼びかけると、舟子・楫取りたちは、みな膝まづく。阮小七らはまず家族・小荷駄、将兵・馬匹・糧秣と次々に船にのせ、城を囲んでいた連中も船内に収容、こうして一兵も損せず全員が船に乗り込んだので、号砲三発、大洋へ船出して行ったのである。

東南をめざして進むこと数日、夜が明けたところで羅針盤係りの舟子が叫んだ。

「大変だ。ここは日本の薩摩だ。陸にいる倭人は旅商人をかすめるのを商売にしている。早く離れろ」

だが、大船のこと、急には船を戻せない。それと見た陸の倭人たち、急ぎ数百艘の小舟をあやつり、手に手に得物をふりかざして、貨物を掠奪しようと寄って来る。頭領たちも武器を構えて追い払おうとするが、如何せん相手は多勢、命をものともせず、がむしゃらにやって来るので防ぎ切れない。船の側まで来た数人は斬り倒したが、ひく気配は一向にない。大砲をブッ放してみたが、距離が近いので弾丸は遙か彼方へとんで行ってしまい、これまた役に立たぬ。やむなく対峙の構えで半日ほども睨み合っていたが、燕青、

「大砲がダメなら、火炎筒を造ろう。竹ざおを切って火薬と鉄粉とをつめ、三尺あまりの円筒にして筒口をふさぎ、火をつけるのだ」

そこで二百箇あまりを造って点火すれば、それをかぶった多くの者は皮膚を焼けただらせたので、倭人もひるんで後退した。

だが、倭人はずるがしこい。牛の生皮をかぶってしまったので、この手も通用しなくなり、加えて湾の口

に舟を一列にならべているので、外洋へ出ることもできない。

「陸上なら手の打ちようもあるが、水上ではどうにもならぬ。それにあの倭人どもは命知らず。どうしたものだろう」

と李応も思案投げ首の態。そこで倭の通訳を呼んでたずねると、

「ここ薩州の人間は、みな貧乏なので、少しばかり物をおねだりしたいだけです」

「何が欲しいのだ」

「銀は、こちらでは安いので、絹や織物を下さい」

「そういうお前は、どこの者だ。どうして彼らの通辞なんかしているのだ」

「手前《てまえ》は漳州《しょう》の者、航海に出て難破して、ここへ流れついたため、やむなく、こうして通訳をやっているのです」

李応は絹、木綿それぞれ五百匹を出して与えたため、ようやく倭人の攻撃をのがれることができたのだが、さすがの豪傑たちも、倭人には手こずったのである。

「ここから西北の方角に船をまわせば、二日ほどで金鼇《ごう》島です」

という通訳の言葉に従って二、三日も進むと、舟子が前方に見えて来た陸地を指さして、

「あれはシャム国の領分、清水澳《せいすいおう》です。金鼇島までは、あと五十里ですが、風向きが変わらなければ行けません」

と言うので、その夜は清水澳沖に船がかりした。十日間も船上にいたので、さすがの豪傑たちも、目ざすところまであと五十里と聞いて大喜びである。

この清水澳は、ほかならぬ李俊が最初に停泊したところで、金鼇島を奪取してのちは、瘦臉熊《そうれんゆう》の狄成《てきせい》に三百の兵を与えて守らせていたのだが、百隻の大艦隊が突如あらわれたのは、びっくりするばかりであった。

一六　姦悪宰相と悪僧とが国王を謀殺《ぼうさつ》し、シャム国内の風雲急を告げる

お話かわって、こちらはシャム国内。飲馬川と登雲山のそれぞれに籠った好漢《おとこ》たちが、以上述べたように、曲折を経て一つになり、そしてさらに、ここシャムにやって来て、いよいよ大同団結するに至る、この物語の終結部に近付きつつあるわけだが、これまで中原での出来ごとを述べるのに追われて、シャム国に筆を及ぼすいとまがなかった。しかし、いまや、話の穂を、こちらにつぐ時が来たわけである。

かのシャム国王の馬賽真、仁慈ながら懦弱で才略にもとぼしく、国内には忠臣良将がいなかったが、花逢春《かほうしゅん》を女婿に迎えてからは、その年少気鋭に加えて、李俊は金鼇島にいて陰に陽に声援を送るため、外国もあえて侵犯しようとはせず、領内二十四島、いずれも貢を絶やさない。ために、五穀は稔りゆたかに、治安もよく、人民は泰平を謳歌している。

頃は清明の季節、古くから祖先の墓詣でと郊外に春色をめでる風習がある。国王家でも、それにならい、一日、万寿山にある祖先の霊廟に参拝したのち、丹霞山に春を楽しんだのだが、そのとき、青々とした草の上に、一人の道士が、国王夫妻の来遊も知らぬさまで坐っていた。

侍臣がとがめると、道士は慌てず、さわがず、国王にゆったりとあいさつをしたので、国王も奇特な人物と見て語りかけた。

「そちは、どこから来たのか。名は何というのか」

「天《あめ》が下を行脚し、気の向いた所で坐禅三昧、どこから来たとも申されません。胎《はら》は渾沌《こんとん》として空、定まった姓もありませぬ」

「出家したら、どのような取りえがあるか」

「これといった取りえはありませぬが、浮世の生老病死、愛別離苦、富貴貧賤のほか、もろもろのわずらわしさからのがれたくて出家仕りました」

「出家したからには、定めし不老長生、石を指して金となす秘術も心得ておろうの」

「生者必滅は世のならい、何びとも免れることは叶いませぬ。石はもとより石、金は金、それを指したとて、どうなるものでもありませぬ」

「ならば、世にいう神仙なるものは、すべていつわりか」

「すべてがいつわりではありませぬ。もし、その要《かなめ》を心得れば、長生、若死の理は一つ。金も土も価はひとしく、一点の生命の光は自から燦《さん》として消えることはありますまいが、それを心得なければ、すべては苦業に終わりましょう。あなたは王位を受けつぎ、錦衣美食を無上の悦楽と思っておいでのようだが、果てしないゴタゴタの連続、地獄と変わりありません。一刻も早く出家された方が身のためですぞ」

「わが世嗣ぎは、まだ幼少なので、出家も意に任せぬが、いいことを諭してくれたので、そなたのために道観を建てて供養し、十年後、世子に位を譲った暁には、そなたに従って出家できるであろう」

「花の婿どのは世子を託するに足る人物ですが、十年どころか、大難はもうすぐ目の前に来ております。なおまた、お志はありがたいが、てまえは一所不住の身、いつまでも当地におるわけには参りませぬ。お疑いとあらば、ひとつ、あかしをご覧に入れよう」

道士はそう言うと、袖の中から石鏡を取り出して、国王の前にかざして見せた。鏡の表には、山河を背景に宮殿がそびえ、一人の王者が地に伏せている。それを見た国王は驚き怪しんだが、他の者が見ると何も映っていない。宰相の共濤は怒って、

「こやつは、まやかし者です。だまされてはなりません。引っ捕えて罰しましょう」

道士は笑って、

「わしに何の罪があろう。そういう貴公こそ罪に問われるかも知れますまい」

「この者は世捨て人、何を言ったとしても、真に受けねばよいのだ。罪に問う必要はあるまい」

と国王が共濤をたしなめれば、道士、

「てまえが偈《げ》を唱えますから国王には、よく覚えておかれよ。〝降水災を為し、永寿保たれず。他日重ねて来らば、唯荒れし塚のみ有らん〟」

言い終わると、払子《ほっす》を一つふって行ってしまった。後に残された国王は、疑念が去りやらない。考え込んでいるのを、花逢春・国母・玉芝公主が、それぞれなぐさめて、とにかく還御とは相なった。

翌日、白石島から上書が届いた。

――海岸に豺狼に似た怪獣が出現し、人を取り食らいましたが、だれも退治できません。ところが、ある大雷雨の日、空から下りて来た大うわばみが、こ

の怪獣を退治してしまいました——

国王は、それを見ると、またしても疑惑の念を起こしたが、国母は言う。

「天が大うわばみを下して怪物を退治してくれましたので、もう大丈夫ですが、これからは外国に対する備えが肝要かと存じます」

国王は、その言葉に従って外国の侵略に備えるよう、お触れを出した。

ところで、宰相の共濤は、ひそかに考えた。

(このシャムを我が手中に収めるのが、わしのかねての念願だが、さきには呑珪《どんけい》、いまは花逢春がおり、加えて、李俊の加勢があるので、うかつに手は出せない。だが、先日の道士の言によると、国王の命運も、もう長くはないらしい。何とかして花逢春や李俊を除いてしまえば、国王なんて枯れ木のようなもの。そうなれば、国王の地位と、あの美しい玉芝公主も手に入るだろう。

その手段として、わしの腹心の青霓《げい》・白石・釣魚三島に挙兵させて、李俊を挟み撃ちにする。花逢春は刺客をやって暗殺させる。そうすれば志は成るというものだ)

折りも折り、西の方から薩頭陀《さっとうだ》という妖僧がやって来た。百歩かなたの人を殺し、風雨を呼び、鬼神を駆使し、魔法によって人を呪い殺せるという触れ込みである。

(こいつは利用価値がありそうだ)

そう思った共濤、薩頭陀を邸内に招じ入れれば、

「宰相、貴公には大望ありとお見受け致す」

「それがしは一国の宰相として富貴の極にある。これ以上、何を望もうや」

「いわれな。わかりますぞ」

共濤はうなずいて奥へ案内する。

「拙僧は天竺の者、過去・未来のすべてを見透すことができ申す。宰相の心願を叶えてさしあげようと、わざわざ参上いたしました」

そこでもまた、薩頭陀は大ブロシキをひろげて、己の道法秘技の効能を大宣伝したため、共濤は、すっかりこの妖僧に惚れ込み、下にもおかぬもてなしをすれば、薩頭陀もこれにこたえて閨房の秘薬を調合してやったり、幻術を使って鬼神を駆使して見せたりしたの

で、共濤はもう大感激、遂にシャム国簒奪の大陰謀を打ちあけるに至ったのだが、ついでに、玉芝公主も手中に入れたい、と語ったことは、いうまでもない。

「よくぞ打ちあけて下された。拙僧、拝見するに、貴公は一国のあるじたるの相貌を備えておられる。ただ、貴公の家族に福があるかどうか、問題ですな」

「いずれにせよ、一家眷族をあげて帰依させましょう」

そこで共濤は夫人、子供を呼んで対面をさせたところ、夫人はでぶ、五人の息子もぶおとこだが、姫だけは、親に似ぬすこぶるつきの美人である。一同を下がらせて薩頭陀は言う。

「奥方には一国の母となる福相がおありだが、和子たちは、いずれもただの相ゆえ、貴公は一代限りの王者です。ただ姫は、いい人相をお持ちなので、よき婿を迎えて位を継がせることですな」

「なに、子供は子供、それがしだけでたのしめばよろしい。しかし玉芝公主を妃とすれば、よい子も生まれるでしょうから、それを太子に立ててもよい。ただ、わしのやろうとすることを、李俊・花逢春の二人が邪魔立てするに違いないので、どうあっても、この二人をまず片付けなくては…」

「拙僧は祈り殺す方法を心得ており申す。その術を使えば、七日のちに、その者は死ぬこと必定」

「それは妙、ぜひとも、お願いしたい」

「ただ、それには相手の生まれた日が判っていなくてはならぬ。いかがじゃな」

「国王と花逢春とは判っているが、李俊のは知らぬ」

「では、すぐ人を金鼇島にやって、うまく聞き出させると致そう」

薩頭陀は、すぐさま準備にかかったのだが、李俊の生まれた日は、偶然のことから、間もなく判明した。というのは、端午の日が李俊の誕生日であり、花逢春が、その祝いに出向くと聞いたからである。喜んだ共濤は薩頭陀にそれを告げたので、妖僧は直ちに修法に乗り出した。

いま述べた通り、端午の節句は李俊の四十歳の誕生日なので、馬国王も、さまざまな祝いの品を花逢春にことづけ、国都で逢春の補佐役をしていた高青・倪《げん》雲も、ともども金鼇島にやって来る。その日に金鼇島では大いに三軍をねぎらい、数々の楽しい催し物が行なわれて、全員こころゆくまで娯しんだ。うたげが果てて夜に入ると、李俊は花逢春に、二、三日ゆっくりして行っては…と奨めたが、楽和が言う。

「しかし、国中は太平無事とはいえ、あの共濤という奴、何を考えているか判らぬ。ここは、やはり一刻も早く戻った方がいい」

李俊・花逢春も、もっともと思い直して、花逢春は高青・倪雲ともども国都へ帰って行った。

こちらは共濤と薩頭陀、十悪十敗受難の厄日を選んで祈禱を始めた。二、三日すると国王の身体は不調を起こし出したが、花逢春、李俊ともに何のことはない。所詮、邪法妖術は正道には勝てぬということであろう。

薩頭陀は力の限り法を修し、やがて満願の日が来たが、国王の病気は直ってしまった。ところが、七つになる世継ぎの王子は、病いもないのに死んだのである。

「子供が死んだだけで、あとの三人はピンピンしているではないか」

と共濤がなじると、薩頭陀、

「あの三人は福にめぐまれた人間なので、三七は二十一日かかる。もし七七は四十九日もやれば、たとえ帝釈《たいしゃく》天でも必ず災いに遭うこと必定。ところで拙僧には、もう一つのたくらみがある。というのは、花逢春は高・倪《げい》の二人ともども、李俊の誕生祝いに出かけて留守。この時を利用して国王を招待し、一服盛れば、貴公は王位につけましょう。

万一、李俊・花逢春が攻め寄せて来るとあらば、拙者と義を結んだ革鵬《ほう》・革鵰《ちょう》・革鵾《こん》の三勇士、部下の苗《びょう》族兵五千を率いて馳けつけさせ申す。さすれば味方の勝利は疑いなく、貴公の王位は安泰となり申そう」

共濤は喜んで、その計略に従うこととし、さっそく国王招待を言上した。王母と玉芝公主は、ともども不安の念を表明したが、共濤を忠臣と思い込んでいる国王は、なかなか忠告を聴き入れない。

「まえに、あの道士が偈によって、いましめたではありませぬか」

「そのわざわいは、すでに世子に現われてしまったのだから、わしとは関わりなくなった」

二人は仕方なく、近衛軍三百を選りすぐって護衛させることにした。

国王を迎えた共濤、贅《ぜい》をつくしてもてなしをすれば、王はすっかり喜んだのだが、肚に一物の共濤は、チャンスとばかり、

「臣に十八になる娘がございます。親の口ながら、なかなかの美形、おそばに仕えさせて、ふき掃除など致させたく」

と、自慢の娘を拝謁させれば、国王は大いに満悦して、

「さっそく明日、結納の儀をとり行なって貴妃とし、卿は相国にのぼせて国父と称える」

全く気のいい国王である。第一段階はよしと共濤、次の手に出る。

「臣のもとに一人の聖僧が逗留しておりますので、ぜひお目通り願わしく」

「おお、そうであったな。ここへ来たのも、その僧に会うて、長生の妙薬をもらうためであった」

国王のことばに薩頭陀も入って来て叩頭し、用意の丸薬をすすめる。国王は疑いもせず、酒と一緒に飲み下せば、半刻も経たぬうちに七転八倒の苦しみののち、遂に絶命してしまった。それと見た二人の近衛の将軍、剣をふりかざして頭陀に斬りかかったが、たちまち斬り倒されて果てた。残る近衛軍も、頭陀の妖術による鬼兵に攻められて肝をつぶし、逃げ去ってしまう。

お付きの女官、騒ぎにまぎれて脱出し、宮中へ急を報じれば、女ばかりのこととて、ただ悲しみ、うろたえるばかり。わずかに公主が、しっかりしていて、

「一刻も早く人をやって、わが夫《つま》さまに急報し、兵を向けてもらいましょう」

と言うので、さっそく女官をさし向けることになった。

片や共濤、

「これではや、わが事は成ったも同然」

と喜んで、ただちに王の遺骸を埋葬すると、高札を立てる。

——国王陛下におかせられては、にわかに崩じ給い、位は宰相に伝えるとの御遺言である。よって不肖、直ちに国政を総攬する。もし、これに従わぬとあらば、逆賊として誅するであろう——

そして薩頭陀ともども宮中に向かったが、心の中で

思うには、

（あの玉芝もよいが、花逢春の叔母も絶世の美人と聞いている。公主と一緒にモノにして、両手に花と行くか）

薩頭陀は薩頭陀で、

（これで、あいつに貸しが出来た。奴の娘をよこせと言っても、イヤとは言うまい。もし、グズグズぬかすなら、革の兄弟の兵の威力でウンといわせる。それとも、例の丸薬を使って亡き者にし、この国を我が手中に収めるとするか）

所詮は悪念野謀によって結びついた悪党同士だけに、考えることは、こんなものである。

こうして両人、それぞれの悪だくらみを胸に秘めて宮城へ向かう。閉ざされた門を開けさせようとしたところ、にわかに天地は真っ暗となり、一筋の赤い光が二人を射たと見ると、二人とも倒れてしまった。文武の百官、人民たちも非を鳴らして、服従する様子はない。

「弱ったことになった。急を聞いた李俊・花逢春も攻めて来るだろうし」

と共濤は弱気を出す。薩頭陀、

「大丈夫、革兄弟の軍が間もなくやって来て、従わぬ奴は実力で抑えつける。あとは金鼇島を攻め落として、李・花の二人をやっつけてしまえば、もう気になることはなくなる」

と言葉までぞんざいになれば、共濤は逆に、

「何から何まで、貴僧にお世話に相成るが、万事によろしく頼み入る」

と逆にへり下って頭を下げる。

「事が成功の暁には、貴公に叶えてもらいたいことが一つあるのだが」

「何事なりとも、身命に代えても」

そこへ革兄弟の軍が到着した。薩頭陀は苗族兵に命じて、主だった役人を百人あまり捕えて殺し、町にさらして見せしめにすると、人民たちは泣く泣く服従するに至った。

翌日、共濤は玉座について国王就任を宣言し、薩頭陀を護世大国師に任じて宰相の政務を見させ、革兄弟を大将軍として兵馬の権を握らせたのだが、

「わしは国師と大将軍の助けによって王位に登るこ

239　奸悪宰相と悪僧とが国王を謀殺し，シャム国内の風雲急を告げる

とができたが、残念ながら奥殿には入れない。どうしたものであろう」

と共濤が不足を言うと、薩頭陀、

「急ぐことはない。金鼇《ごう》島を打ち破ってからのことだ」

と慰める。かの苗族兵らは性凶暴で、掠奪強姦と、したい放題のことをしたが、人民はただ泣き寝入りするばかりであった。

さて、国母と公主、大奥にあって、共濤・薩頭陀の二人が侵入して来はしないかとビクビクしていたが、先日、宮門で二人が光に当てられ倒れてしまったと聞き「さては神冥の加護があるのか。この上は、花逢春らが賊を討ち滅ぼしてくれる日を待つのみ」と互いになぐさめ合って寝についた。

その夜、国母が眠っていると、国王が現れて言う。

「わしは、みんなの忠告を聴かず、誤って毒手にかかったが、花の婿と李将軍らは、必ず賊を滅ぼすであろうし、大奥は神人が守護してくれているから、心配は無用じゃ。安心して時を待つがよい」

目をさました国母は、公主にも、このことを告げ、ともに喜び合って、それからは宮門を閉じて、時を待つことにした。

こちらは花逢春。李俊の誕生祝いもすんだので、高青・倪《げい》雲と帰途についたが、シャム城から五里ほどまで来たとき、公主がつかわした女官から緊急事態の発生を知らされてびっくり、急いで帰ろうとするのを倪雲がいさめた。

「それはまずい。彼奴らは守りを十分固めているに違いない。加えて我らは小人数、とても勝ち目はない。ここはもう一度、島にとって返して、李の兄貴と相談した方がよい」

花逢春も思い直して金鼇島に引き返したのだが、話を聞いた李俊らは大いに驚いた。さっそく評議に移ったが、断呼伐つべし！　という意見が大勢を制した。そこで高青と倪雲とを留守役とし、李俊自ら楽和・費保・童威・童猛・花逢春に一千の兵、三十隻の軍船を率いてシャム城へ押し寄せた。が、途中まで来ると、突如、旗船の大将旗が風に吹き折られてしまった。

「不吉な兆だ。油断すまいぞ」

と李俊が皆を引きしめれば、楽和、

「敵は、あなどり難い。兵を三隊に分けて一隊が十艘ずつ。兄貴とわしは本隊、費保と花逢春は先鋒、童威・童猛は後詰めとして、まず敵の出方を見よう。軽挙は禁物、全員がよく連繋を保って行動すれば、よもや、おくれをとることはあるまい」

配備が決まって、シャム城に近付けば、三十人ずつの苗《びょう》兵の乗った見張り舟が近づいて来る。先鋒の花逢春、それと見て強弓を放てば、狙いはあやまたず苗兵の胸板を貫いて、苗兵は、もんどり打って海中へ転落、二艘の敵舟は、あわてて引き返して行く。

こちらの三隊、舳艫《じくろ》あいふくんで一斉に追跡して行くと、行手の海上に百余隻の船が待ち構えている。

「あの水塞の様子を見ると、陣立てもしっかりしているし、苗兵は勇猛と来ている。ここは力づくで行くのではなく、知恵でやっつけるべきだ。まず戦いを挑み、薩頭陀と革兄弟をおびき寄せ、敵の実力のほどを試してみよう」

という楽和のことばに従うことにした。

片や薩頭陀、李俊らが攻め寄せて来たと聞くと、

「革兄弟が港口を固めているので、何も心配はない。急ぎ金鼇島を攻めようと思っていたのに、向うから来たとは、こっちの手間がはぶけたというもの。拙僧に一つ奇計がある。一人残らず片付けてくれよう」

と共濤に言い残して水塞に赴き、革兄弟に、かくかく、しかじかと言い付ける。兄弟は、その策に従い、固く水塞を閉ざして、打って出ようとはしなかった。

一七　李《り》俊《しゅん》、妖術に苦しめられて大敗し、来航した山塞勢に急を救われる

こちらは李俊、シャム城下に押し寄せてみると、革兄弟の水塞は、すこぶる厳重で、しかも、ひっそり閑としているのにいら立ち、すぐにも攻撃をかけようといきまいたが、

「これは何やら計略があるに違いない。うかつに手出しは出来ぬぞ」

と楽和はいさめる。けれども、舅《しゅうと》の国王を殺され、妻の公主や母、叔母の身の上を案じる花逢春は、心はやるままに、決死の覚悟で殴り込みを掛けることを主張してやまない。楽和は、それをなだめすかして思いとどまらせ、五、六日も睨み合ったが、依然として敵は出て来る様子はない。楽和は、はたと気がついた。

「しまった。これはワナだ。俺たちは、うまく一杯食わされちまった。我に数倍する兵力を持ちながら敢えて打って出ようとしないのは、われわれを怖れてのことではない。奴らは、われわれを、ここへ釘付けにしておいて、別働隊をもって金鼇島《ごう》を攻撃したに違いない。本拠はいまや手薄、すぐ戻らなくては」

李俊も聞いてびっくり、直ちに錨をあげて金鼇島へ向かう。海路十七、八里も行かぬうちに、明珠峡の入口に差しかかった。ここはシャム国への海の入口、茫茫たる大洋の中に突き出た山のために、狭間の水勢はけわしく、ために船は、しばしば難破するという、大変な難所である。李俊の率いる三船隊が、その海峡にさしかかると、行手に二、三十杯の敵船が待ち構えている。その先頭の船のへさきに立った苗族軍の大将革鵾《こん》が怒鳴る。

「この馬鹿どもめ、薩国師のはかりごとに、まんまと引っかかりおったな。金鼇島は、とっくに落ちたわい。観念して、とっとと降参しやがれ。命だけは助けてやらあ」

李俊、まなじりを裂いて突っかかろうとしたとき、船艙の中から現われ出た薩頭陀、口に何やら呪文を唱えたと見る間に、煙霧が急に空一杯に立ちこめ、何百何千の鬼兵が空から、あるいは海中から現れいでて、いなごのように寄りたかって来る。と、こんどは身のたけ数丈もある一本角の鬼王が出現し、手にした火を吹くひょうたんをこちらに向ければ、火はたちまち味方の帆柱にとび移って燃え上がる。そこへ風が加わって三隊の船に次々に燃え移り、黒煙はあたりをおおう

有様に、さすがの李俊も、

「天は、わしを滅ぼすと見えた」

と絶叫する。もはや、これまでと見えたとき、北の方角で大きな雷の音が聞えたと思うと、たちまち黒雲がひろがって、沛然たる大雨が降って来、船火事を消しとめ、それにつれて鬼王・鬼兵も失せてしまった。

勢いを得た李俊勢、ここを先途と海峡を突破したが、さっきの火で二十余艘が焼かれ、三、四百の兵を失った。しかし、頭領たちに怪我がなかったのは、不幸中の幸いだった。

夜を徹して金鼇島に戻ってみると、果たして湾口には苗の軍船がびっしり。両軍は戦いの真最中で、勝敗はいずれとも決めかねる有様である。李俊・費保が、すわと岸に跳び上がって加勢に出れば、革鵬は四人の豪傑に敵しかねて船にのがれるところを、花逢春、弓に矢をつがえて切って放てば、狙いはあやまたず左肘に命中し、革鵬は手の刀を投げ出して船中にころげ込む。そこへ追いすがったのは、何時の間に来たのか、革鵰《こん》と薩頭陀である。童威・童猛・楽和は船を棄て、兵を連れて、とりでにとび込んだ。

李俊も入って来て留守居の高・倪《げい》二将に訊ねれば、敵が来て二日になるという。何にしても危いところであった。

「これでは、シャム城を攻略して怨みを晴らすのはおろか、ここを持ちこたえることさえ困難だ。とにかく、あの悪僧の妖術だけは仕末が悪い。こんなときに、公孫勝がいてくれたらと思うよ」

その公孫勝が、いまそこまで、そうとも知らずに近付いて来ていること、神ならぬ身の知る由もない李俊は、こう言って歎く。楽和は、それをなぐさめて、

「妖術というのは、万一の時に使うもの、そればかりに頼ったのでは効き目はない。ましてや、邪は正に勝たずという。さきの明珠峡の一戦に突如として雷雨が降って来て助かったのは、天がわれらに味方している証拠、ここは、どうあっても志をしっかりと持ち、一致協力して守りを固め、ゆるゆる手だてを見付けるのが肝要。それに、妖術では不浄物を忌むというから、それを用意しておいて、次に奴が来たら、それを使って妖術を破ってやろう」

李俊はさっそく、兵士らに犬の血、人のクソ、にん

にく汁を集め水鉄砲に仕掛けさせた。

さて、薩頭陀という奴、案にたがわず奸智にたけた坊主で、彼が考えた奇計というのは、革鵰《ちょう》にシャムの水塞を守らせ、革鵾《こん》には明珠峡をおさえさせて妖術を使い、敵船を焼かせる。一方、革鵬《ほう》には金鼇島を攻撃させるという妙策だったのだが、意外にも雷雨が発生して火を消したため、所期の目的を果たすことができず、やむなく敵を追って来たのである。金鼇島の湾口に来た薩頭陀は、革鵬・革鵾に言う。

「この島は、この湾口を入っても、ほかにまだ三つの入江があり、それを抜けないと城のところには出られぬ。李俊は、おじけづいてしまい、出て来て戦おうとしないから、どうでも奴を外へおびき出さんと、湾口さえ奪えぬわ」

そして来る日も来る日も、船上で酒を飲んでは、湾内に住む婦女をさらって来てたわむれる。大将が大将だけに、部下もしたい放題のことをしている。それと見た李俊、我慢し切れなくなって、いまにも打って出ようとするのを、楽和はいさめる。

「あれは、われわれを誘い出すワナだ。早まっちゃいけない」

「かといって、あの暴虐を、このまま放っておけるか」

「どうしても我慢できないのなら、夜討ちと行きましょう。奴は昼間は酒食におぼれているから、夜はきっと前後不覚に違いない。そこで童威・童猛・高青・倪《げい》雲の四君に、それぞれ十隻を率いさせ、同時に兵五百を葦の中に伏せておく。兄貴は花の和子と真っすぐに敵の本陣を突く。敵がもし妖術を使ったら水鉄砲をあびせかける。わしと費保とは塞を守る、これなら多分うまく行くだろう」

こうして部署を決め、夜半を見はからって行動を開始し、十隻に乗せた兵一千は、敵の本営に殴り込みをかけたのだが、あにはからんや、薩頭陀は起きていた。昼間は酒食にふけっていても、夜は目をらんらんと輝かせて、敵の奇襲に備えていたのである。李俊軍の突入を知ると、あわてず騒がず、防戦は革兄弟に任せておいて、やおら妖術を使い始めた。

突如、満天の星くずは光を失って、あたりは漆黒の闇と化す。李俊らの本隊は何も見えず、水鉄砲をブッ

247　李俊，妖術に苦しめられて大敗し，来航した山塞勢に急を救われる

放そうにも方角が判らない。童威らは、叫び声を聞くと、味方が苗兵と渡り合っているものと思って、ぐるりとまわりをとりかこめば、李俊らの方も、てっきり苗兵と思い込んで同士討ちを始めた。

その時、海上にたちまち一陣のつむじ風が吹き起こったので、李俊はあわてて「錨をあげて船を岸につけろ」と下知したのだが、そのころ、革鵬・革鵰の兄弟は、すでに湾口の塞に上っていて火を放ったため、費保・楽和は支え切れずに城ぎわまで退却、李俊と花逢春とが岸にたどりつくと、革兄弟が立ちはだかったため、双方格闘となった。

混戦のうちに夜が明けると、薩頭陀は一群の虎豹豺狼のたぐいをけしかけてよこした。けだものどもは牙を鳴らし、爪を立てて襲いかかり、兵を倒して行く。李俊は水鉄砲をブッ放せと命令したが、兵士の大半は岸に上がれず、せっかくの水鉄砲も船の中に残したままで役に立たない。李俊・花逢春も施すすべもないまま城ぎわまで退いたときには、はや兵士の大半を失い、湾口の塞は敵の手に落ちた上、童威ら四人の大将も行方知らずになっていた。

「賢弟の忠告を聴かなかったばかりに、こんなことになってしまった。どうしたらよいものやら」

と李俊が嘆けば、楽和は、

「勝敗は兵家の常、これしきのことでくじけるとは、兄貴らしくもない。幸い、この塞は堅固だから侵入することはできないよ。決死の覚悟で守りを固めながら手段を考えようではないか」

はげまされて李俊も思い直し、夜を日についで防備態勢を固めたのである。

図に乗った薩頭陀・革兄弟は、城下まで迫って来て盛んに示威運動をくりひろげるものの、この塞は岩肌がつるつるしていて登ることができず、かといって、堅いために掘り進むことも叶わない。けれども、防ぎようのないのは薩頭陀の妖術、あるときは一陣の大火が燃えて来たり、あるときは雷が峰々を、大地をゆすぶって轟き渡る。夜ともなれば妖怪変化が泣き叫び、ありとあらゆる奇怪な事が現出するので、怖ろしいこと限りない。ただ楽和だけは、

「これはすべて妖術で、これだけのことだから、くじけるには及ばん。ここへは絶対に攻め込めないのだ

から。ただ、この山の後ろに一か所だけ平坦な所があり、そこから入って来る恐れがある。ここの守備は厳重にしなくちゃならぬ。わしが一隊を率いて監視に当たろう。花の和子は白雲峰に登って四人の大将の行方を探ってほしい」

前にも述べた通り、この島は、前方に城門があるだけで、他はすべてけわしい山がとりまいている。島内には白雲峰という高い山があり、そこへ登ると五十里四方が見渡せて、天気さえよければシャム城も望むことができるが、その背後に一か所だけ、二、三丈の崖崩れがあるので、楽和は、そこのことを心配したのである。

兵士に石を運んで崖をふさがせていると、山の下から人の話し声が聞えて来る。思った通り苗兵がやって来たのである。ただちに兵を伏せさせ、大砲の火縄に火をつけて待っていると、二、三百の敵が現われた。十分引きつけておいて一発ブッ放せば、苗兵はこっぱみじん。当たらぬ奴は崖下にころげ落ちて、そのままお陀仏。なおも生き残った奴は、投げ下ろした岩石に当たって、これまた死んでしまい、うまく逃げ帰った奴は、ほんの少数でしかなかった。報告に戻って来た楽和の、

「危いところだった。もし一とき遅れていたら、大変なことになったろうよ」

ということばに、李俊もホッとした次第。ほどなく花逢春も帰って来て、

「それらしい姿は、島にも海上にも見当たりません」

「四人は、もう生きてはいまい」

と嘆くと、楽和は、またも慰めて、

「大丈夫ってことよ。たぶん清水澳《せいすいおう》あたりに落ちのびたんだろうよ」

李俊ら四人は、いよいよ守りを固めることにした。こちらは童威ら四人の大将、薩頭陀の妖術にやられて、すぐには湾口へ入ることができないまま、夜明けを待って集合してみると、百人の兵と二艘の軍船が失われている。

「湾口は苗兵で一杯だ。これじゃ島へ戻れぬ。李の兄貴らはどうしたろう」

「湾口が苗兵に奪われたとなると、李の兄貴たちは

岩城に退いて守っているに違いない」

「こうなったら仕方がない。清水澳へ行って狄成の三百の手勢を借りて来よう」

「いや、待てよ。薩頭陀や革鵬と革鷗はこっちに来ていてシャム城は革鵰《ちょう》一人だけの手薄だ。これを打ち破れば、こっちの囲みを解くに違いない」

と童威が言う。それは妙策だということになり、四人は直ちに進発した。一日も経たぬうちにシャム城下へ到着、見れば、十艘ばかりの船と、一、二百の苗兵が番をしているだけで、革鵰も船にはいない。それっ！　と下知して船を寄せ、一斉にとび移って斬りまくれば、生きのびて岸にたどりついたのは、半数にも足らぬ四、五十人であった。

童威ら、喚声とともに城門に殺倒すると、現われ出た革鵰、小部隊を下知して城門から打って出たが、童威らの猛攻に敵しかねてひるみ、馬首を返して逃げ出す。高青追いすがって突き出す槍の一突きに左ひじを刺されて、危うく馬から転落しそうになるのを、苗兵が助けて城内へ連れ込む。

これを見て、うろたえたのは共濤である。革鵰を強くなじると、

「こちらの残存兵は少ない上に、いま二百ばかり失いました。急ぎ民間人を徴集して防衛に当たらせていただきたい。拙者は急を金鼇《ごう》島へ知らせるから」

と革鵰は言うので、共濤はさっそく人民を徴発した。住民は嫌々ながら城壁に上がったのである。

片や童威たち、緒戦には勝ったものの、手勢は、わずかに三、四百なので包囲攻撃はできない。やむなく四方の城門をおさえるだけで、急には落とせない。

「住民が城壁に上がっているところを見ると、城内に兵隊はいないらしい。もし内と外とで呼応できれば、打ち破れるだろう。夜中になったら、わしが城壁へよじのぼって中へ入ってみる」

と高青は言い、城壁の囲りを一めぐりしてみると、北西の角で守備についている民兵の中に、花逢春の邸の前に住んでいる和合児という、なじみのならず者がいたが、四つの目がカチッと合って無言の暗号をかわす。うなずいて立ち去った高青は、戻って来て童威と談合に及ぶ。

「うまい奴を見つけたので、わしは夜を待って這い

上がる。もしとりかかれるようだったら火をつけるから、兄貴らは容赦なく突入してほしい。勝敗はこの一挙にかかっている」

三人とも承知したので、高青は甲冑を脱ぎ、平服に着換えて夜の九時ごろ、城壁の西北の角までやって来た。城壁の上には灯りがともっている。

こちらは和合児、あらかじめ同僚の住民たちに耳打ちしたところ、みんな共濤一味には反感と敵意を抱いていたので、こぞって攻撃軍の迎え入れを承知する。やがて高青が来て、下から合図の咳ばらいを一つ、和合児は綱を投げ下ろしたので、みんなで曳き上げる。そこへ具合いわるく革鵰と共濤とが見廻りに来た。高青は住民のふりをして外を向いて立っていたが、革鵰もさる奴、この組の気配に異常なものを感じてか、

「何やら様子がおかしい。拙者は、ここに留まっており申す」

と言って共濤だけを去らせたので、高青は動こうにも動けない。こうして夜が明けて組の交替となり、城壁から城内へ下りた高青、夜明けの暗がりを幸いに、和合児をつれて宮門へやって来る。顔見知りの内廷の太監は、びっくりしたり喜んだりで、高青を中へ通す。高青は国母に拝謁していきさつを語り、必ずや悪人ばらを退治するから、しばらくの辛抱であると力強くなぐさめ、さらに、和合児に義兵を募らせ、自分はしばらく王宮内にかくれていることを申上げて下がった。

さて、こちらは百余隻の大艦隊を率いて山東を船出し、はるばる清水澳《おう》までやって来た、もと飲馬川、登雲山両山塞の李応・欒《らん》廷玉らである。ひとまず沖合いに錨を投げて、様子を窺うことにした。

これを見て驚いたのは、清水澳の守備に当たっている瘦臉熊《そうれんゆう》の狄《てき》成である。

(さては薩頭陀め、金鼇《ごう》島を打ち破って、ここまで押し寄せて来たか)

と防戦の意を決して海上を眺めてみたが、どうも苗兵とは違う様子なので、小舟を操って、大将旗のひるがえる戦艦にまで漕ぎ寄せて、

「いずれよりお越しか」

と訊ねる。船上の燕青は、下の狄成が宋朝将官のよそおいをしているのを見て答える。

「われらは大宋の官軍、金鼇島へ李将軍を訪ねて参

った者」

「いかなる間柄の方で、どういう御用にて訪ねて行かれるか」

「われらは、むかしの兄弟の仲、彼が外国にいると聞き、その仕事を助けんとまかり越した」

「というと、貴殿らは梁山泊の豪傑の方がたでござるか」

「いかにも左様」

「手前は、その李将軍こと混江竜李俊の手の者にて、狄成と申す者。仔細は上にて」

と船上に上がり、礼をするのももどかしげに「天の助け、ありがたや」と金鼇島の危機を物語る。聞いた李応、

「混江竜の兄貴らが、そんなに難儀しているとあっては棄てておけぬ。わしは数人の兄弟と先発するから、余の面々は家族を守って、ここにいてほしい」

狄成が大喜びで水先案内に立てば、李応以下、欒《らん》廷玉・王進・関勝・呼延灼・公孫勝・燕青・扈《こ》成・呼延鈺《ぎょく》・徐晟《せい》・凌《りょう》振の面々も勇み立ち、西南向けて堂々の進発を始めた。


さて薩頭陀、金鼇島を包囲したまま陥落させずにいるところへ、革鵬《ほう》から、

「高青らがシャム城を取り囲んだ。救援軍をよこしてほしい」

という注進が入った。

「シャム城は根拠地、ひとまず戻って高青らを撃滅したのち、もう一度ここを攻めよう」

と革鵬は主張したが、薩頭陀、

「金鼇島の陥落は、もう時間の問題だ。いまここを棄てて行ったら、後でまた骨を折らねばならぬ。向うに行っている敵は、ほんの小勢だし、城壁は堅固なのだから、絶対大丈夫だ。こっちさえ片付けば、向うの奴はワケなくひねれる」

そこで苗兵たちに高やぐら、雲梯を組ませて城ぎわに押し立てれば、苗兵は、ましらのようによじのぼる。李俊・費保・花逢春は得物を手に、上って来る奴を片っぱしから斬り棄てるが、苗兵は一向に頓着なく、次から次へとのぼって来る有様に、

「もう支え切れん。わしは自害する」

李俊は弱音を吐くのを、楽和、

「城に入れられても、まだ市街戦という手もあるわい」

とはげます。花逢春が望見すると、怨み重なる薩頭陀が城壁の下で指揮をとっているではないか。ここぞと弓をひきしぼってヒョウと放てば、入念の一矢は薩頭陀の太股にグサリ。あっとのけぞるのを革鵬が抱きかかえる。梯子にのっていた苗兵が振り向いて眺めているすきに、費保は鉄カギをひっかけて力の限り引っ張れば、大音響とともに梯子は折れて、苗兵はころげ落ちる。そこへ城壁の上から雨あられと石を投げ下ろしたため、またまた多くの死傷者を出した攻撃軍は、ひるんで攻撃を中止した。

薩頭陀は矢疵《きず》を負ったものの、一命に別条はないので、船に戻って手当てをしていると、突如、海上から天も崩れ、地も裂けんばかりの大砲の音が、続けて百発あまりも轟き渡った。そこへ苗兵の注進。

「大変です。海上に四、五十隻の戦艦が現われ、こっちに向かって進んで来ます」

聞いた薩頭陀、傷の痛みも忘れて立ち上がり、出て見れば、なるほど今までに見たこともないような大型戦艦の、しかも山のような大艦隊である。あわてて革鵬《ほう》・革鵾《こん》に「船中に退け！」と命じた。

城壁にあって、もはや、これまでか、と覚悟を決めかけていた李俊、海上に突如として大艦隊が出現して号砲を放ち、引続いて全苗兵が船中に引き上げたのを不審に堪えない。

「とにかく外へ出て見て、わけを確かめてみようではないか」

と楽和が言うので、ともども城壁を下りて門を開け、一艘の小舟に乗って湾口までやって来てみると、薩頭陀の率いる苗軍の船は、はるか東の沖合まで下がっており、西の海上には、五十杯もの大型戦艦が旗をひるがえして浮かんでいる。艦隊はことごとく中華の兵で、甲冑の色も鮮かに、刀剣を折りからの光に輝かせている。さらに近付いて見ると、先頭の艦上にいる一人の道士、遠目にも、どうやら公孫勝らしい。さらに、そのわきで双鞭を手にしているのは呼延灼と見たはひが目か。

（どうして連中がここへ？）

と思っているうちに、艦上でも李俊・楽和を見つけ

て、

「兄貴、助けに来たぞーっ」

と叫ぶ。まぎれもなく梁山泊の兄弟たちである。李俊がどんなに喜んだかは、察するに余りある。

李俊に続いて来た楽和、花逢春、費保も、ともに艦上にあがって、遠来の同志たちと手を握り合う。地獄に仏とは、このことである。

「兄弟たちが来てくれるとは夢にも思わなかった。ともあれ苗兵をやっつけることが先決。一別以来の積もる話は、それからのこと」

という李俊のことばに、その通りだとあって、直ちに全船を展開させて鼓を打ち、旗をふって戦いを挑んだ。薩頭陀もこれに応じて革鵬・革鵾を左右に配して応戦の構え。

凌振、榴弾砲を一発ぶっ放せば、一大音響とともに敵の船二隻が木っぱみじんとなり、乗っていた苗兵は、ことごとく海中のもくずと化す。

と見た薩頭陀、口中に何やら呪文を唱えたと見ると、一隊の鬼兵が虎豹にまたがって空中から下りて来た。

にんまり笑った公孫勝、腰の宝剣を引き抜いて空を指さし、

「かかれっ！」

と一喝すれば、二人の神将が現れ出、降魔剣をとって鬼兵たちを散々に打ちすえる。折やよしと見た李応と欒廷玉・関勝・呼延灼の面々、得物をふるって突入すれば、革兄弟も、これを迎え撃つ。燕青、兵に下知して火矢を射込ませると、革鵬の船は見る見る燃え上がり、苗兵は逃げ場を失って海中へとび込めば、味方の兵士は石弾を打ち込んでやっつけてしまう。

己れの妖術が破られ、味方の船も焼討ちされるのを見た薩頭陀は、血路を開いて遁走した。革兄弟も同じく逃げ出そうとするところへ関勝、勢いに乗って大喝一声、革鵾《こん》を真っ二つに斬って棄てる。革鵬《ほう》は弟がやられたのを見て慌てて逃げ去る。こうして苗兵の大半は焼死し、残ったのは、わずか三、四百人という有様。

味方の大勝利を見た李俊、兵を収めて船を岸につけ、豪傑たちを城内に請じると、改めて礼を述べる。旧知の者は久闊《かつ》をのべ、未知の者も紹介し合って、一同、盛大な祝宴を開く。行方不明（といっても、実はシャム王都にいることは、読者諸賢はご存知の通り）の童

威ら四人をのぞき、ここに梁山泊以来の壮漢《おとこ》たちと、新たに加わった同志たちとが、奇しき運命の糸で結ばれて、再び大同団結したのである。それぞれの者が、それぞれ今日までのことを物語ったのだが、読者の皆さんは、先刻ご承知のことなので省略する。ただ、花逢春だけは、

「苗兵は敗れ去ったとはいえ、国母、母上、叔母上、それに私の妻もシャム王城におり、どうしているか不安でたまりません。一刻も早く敵を撃滅して仇を報じ、これらの人々を救い出したいのです」

と涙ながらに訴えたので、明朝進発することにして、その夜は歓をつくしたのであった。

さて薩頭陀と革鵬・敗残の兵をまとめてシャムに戻って来てみると、童威・童猛らの軍が城を攻撃している。

「成功一歩手前のところで、してやられた。奴らは間もなくここへ押し寄せて来るだろうから、ここにも敵がいるとなると、交戦するのは、ちとまずい。貴公は日本へ赴いて兵を借りて来てほしい。日本国王は、かわしに帰依しており、シャム国の繁栄を耳にして、かねてから併呑を望んでいるので、よい機会と、喜んで兵をよこしてくれるだろう。要は勝てばいいんだ。わしは城内に入って城壁を固く守り、かねて申し渡してある青霓《げい》・白石・釣魚三島の兵と合体して、奴らと一大決戦をやり、どうあってもシャム国の者どもを皆殺しにし、この国をことごとく手中に収めねば、わしの気はおさまらぬわい」

と薩頭陀の言に、革鵬は承知して出かけて行った。

薩頭陀らは残兵をまとめて帰って来たものの、船は焼けただれてぼろぼろ、兵もまた足を引きずったり、火傷を負っているのを見た童威ら、こりゃ負けて逃げ戻りおったわい、いでや行く手をふさいで一いくさ、とは思ったものの、薩頭陀の妖術のものすごさにはこりているし、城壁へ上った高青の消息も不明のままなので、仕方なく薩頭陀が城門から入って行くのを指をくわえて見送るばかり。

敗戦の報に打ちしおれている共濤に対して薩頭陀は笑って、

「拙僧には、なおとっておきの秘法奇略がある。心配は無用じゃ。ただ、いつぞや申した通り、拙者の願

いごとを聴いてもらえるかどうかだ」

「あのときのことばに、うそいつわりはない。ただただ敵を撃滅してほしいのみだ」

「では言おう。貴公の娘御を、わしの妻に欲しい。もし聴かれぬとあらば、直ちに雲を呼んで立ち去るまでのこと」

「敵兵を討ちしりぞけて下され。そうすれば差し上げよう」

「いやいや、お願いを納れて下されば、拙僧も千万倍の勇気が出るというもの」

いま薩頭陀に背かれては元も子もなくなってしまう共濤、仕方なく娘を呼んで祝言をさせる。薩頭陀は、さきの矢疵がまだ直り切らぬため、足を引きずりながらも喜んで娘をかき抱いて臥床に入ったのである。

一方、宮中に留まった高青、和合児の手で義兵がつのられたことを聞いたので、いざ決起、と思っている矢先きに薩頭陀が敗戦して戻って来たと聞いたが、やはり彼奴の妖術を恐れて手を下しかねていた。そこへ、金鼇島の同志が、旧梁山泊の兄弟ともども大挙して押し寄せて来たとの知らせに大喜び、城壁の上から手紙を投げ下ろした。

——今夜半を期し、城の内外呼応して兵を挙げ、一気に事を決したい——

李俊らの勢と合体した童威の部下が拾い上げて李俊に見せたので、李俊は命を下した。

——今夜半、城内に火の手の上がるのを合図に、全軍、城内に突入せよ——

やがて夜半、果たして城内西北の一隅に天に冲する火が起こった。ちょうど、そのあたりに駐兵していた花逢春、徐晟《せい》・呼延鈺《ぎょく》は、兵に下知して城壁をよじのぼり、守備兵を一掃して城門を開けば、全兵一団となってなだれ込む。逢春が先頭になって、まず宰相邸に急行し、すきまもなく取り囲むと、共濤も、もはやこれまでと観念して梁で首をくくろうとしていた。逢春、そこを引っ捕え、一族四十余人とともに監禁しておいて宮中に向う。

夜はすでに明け放たれ、国母、花夫人、秦夫人、玉芝公主ともども無事なのを見て、互いに嬉し泣きをする。が、ゆっくりもしておられぬ身、宮中を出て東門まで出向いてみると、李俊と革鵰が血戦の最中である。

逢春、心得て横合いから槍を突き出せば、革鵬は胴を串刺しにされて倒れる。残るは薩頭陀だけとなったが、依然として見当たらない。

だが、大勢は制し得たので、李俊は兵に各門を守らせ、諸将をひきいて宮中に伺候して、国母に仔細を報告、退出して宰相邸を元帥邸と改めて、諸将をそこに住まわせる。

三日目になると、清水澳《おう》と金鼇島《ごう》とから家族たちも到着、それぞれ落着かせ、臣下には昇進恩賞を与え、和合児も宮門使に任じ、また人民にも慰撫鎮撫の方法を施した上で、またしても恒例の大宴会となったのだが、集う者は、金鼇島および清水澳の守備にあたっている費保と狄《てき》成をのぞく四十二人である。全員こころゆくまで飲んで翌日、楽和は、

「薩頭陀がつかまらぬと、万事は片付いたとはいえぬし、あとにたたる。どうしても探し出さなくては」

と言って、燕青・呼延鈺・徐晟および小者とを連れて探しに出かけた。この国には鎮海寺という立派な寺があり、七層の塔が有名だが、そこまで来たとき、楽和が、

「おぬし、あの塔の上で鳴いているカササギを射落としたら、本当のいしゆみの名人だ」

とけしかけたので、燕青は、いしゆみに弾をつがえてはじきとばした。だが、虫や鳥はカンがするどい。弾が来るより早く飛び立ってしまって、弾は塔の窓の中へとび込んだ。と、中で「わっ！」という人の悲鳴とともに、人がころげ落ちる音がした。一同急いで中へ入ってみると、一人の坊主がうつ伏せになってノビている。その身体を仰向けにひっくり返したとたん、楽和は思わず叫んだ。

「こいつ、薩頭陀だ」

「上にはまだ仲間がいるかも知れん。捜してみよう」

ということで上がってみると、一人の若い美人が、うずくまってすすり泣いている。この女も引っぱって下ろしたのだが、これはなんと共濤の娘であった。

薩頭陀は、共濤の娘をモノにすると、雲に乗って遁走する下心だったが、馬国王の亡霊にまといつかれて法術が効かない。そこで城が破られた夜、この女を連れて塔の上にかくれ、革鵬《ほう》が日本の軍隊を伴って戻っ

て来るのを待つつもりだったのだが、あにはからんや、天網恢々、疎にして漏らさずのことわざ通り、弾は、ところもあろうに眼にあたって目玉はとび出し、鮮血は流れて、見るも無惨な形相となって捕えられたのである。

李俊は大喜び、鉄のくさりを鎖骨に通して、妖術が使えぬよう犬の血、人のクソ、ニンニク汁をそそいで、共濤とともに水牢の中に放り込んでおいた。

数日経て、国王の葬儀をしめやかに、とどこおりなく済ませた李俊、いよいよ共濤・薩頭陀の処刑である。まず共濤の家族の一人ひとりの首をはねさせたのだが、娘のところまで来ると、呼延鈺は李俊に言った。

「この女だけは残して下さい」

「一体どうする気だね」

「私に使い道があるのです」

こうして娘だけは残して、他は一人のこらず誅殺してしまい、共濤と薩頭陀の二人は、一千二百刀も加えてナマス斬りとした上、心臓と肝臓をえぐり出して国王の霊前に供えたのであった。

あくる日、国母の召しで文武百官、もちろん豪傑たちも御前に参集した。李俊ら一同が揃うと、国母は皇位継承のしるしである御璽を机の上にとり出して言う。

「いまや馬王家の世嗣ぎは絶えましたが、国には一日も王なくしては叶いません。皆さんの協議によって、馬氏の祭りさえ絶やさなければ、この上ないことと思います」

王位を、だれかに譲ろうというのである。一同おどろいたが、李俊、

「この国は、あくまで馬氏のもの。この上は公主の婿である花逢春どのにお嗣がせなされては」

と言ったが、当の逢春は、

「とんでもないこと。李俊おじはじめ皆さまのお力ぞえによって、今日あるを得たのですから、ここはどうあっても李俊おじに位についていただきたい」

と言えば、一同も、口を揃えて、それに賛成する。李俊は必死になって辞退すればするほど、みんなは逆に、李俊以外にないと主張する。知恵分別のある燕青までが、李俊に強く王位継承を求めたため、遂に李俊も折れて、

「仕方がない。皆さんがそこまでおっしゃるなら、

当分の間、仮りの位につかせていただくとするが、宋朝の臣下であることは従前通り。各々方は梁山泊の時と同様、それぞれの職についていただき、呼び名も、むかし通りに〝兄弟〟としたい。国母、公主、花の和子は、宮中にそのまま住んでもらいたい。私と兄弟衆のうち、家族のない方は元帥府に住まって、そこで当分の間、事務をとっていただくことにしよう」

満座の者、いずれも喜んでそれに従い、李俊は黄道吉日を選んでシャム国の王位につくことになった。

一八　来寇《らいこう》した日本軍を撃破し、シャム国内を完全に平定する

やがて黄道吉日、李俊は南面して玉座につき、ここにシャム国の王位についた。ついで、これまで労苦をともにして来た諸豪傑に対して、次のような任命がくだった。名前と官名の羅列は少々わずらわしいが、登場人物を整理確認する意味をも兼ねて、以下に列挙すれば——

鉄面孔目　裴《はい》宣　監察御史
小旋風　柴進　宰相代行
入雲竜　公孫勝　国師
神機軍師　朱武　軍師
混世魔王　樊《はん》瑞　駆邪秉《へい》教真人
浪子　燕青　上柱団
撲天鵰　李応　度支使（出納）
神算子　蔣敬　同副使
鉄棒　欒《らん》廷玉　枢密使（兵馬総統）
扈成　同副使
鉄叫子　楽和　参政知事兼大将軍長史
王進　都知兵馬使
大刀　関勝　前軍都督
双鞭　呼延灼《しゃく》　後軍都督
病尉遅《うつち》　孫立　左軍都督
鎮三山　黄信　右軍都督
美髯公　朱仝　中軍都督
聞煥章　国子監（学校総理）
聖手書生　蕭譲　中翰《かん》（詔勅文書）
玉臂《ひ》匠　金大堅　尚璽（玉印符節）
神医　安道全　太医院
紫髯《ぜん》伯　皇甫端　御馬監
鉄扇子　宋清　光禄寺
活閻羅　阮小七　水軍都総管
出洞蛟　童威　水軍左正総管
翻江蜃《ほんこうしん》　童猛　水軍右正総管
赤鬚竜　費保　防禦使（金鼇《ごう》島鎮守）
太湖蛟《こう》　高青　同上
花逢春　駙馬《ふば》都尉
宋安平　翰林学士
呼延鈺《ぎょく》　左親軍指揮使
徐晟《せい》　右親軍指揮使
轟天雷　凌《りょう》振　火薬局総管

神行太保　戴宗　通政使兼観風行人司
独角竜　鄒《すう》潤　京城観察使
錦豹子　楊林　巡綽五城兵司使
捲毛虎　倪雲　鎮遏使（清水澳鎮守）
瘦瞼熊《そうれんゆう》　狄成　同上
鬼瞼《れん》児　杜興　塩鉄使
小遮攔《しやらん》　穆《ぼく》春　屯田使
小尉遅《うつち》　孫新　上林苑兼館駅提督
母大虫　顧大嫂《だいそう》　大郡夫人兼六宮防護
一枝花　蔡《さい》慶　錦花衛（刑名担当）

加えて、シャム国の旧臣たちにも、それぞれ昇進・恩賞が沙汰され、国内には大赦が行なわれ、さらに人民には一年間の免税もなされ、一方、属下の二十四島には、これらのことが通達された。

ところが、ここ青霓《げい》島の長の鉄羅漢という奴、凶暴かつ奸邪で、上のいうことを聴かない。馬国王の優柔不断なのを馬鹿にして朝貢せぬばかりか、却って共濤と結託して悪業を重ねて来たが、李俊の布告を見ると、

「わがシャムは独立国、馬国王が死んだのなら、共濤宰相が王位につくのが当然なのに、宋の奴なんぞが来て占領し、王になるなど、もってのほか」

腹を立てて、白石島の屠崆《とこう》と釣魚島の佘漏天《しやろうてん》とを招いて、叛旗をひるがえす相談を始めた。もとより同心のワルどもだけに、話はすぐまとまり、具体策を検討しようとしているところへ、例の革三弟のうちの生き残り、革鵬《ほう》がやって来て言う。

「拙者は仇討ちのため、これから日本へ兵を借りに行くところだ」

「ちょうど三人の島おさが集まって、旗上げの相談をして最中に、貴公が来てくれたとは有難い。日本兵が借りられると、この計画は成功疑いなしだ」

「そのまえに取り決めておきたいことがある。もし、シャム国が手に入ったら、金鼇《ごう》島は拙者にくれるだろうな」

とは革鵬《ほう》。はやシャムが手に入った気でいる。鉄羅漢も、

「共濤宰相は、二十四島は貴公ら三人で分割してよろしいと言われたことがある。そうなれば、二十四島は四人で分けよう」

こやつも、いい気なものである。

「よし、それで決まった。拙者はすぐさま日本に向かうから、貴公らは準備にとりかかってもらいたい」

そこで、さっそく血をすすって盟をかわし、革鵬は日本へ旅立った。そもそも日本は、秦の始皇帝の暴逆をのがれて船出した徐福の始めた国、一千里、十二州にわたる大きな島で、物産も豊かだが、人殺しが好きである。またの名を倭という。倭王は暴戻《ぼうれい》無慈悲、財貨をむさぼって飽くことを知らず、十二州には十万の勇兵がおり、近い高麗国へは、しょっちゅう出掛けて掠奪をやっている。かねてシャム国が富み栄えていると聞き、併呑の志を持っていたので、革鵬が兵を借りに来たと聞いて、すぐ引見する。そして、シャム国がすべて宋の李俊の手に帰したと聞かされて怒った。

「わが海外の国が、ことごとく宋の奴ばらに占領されたのは我慢ならぬ。さっそく兵を出して取り戻してくれん」

ただちに関白に薩摩・大隅の兵一万、三百隻の軍船を与えて出発させ、ほどなく青霓島に到着、待っていた三人ともども、戦いについての相談に入ったのである。

こちらは李俊、群臣ともども国事に当たっていると、行人司（外国に使いする役）の戴宗が帰って来て、三島に謀叛の企てがあることを告げた。

「あの三島は、レッキとしたシャムの領土、放置すれば他島にも波及し、建国早々のわが国の安寧にも影響する。急ぎ討滅しなくてはなるまい」

という朱武の意見を納れ、いましも兵を進めようとしているところへ、水軍都督の童威がやって来て、日本の水軍一万、船三百隻がすでに青霓島に到着していることを告げた。

「こちらは五千にも足りぬ小勢、これは困ったことになった」

と李俊があわてると、朱武、

「大将に大切なのは謀であって強ではないし、兵は多でなくて精が肝要だというから、まず港口に水塞を構えて食いとめ、その上で四隊の兵を遠く伏せておき、計をもって敵を破るとしよう」

そこで李俊、すぐさま関勝・呼延灼《しゃく》・欒《らん》廷玉・李応を大将とし、樊《はん》瑞・楊林・孫新・穆《ぼく》春を副将として兵二千・軍艦百隻をもって水塞を構えさせ、阮小七・童威・童猛・朱仝《どう》・黄信・孫立・扈《こ》成・鄒《すう》潤には兵を四隊に分かって四方に伏せさせ、自らは公孫勝・朱武・燕青・呼延鈺《ぎょく》・徐晟《せい》・凌《りょう》振とともに本隊となって、城のほとりに陸塞を設け、王進・花逢春を城内守備の留守隊とする一方、使者を金鼇《ごう》島と清水澳《おう》とにやって、持場を固めるよう下知した。

こうして応戦態勢を固めたところへ、海上から黒雲のように群って来た軍勢、それは三島および日本の兵船で、これまた一里ほどの沖合いに水塞を構えて、あえて交戦しようとはしない。と見て朱武、

「倭人はすこぶる奸智にたけ、兵も多い。わが方は油断なく守って、うかつに討って出ないことだ」

と進言、みなそれに従って、ただ用心深く守るばかり。こうして四、五日は両軍睨み合いのまま過ぎたのだが、夜半ごろになって、

「大変だ。船が水漏れするぞ」

と楫《かじ》とりが叫ぶ。あわてて麻、石灰などで塞いだが、ほどなく各船とも海水が湧くように浸入して来て、胴の間半分は水びたしになり、もはや塞ぐ手もなくなって、船は今にも沈まんばかり。直ちに全艦を岸につけて、ことごとく陸塞に引き上げた。李俊は、あの堅牢な船が…と不思議に思ったが、浸水は事実なので、仕方なく別に塞を構えて、双方見える位置で守備を固めた。

ところで、これは関白の計略だったのである。というのは、一万の日本兵のうちには五百人の〝黒鬼〟と呼ばれている者がいた。この黒鬼は昼夜の別なく水中にもぐることができ、腹がへると魚やエビをつかまえて、生のまま食べるといった手合い。関白は、この連中に命じて船底に穴をあけて海水を注ぎ込ませ、関勝らが水塞を組むことを阻んだのである。これは梁山泊の壮漢《おとこ》たちの十八番だったのだが、いまや逆にしてやられたというわけ。

翌朝になると、関白と革鵬《ほう》とが日本兵を率いて、北側の海から上陸して城を包囲したという注進。関白は、黒鬼を使って軍船の底に穴をあけさせて関勝らを陸上に追い上げると、水塞には鉄羅漢・屠崆《とこう》・余漏天《しゃろうてん》を残して三島の兵を指揮させ、自らは革鵬とともに上陸して城攻撃を始めたのである。李俊、

「城内は手薄だ。行って守らねば……」

と、関勝ら八人の大将を残して塞を固めさせ――ここは大切な場所なので、敵の来襲に備えさせたのである――朱武らと城内に入って守りについた。大将たちは、それぞれ要所を固め、石弾、投げ丸太を積み上げて、敵が近付いたら投げ下ろそうという寸法である。

かの関白は、やはり奸智にたけた男、兵に牛の生皮をつなぎ合わさせると、幔幕のように上からおおい、その中にかくれて城壁に穴をあけ、一方では雲梯・高やぐらを組ませて城壁にはい上がらせる。守る側の大将たちは、日夜防禦に追いまくられて息つくひまもない有様である。李俊はうろたえ、諸将を集めて協議する。

「全く弱った。一体どうしたらいいのか」

「日本兵が来てから、まだ一度も戦ったことはないのだから、強弱は未知数。こちらから出撃して一合戦やってみたらいい。もし関白をやっつけてしまったら、余の者は気づかうことはあるまい」

という呼延灼の意見を納れ、王進・花逢春・徐晟・呼延鈺に一千の兵をすぐらせ、自らも駿馬にまたがり、北門を開いて討って出た。関白の本陣は、その北門外にあったからである。

城内から討って出たと見た関白、直ちに倭兵を展開させ、革鵬には五百の倭兵を与えて、「東門に廻り、すきを見て突入せよ」と命令した。そして関白自身は白象に打ちまたがり、手には鉄棒を持って打ってかかる。呼延鈺、双鞭を持って迎え討ち、二、三合も合わせぬうちに、倭兵たちは二振りの大太刀を舞わせて跳りかかる。李俊は支え切れずに背を向けて退却すれば、部下も算を乱して逃げまどう。味方同士が踏みつけ、押しつぶし、少なからぬ兵を失った。城のほとりまで逃げて来ると、早打ちの注進、

「革鵬が東門を破りました」

李俊、急ぎ城内に退けば、果たして、城内の備え手薄と見た革鵬、高やぐらを組んで、どっと上って来る。この東門は呼延鈺と徐晟の二人が守っていたのだが、二人とも折悪しく城外に出て戦っていたので守る者がいない。そのすきに破られたのである。

燕青と蔡慶とは西門にいたが、革鵬が城壁に上がったと聞くと、急ぎやって来た。見れば一、二百の倭兵

267　来寇した日本軍を撃破し，シャム国内を完全に平定する

が城壁守備兵を、めった斬りにしている上に、高やぐらからは倭兵が次々に蟻のように這い上がっている。蔡慶はうろたえ、刀を抜いて革鵬に斬りかかったが、彼の手におえる相手ではない。たじたじとなるところを、危うしと見た燕青の放った矢が、狙い誤たず革鵬の肩にささった。が、急所をはずれたと見えて、革鵬はなおも突っかかって来る。いまや蔡慶危うしと思われたとき、花逢春・呼延鈺・徐晟の三人が駈けつけて来、花逢春のくり出した槍の一突き、みごと革鵬ののどを刺しつらぬいた。呼延鈺と徐晟、当たるを幸いに倭兵をなぎ倒せば、あたりは屍山血河と化す。そこへ凌振も馳せつけて大砲を据え、高やぐらに向けてブッ放せば、高やぐらは壊れて倭兵はことごとくころげ落ちる。蔡慶は革鵬の首を木にかけ、倭兵を皆殺しにして、やっと事なきを得たのである。城壁にのぼって来た李俊、

「すんでのことに、やられてしまうところだった。革鵬はやっつけてしまったが、関白は退きそうもない。どうしたものだろう」

と言えば、朱武、

「穴をあけられた艦のうち二、三十隻を修理して、関勝兄いら八人の将に、青霓《げい》など三島の水塞を撃破してもらって、関白の帰路を断つ。その上で奴を討とうではないか」

李俊も、この提案に従う。童威が仔細に点検してみると、穴のあいていない艦が、まだ二十隻ばかりある。関勝、

「水上の戦いには火力が第一。ここはどうあっても凌振兄いの出馬を願わんことには、ラチはあかん」

要請に応じて、ほどなく凌振が飛道具をたずさえてやって来たので、夜の四つ(午後十時)を期して攻撃を開始することに決めた。

こちらは水塞を守る鉄羅漢、屠崆《とこう》・佘漏天《しゃろうてん》と談合する。

「シャム国が手に入るのも時間の問題と思っていたのに、革鵬がやられてしまった。われわれ三島の兵が、こんなところでノホホンとしていたんじゃ、成功するはずがない。あす南門に猛攻をかけようではないか」

「もっともだ。力を合わせて突撃することにしよう」

そこで前祝いを兼ねて痛飲し、兵にも酒を与えたので、将兵ともども、グデングデンに酔っぱらってしまった。

全軍が前後不覚の夢路をたどっている最中、突如として起こる号砲。はい起きてみれば、どの船からも、にわかに火の手が上がり、関勝ら八人の敵将が獅子奮迅の勢いで突っ込んで来た。鉄羅漢ら三人は応戦する気力もなく、それぞれ一隻の船を急がせて自分の島へ逃げ帰ったが、三百の軍船は半分を焼かれ、島の兵は、ことごとく殺されてしまった。号砲を聞いた四方の伏勢、これまた本隊に合流し、勝ちどきをあげて帰城した。

「敵の水塞は総崩れ、こうなれば関白め、羽をつけない限り帰るわけには行くまい」

「いやいや、関白は勇猛な上に倭兵はまだ大勢いる。城下に居据って、必死の攻撃にでも出られたら、ちと手ごわいぞ。聞くところでは、倭兵は寒さに弱く、雪や氷を見ると身動き出来なくなるそうな、だが、ここは海ぞいの熱帯、雪や氷には縁がないな」

そう言い合っていると、公孫勝、

「わしがひとつ、やってみよう。罪つくりになるかな」

李俊も賛成したので、公孫勝はさっそく壇を築いて祈れば、三日目の夜、時ならぬ雪が降って来て五尺余りつもった。シャムの国民も初めて見る大雪に、ただ驚き怪しむばかりである。暑さに強く、寒さに弱いのに加えて、冬仕度をしていない倭兵は、一つところにちぢこまって、凍死者も出る始末。関白は考えた。

(これは定めし天のお怒りであろう。侵略をやめよという天意にそむいてはならない)

そこで兵を収めて帰ろうと、雪の中をやっと南門までたどりついてみると、軍船の大半は焼かれてしまっている。それでもなお数十隻は残って海上に浮かんでいるので、黒鬼たちに、

「海に入って岸まで押して来い」

と命じた。黒鬼たちが冷たさにふるえながら、しかも多くの凍死者を出して岸まで押して来ると、関白は部下とともに乗り込む。と、こはいかに、公孫勝、こんどは、風を呼ぶ祈禱を始めたのである。

見る見る激浪がわき起って船は翻弄され、少しも進

めない。やむなく岸にかじり付いたが、翌朝になると風はやんだものの、海面は厚い氷に閉ざされ、関白と倭兵は凍死してしまった。

さらに一夜明けると、空には太陽が光り輝いて、いままでの氷雪は跡かたもない。海岸には関白以下の倭兵が、枕をならべて死んでいる。一同、勝利の凱歌をあげたのだが、

「外敵はやっつけたものの、内患はまだ残っている。三島を平定してしまわない限り、本当の平和は来ない」

と朱武は言うが、李俊の

「兵は疲れているので、しばらく休養させよう」

という意見に従って、三島攻略は、少しのばすことになった。一方、関白の兵が、ことごとく凍死したと聞いた倭王は、天命と悟って再度の侵攻を思いとどまったので、外患の恐れは全くなくなった。

ただ、三島に拠る鉄羅漢ら三人は、なおも頑張って威令に服そうとはしない。そこで、将兵の疲れも癒え、武器・軍艦も修復成ったと見た李俊は、いよいよ三島攻略の決意を固め、欒《らん》廷玉・扈《こ》成・童威に青霓《げい》島を、関勝・楊林・童猛に白石島を、朱仝・黄信・穆《ぼく》春に釣魚島を、それぞれ攻撃させることとし、各々兵一千・軍船二十隻を与えて進発させることとした。

こちらは鉄羅漢ら三人、水塞を破られて、それぞれ自分の島へ逃げもどったが、革鵬《ほう》がやられ、倭兵また全員凍死したと聞いた鉄羅漢、

（いま手元にあるのは五、六百の弱兵ばかり。とても勝ち目はないが、いまさら降参するわけにもゆかぬ。とにかく出来る限りの防戦態勢を固めて、李俊の攻めて来るのを待とう）

そこで島中の、強くたくましい若者約一千人を引っぱって来て兵士とし、敵を迎える用意をした。

この島の中央に鉄羅山という山があり、そこから質のよい鋼がとれ、それで刀を打つと、切れ味がよい。そこで鉄羅漢と自称しているわけだが、その山のふもとに淵がある。見かけは、よく澄んでいるが、実は猛毒を含んでいるので、もし一口でも飲んだが最後、たちまち胃腸は破れて死んでしまう。もし犯罪者が出ると、鉄羅漢は直ちにこの水を口から注ぎ込むだけで、斬刑にも棒打ちもしない。島の者は、それを恐れて、あえて彼の命にそむこうとはしなかった。

さて、欒《らん》廷玉らが青霓《げい》島に来てみると、城郭らしいものは無くて、ただ沃野が広がるばかり。廷玉は、

「民家の物は何一つ手をつけてはならぬ」

と下知して島内を進み、鉄羅山のふもとまで来てみると、鉄羅漢は山頂に布陣して四方を木柵で囲んでいる。土地不案内なうえに夕暮れも迫ったので、攻撃は明朝ということに決め、その夜はそこに野宿することにして炊事にとりかかったが、そばにある淵の水が、いかにもきれいだったので、何の疑いもなく、それを汲み上げて飯をたいた。

それを食べたから、さあ大変、兵士たちは、たちまち七転八倒の苦しみ、欒廷玉たちは酒を飲んでいて、まだ飯にはとりかかっていなかったので、中毒はまぬがれた。急いで住民を見つけて事情を知り、あわてて国へ童威を派し、安道全に解毒の方法をたずねさせる始末。その間にも兵士たちの病状は悪化して行くが、どうすることもできない。

そのとき、一斉に鳴り響く軍鼓の音、鉄羅漢が攻め寄せて来たのである。が、兵士たちは応戦するどころではない。欒廷玉は急ぎ退却を命じたが、足の遅い者は、ことごとく殺されてしまった。昼ごろになって、童威が五百の新手を率いて

「甘草湯《かんぞうとう》が解毒になるそうな」

そこで急ぎ煎じて飲ませると、みんな大量の黒い水を吐き出して、やっと痛みがとまった。

欒廷玉と扈成とは新手の軍勢を率いて再び戦いを挑む。今度は鉄羅漢、山上の陣を捨てて平地に布陣している。廷玉が突っ込んで行くと、あにはからんや、陥し穴が掘ってあって、かなりの兵が落ちてしまった。屈せずなおも進んで行けば、鉄羅漢は、当たりかねて退却し、洞窟にもぐり込んでしまう。もぐり遅れた奴を数人斬って棄てれば、他の者は四方へ逃げ散って行く。その中の一人をつかまえて訊ねると、その洞窟は鳥竜洞といい、入口は狭いが中は広々としていて、二、三百人は入れる。鉄羅漢は、その中に金銀財宝から食糧までかくしているので、門さえ閉ざしてしまえば、千軍万馬も落とせぬ。奴の家族も中に住んでいるとのこと。

欒廷玉は兵士に命じて鉄門の前に木炭を積み上げさせ、火をつけて鉄門を熔かしてしまったが、まだ入る

のは危険と、続いて柴草に火をつけて煙と焔とを中へあおぎ込んだ。

三日ののち、火を消して中へ入ってみると、死骸は木炭同様になっており、その中には鉄羅漢もいたので金銀十万両あまりともども取り出した。島の平定が成ったと聞いた李俊は、欒廷玉と扈成の二人に、島の守備を命じた。

一方、朱仝・黄信・穆《ぼく》春も釣魚島に到着した。この島には二つの山が向かい合っており、その中腹に石橋を架け渡して通行に便し、橋の上には高やぐらが組まれている。佘漏天は敵が押し寄せて来たと聞くと、兵をつれて高やぐらの守りにつき、橋の下には鉄棒を植えて防砦とした。朱仝らが到着して二日になるが、佘漏天は出て来る気配はなく、橋に近づけば、やぐらの上から竹弓を射かけて来る。この竹弓は、からくりを応用したもので、凄い威力があり、矢は三百歩の彼方まで届くため、軍船も近寄れない。

朱仝はいら立ち、船を東方、半里ほどのところに廻すと、登れそうな道があったので、黄信・穆春ともども上陸した。小高い岡まで登ってみると、石舞台が一つあり「任公子《じんこうし》、魚を釣るの処」と書いた石碑が立っている。任公子とは『荘子』に出て来る伝説上の人物で、五十頭の牛を餌として大魚を釣り上げたといわれている。これが釣魚島と呼ばれるゆえんと見えた。

なおもしばらく行くと、つた、いばら、かづらが生い繁っていて、斧でも切りひらくことが出来そうもない所へ出た。穆春、

「何とかして、これを切り拓こう。朱仝兄い、あんたは敵の正面を頼む。わしは黄信兄いと、山の裏手に廻って道をつけ、背後から突っ込む。そうなれば奴も持ちこたえられまい」

朱仝が承知し、船にもどって三百の手勢をつけてやると、黄信と穆春の二人は、人里離れた所を選んで道の切り拓き作業にとりかかり、夜半になって岡を下りることができた。がむしゃらな佘漏《しゃ》天は、前ばかりに気をとられて、後のことなど気付かない。よしんば気付いたところで、少ない手勢のこと、とても兵を割くことは、できなかったろう。

黄信と穆春、夜を待って一気に突入、たちまち佘漏天を斬って落とせば、海上にあった朱仝もこれに呼応

して島に上陸、佘漏天の家族を捜し出して殺害、他の兵と住民とは赦したので、みんなは大喜び、そのうちに住民の一人が、お礼だと言って持ち込んで来たのが、一匹の大うわばみ、聞けば、その肉は精力を増し、寿命をのばすが、その肝に至っては抜群の効能があるという。さっそく取り出して都へ送ったのだが、安道全は、

「この肝は黄金と同じぐらい高価で、どんな重病も、たちどころに直ってしまう。さきに高麗王の病気を直したのも、このおかげだ」

と言うので、李俊は、できる限り多くの人びとに分け与え、朱仝・黄信を釣魚島の鎮守司令官に任じた。

おしまいの白石島だが、ここは天然の岩島で、真っ白な岩肌は、つるつるして草木は一本も生えていない。屏風状の断崖が周囲をめぐらし、島への出入りは海岸にある一つの洞穴だけという要害ぶりである。

屠崆《とこう》という奴は鉄羅漢・佘《しゃ》漏天に輪をかけたような姦悪な男だが、敵の来襲を聞くと洞門を閉ざし、

「攻めるのなら勝手にしやがれ、どうせ攻め破れはすまい」

と高枕。島には、たくさんの糧食が貯えられているので、二、三年は持ちこたえられるからである。

関勝・楊林・童猛の面々、勢いこんで来たものの、この有様に茫然、

「欒《らん》廷玉の伝で火攻めと行くか」

「下が海じゃ、火を置くところもない」

「国へ援軍を頼むとするか」

だが関勝、

「ほかの二島は陥れたというのに、ここだけ打ち破れぬとあっては、われらの名折れ」

と救援依頼に難色を示す。そこへ海上を漂って来た一艘の小舟、引きとめてみると、一人の男が乗っている。聞けば、

「手前は楊州の者、方明と申します。十年まえ、仲間と組んで、ここへ貿易に来ましたが、船が難破して仲間はみな死んでしまい、国へも帰れなくなりました。さすらいの果て、ここの黄沙州という小さな入江にたどりつき、少しばかりの薬草を売って命をつないでいます。一人娘の秀姑《しゅうこ》というのを連れていますが、今年十六になり、ちっとばかりきれいなのを聞いた屠崆に、

ひと月まえにさらわれてしまいました。その女房というのが大変なやきもち焼きで、亭主がモノにした女は、片っぱしから殺すというので、娘も生きているのやら、死んでしまったのやら。そこで様子をさぐりに来たのです」

まんざらウソでもなさそうなので、然らばと、攻略の方策をたずねてみた。しばらく思案した方明は言う。

「船を移動させるのです。洞のそばの岩壁に、銭の眼ほどの穴があいていて、奴は遠眼鏡でのぞいています。外の兵が退いたと見れば、奴は洞門をあけるでしょう」

聞いた関勝は大喜び、さっそく楊林と童猛に得物をかくし持って方明について島へ入らせ、軍船を移動させた。

果たせるかな、半日も経たぬうちに洞門が開いた。楊林と童猛は方明の舟に潜み、洞門から漕ぎ入ったが、そこは船一隻を通すのがせい一杯の狭さ。小一里も行くと、やっと屠峪《とこう》の住居についたが、立派な構えで、門には四、五十人の兵が番をしている。方明が来意を告げると、蛮兵は「入ることはならぬ」と手をふる。

そこへ折しも、あわてふためいて出て来たのは屠峪である。南の方へ急いで駈け出すそのあとから、わめきながら出て来たのは、その女房、両手に刀を持ち、五、六人のはした女を従えて、亭主のあとを追いかける。楊林と童猛とが、す早く物蔭にかくれたころ、女房の悪態が聞えて来た。

「このスケベ男め、あんな小娘ばかりかわいがりやがって、よくもこの奥方をほったらかしにしてくれたな。きょうこそ二人とも殺してやる」

屠峪の足は早いので、女房は追いつくことができず、ただ悪口を言うばかり。蛮女たちは、女房をなだめすかして中へ連れ込んだ。方明がなおもたずねると、番兵は言う。

「事の起こりは、おめえの娘だ。親方は娘をかわいがるので、お定まりのヤキモチと来た」

それじゃあ、娘はまだ生きているのかと、方明はホッとしてたずねる。

「その別荘はどこにありますんで」

「ここから六丁ばかり先きだ」

三人は承知して行くと、ちょっとしたしもた家がある。中へ入って行くと、屠崆が坐って一杯やっているが、方明は舅であり、他の二人も、その身内と見てか、別に警戒もしない。そばにいた秀姑は、鄙にはまれな美人である。

大いに飲み、かつ食った屠崆は、ほどなく奥へ入って雷のような高いびきである。秀姑の案内で中へ入った二人は、抜く手も見せずに首をかき落とし、何食わぬ顔をして外へ出、そのまま洞門までやって来た。

「お通し下さい」

と方明が言うと、首領が寵愛するお部屋さまの親戚のこととて、鉄門を開ける。

「手前ども、秀姑の必要な品を揃えて、また参りますから、もうしばらく門を開けておいて下さい」

軍艦まで戻って来て関勝にそれと告げれば、関勝は直ちに艦を中へ入れよと下知する。最初の一隻を入れ、番兵をみな殺しにすれば、もうさえぎる奴はいない。ましてや半数にも満たぬ、無統制で未熟な蛮兵のこととて、あっという間に全島を征服してしまった。

最大の功労者の方明に厚く礼をのべ、さっそく勝ちいくさを報告すると、折り返し返書が来た。関勝・楊林は留まって島の鎮護に任じ、方明は守備の職をさずけて、ともに島務に当たらせる。童猛は本国に帰還せよ、というのである。

都にもどった童猛を迎えて、さっそく勝利の祝賀会が開かれたところで李俊、

「これでは何の憂いもなくなった。まずは兄弟諸君と枕を高くして冬を越すことができるというもの」

とくつろげば、知恵者の燕青、

「いやいや、まだまだなさねばならぬことがある。それを片付けてからでないと、本当の泰平は参りませんぞ」

と一同をひきしめたのである。

一九　金軍を破って南宋の高宗《こうそう》の急を救い、李《り》俊《しゅん》は勅《ちょく》命《めい》によりシャム国王となる

燕青は言う。

「三島が平定されたとはいえ、二十四島すべてが服属したわけではない。ぜひとも全島を慰撫し悦服させてこそ、初めて大業は成る」

李俊も至極もっともとし、自ら柴進・燕青・朱武・楽和・呼延灼《しやく》・李応・花逢春・呼延鈺《ぎよく》・徐晟《せい》・凌振《りようしん》ら文武の十人および軍兵三千、軍船五十隻を率いて出発した。

さきに攻略した青霓《げい》など三島と金鼇《ごう》島を次々にめぐれば、東方、西方、北方および南方の各五島は、いずれも恭順の意を表したので、巡航の目的は完全に果たされたわけである。

さて最後の金鼇《ごう》島で、任務の達成を祝って酒宴を開いていると、一人の道士がひょっこりやって来た。いつぞやシャム国を訪れ、花見最中の馬国王に予言の偈《げ》を示して立ち去った道士である。花逢春、それを認めてお辞儀をし、李俊にさっそく紹介する。

「その際、お示し下さった偈のしるしは見えましたが、その意味は、いまだに判りません」

と花逢春が頭を掻けば、道士は頬をゆるめた。

「何もむずかしいことはない。洚《こう》水災いをなすの洚水は洪水、長年永《たもた》れずの長年は寿のこと。洪の字のサンズイに寿をつければ共濤の二字になる。つまり共濤がわざわいをひき起こすことを言ったのじゃ」

「もし、国王があのとき、老師に従って出家していたら、後のわざわいは免れ得たでしょうか」

「もちろん免れ得た。だが、国王が尊位を棄て切れるわけはない。やはり必然の運命だったというべきだろうな」

そばで聞いていた李俊、

(この道士、なかなか面白いことを言う)

そこで言葉をはさんだ。

「わたしのような者でも、老師に従って出家できますかな」

道士は、つくづくその顔をながめて、

「貴殿は、まだ重い荷を背負うておられるが、登さえ来れば、その荷をおろせよう」

「登が来るとは?」

「やがて判るじゃろう。いまは言えぬ」

「老師、ここに足を留めて公孫勝先生と一緒に、お暮らしなされては？」

「いやいや、あれは先般、祈って風雪を降らせたが、ちと情容赦に欠けた。天にのぼるには、まだまだ修行が必要じゃ」

と言って、筆と硯を所望し、そばの衝立に次のような偈をしたためた。

牡蠣灘《ぼれいたん》のほとりに一艇よこたわり
夕陽、西におちて潮の生ずるを待つ
君と登臨の約をたがえざれば
直ちに金鼇《ごう》の背上に向かいて行け
徐神翁

一同、それを解しかねていると、

「あす一人の高貴な人が来れば、自から解けよう」

と言い残し、またフラリと出て行ってしまった。一同、公孫勝に会わせられなかったのを残念がった次第。

翌日、国に帰るべく出帆の準備をしていると、物見の船がもどって来て注進する。

「宋朝のみかどが牡蠣灘で金の大将アヘメに追いつめられて、危険におちいっておられます」

「われらは、この地に参ったとはいえ、宋の民であることに変わりはない。さっそくお救いに参上しなければ…」

と一同ふるい立つ。朱武、

「まず兵を三手に分けて夜ふけを待つ。それは敵に、味方の兵力を知られぬためだ。きょうは二十八宿の上からいえば、夜は必ず大風が吹く。そこで十隻の空船《から》に柴草を満載して煙硝を加え、敵の無防備に乗じて焼討ちをかければ、成功疑いなしだ」

そう言っているところへ、王進と阮《げん》小七とがやって来たので李俊は喜び、呼延灼・柴進・呼延鈺・徐晟を一隊、王進・李応・阮小七・高青を一隊、自らは朱武・燕青・費保・花逢春・凌振をつれて一隊を組み、朱武の計略に従って夜を待った。

さて、南宋の高宗は臨安（杭州）で即位したものの、黄潜善・汪伯彦・湯思退などの、何の計略策謀もない連中を信任して、ひたすら金国との和議をはかり、李綱・張所・傅《ふ》亮ら忠良の臣をしりぞけたので、東京（開封）は再び敵の手に落ち、淮《わい》河の南北一帯の守りも失われたため、ウジュの大軍は、やすやすと中原に突入し、長駆して都の臨安をおとしいれた。

高宗は敵手をのがれて海に浮かんだが、アヘメは一万の雄兵を率いて帝を牡蠣灘《ぼれいたん》まで追いつめ、まわりを囲んでしまった。いざ、一気に殲滅！と近付くと、二匹の黄竜が御座所の上を駈けめぐって大風雨を起こすため、怖れて上陸をためらっていたのである。だが、高宗に従う者は、わずか数百人の近衛軍と十余人の近侍者だけとなり、運命はもはや風前の灯だった。

さて、夜も九つどき（夜半）、三隊を率いた李俊は、計略通り、まず火を仕掛けた船を金軍の船団の中に押しやった。と、突如として起こった狂風に、金船はたちまち燃え上がる。そこへ凌振が大砲を撃ち込めば、呼延灼は大声をあげて突入し、当たるをさいわいと斬りふせる。

夢路を破られたアヘメは、どこから現れた敵の援兵ともわからず、さらに闇夜のこととて、敵兵の多寡もはかりかねてマゴマゴしているところへ、味方の船はいずれも火事を起こして敵に当たるどころではない。やむなく一手の船を率いて命からがら外海へのがれ出た。殺されたり、焼け死んだ金兵は数を知らぬという大戦果となった。

敗れたアヘメは途中に立寄る元気もなく、はるかな根拠地の登州めざして落ちのびて行き、それを追った呼延鈺と徐晟、敵船一隻と二人の将官・三十人の捕虜を引きつれて、意気揚々と帰って来た。

片や高宗、夜半に続けざまに起こる砲声と、天をもこがす火の手をながめて大いに恐れおののき、

「金兵が上陸したに違いない。もはや自害あるのみ」

と泣くのを、近侍は、

「あれは御味方が現れて交戦中と思われます。いましばらくのご辛抱を」

夜が明けると、李俊は岸に上がって、高宗に拝謁を乞う。高宗は驚くとともに、喜んで、目通りを許す。御前にまかり出た李俊、今日に至ったいきさつを奏上すれば、高宗も感心して、朝廷に帰ったら厚く報いるであろうと言う。

「供御《くご》もとどこおり勝ちと承りますれば、臣が駐屯している所までご来駕賜わりますよう。そして兵馬を

とのえた上で還御なされませ」

という李俊の言を嘉納して高宗は、直ちに金鼇島へ行幸する。ようやく飢えを満たした高宗は、かたわらの衝立の偈に目をとめてびっくり。これをしたためた者の名をたずねる。

「これは昨日参りました徐神翁という道士の筆でございます。その意味をたずねましたところ、明日、貴人が参れば自から解けるだろうと申して立去りました。いま、その言の通り、陛下の臨幸を仰ぎましたので、解けるものと存じます」

高宗は豁然と悟った。

「物事すべて定めがあるというが、全くその通りだ。朕がまだ東宮《とうぐう》であったころ、一人の道士が来て、この偈を教え、他日、験があるだろうと申したことがある。それから幾歳月ののち、この地において、その験があらわれようとは。人の世、なべて前世の定めを踏みはずすことはできぬものだの。その仙翁にもう一日とどまってもらって、朕の今後の吉凶をたずねてもらいたかった」

「陛下には、はや大難をのがれられました。今後は定めし聖寿万歳でございましょう。それにしても、もはや師走の二十八日、何とぞ聖駕をシャム国にまげられ、そこでご迎春のうえ、大宋にお帰りなされませ。臣らお送り申上げましょうほどに」

高宗は喜んで、そのすすめに従うことにした。

シャムでは、至れり尽せりの歓待をしたのは、いうまでもないが、忠義の士をとり立て、奸邪の臣をしりぞけてほしい、という諫言は、いたく高宗の胸を打ったと見え、帰朝のあかつきには、張浚《しゅん》・趙鼎《てい》をとり立てることを約束した。

こうして歓をつくして正月の三日、いよいよ高宗還御の日は来たのだが、それに先立ち、さきに呼延鈺と徐晟とが捕えた金の将官二人を取調べてみると、何と逆臣の趙良嗣と王朝恩と判った。二人は金に帰順後、その南征の先導役をつとめていたのである。そうと聞かされた高宗は大いに怒り、
両名は大逆無道、よって、まず八十の罰棒を加えた上、京に連行して凌遅《りょうち》の刑（手足をバラバラにしたり、目をほじくり、耳などをそぐ残酷な刑）に処す

という勅語を発した。花逢春、うけたまわって引っ立てると、聞き及んだ花夫人・秦夫人までもが、恨みある二人の処刑を見物にやって来る。

「みかどご指名の犯人じゃ。十分にあしらってやれ」

と命じれば、兵士たちは喜んで、きざはしの上から突きとばして膝まずかせる。花逢春・楽和・樊瑞・それぞれ胸にたまっていた憤懣をブチまけると、王朝恩は、

「すべて蔡京のさしがね。どうかお慈悲を」

と地べたに頭をこすりつける。やがて着物を引っぺがして丸はだかの尻を高く持ち上げさせ、代わるがわる、半日がかりで八十棒をくらわせると、二人は半死半生のてい。花・秦夫人までもが、これでやっと気がせいせいしたと言って立去った。

三日の朝、李俊は柴進・燕青・楽和・蕭譲・呼延灼・李応・孫立・徐晟の文官・武官各四人に、兵二千を与えて御座船および行幸の警固を命じ、さらに、おびただしい珍宝を献上した。高宗は至極満悦して、それを嘉納したのち、李俊に、

「かの日本国王は、貪欲あくことを知らず、しばしば浙江・福建・淮河・楊州などの地を侵掠している。よって卿は高麗王李俁《りご》と協力して、これを防ぐよう」

「臣は、さきに、来寇した関白の勢を撃滅いたしましたので、日本国王は怖れをなし、二度と攻めては参りますまいが、仰せを受けたからには、高麗に使者をつかわして国王と協議、手段をつくして倭寇に当たり、宸襟を安んじたてまつります」

こうして高宗は船に乗り、柴進らの八人の率いる二千の兵は、軍船に分乗して供奉する。空には折から二匹の竜が舞いながら、帝の一行を先導する。吹き起こった風は、帆をはらませはするが、海上には、さざ波しか立てないので、この船旅、まことに平穏と見えた。

道中、これといった話もなく、帝の一行は明州（浙江省）に安着、それから陸路、臨安に帰りついた。翌日、高宗は柴進らを召して官職を与えることを仰せ出したが、恩賞の勅書のくだるのには幾日かかかるので、八人は西湖畔の昭慶寺に宿をとり、これをいい機会と見物して廻ることにした。

まずは天竺山に詣でて観音さまを拝し、続いて霊

隠・飛来峰・冷泉亭、さらに法相寺・竜井・虎跑寺と廻り、翌日は呉山へ登る。眼下にひろがる山河のながめに、

「ここからシャムまでは雲煙万里だな」

「それにしても、北半分を金国にかすめとられて、墳墓の地も遠くなってしまったとは残念の至り」

などと感慨にふけることしきりである。

翌朝、呼延灼が思い出したように言い出した。

「打虎武松の兄いが六和塔で出家して以来、生死もわからないままになっているから、一ぺん訪ねてみよう。ついでに花和尚の魯智深兄いの納骨堂にも詣ろう」

そこで一同打ちそろって銭塘江のほとりに来ると、住職が禅堂の中へ招じ入れた。折しも武松は、もろ肌ぬいで寺男に背中を掻かせている最中である。

「おっ！　こりゃあ」

と叫んで、はだかのまま、すっとんで来た。

「兄弟衆、どうしてまたここへ？」

柴進が、これまでのいきさつを語って聞かせると、武松は大喜び。

「わしは廃人同様の身になっちまったのに、兄弟衆は、またそんな大仕事をやらかしたとは、嬉しいやら感心するやら」

ついで五百両の香華科とみやげ物をさし出せば、

「わしの衣食を、すべて寺でまかなってくれるので、こんな大金は使いようがない。だが、せっかくのお志だから、いただいて六和塔を修理して、亡き兄弟衆の冥福を祈るとしよう」

「いや、これは兄貴とっておいてくれ。塔の修理費は別に出すよ」

そこで一同、酒になり、昔ばなしに花が咲く。

「打虎の兄い、どうだね、わしらと一緒にシャムへ渡らんか。むかしの兄弟は、やはり一緒にいなけりゃあ。もし静かに暮らしたいのなら、公孫勝兄いと一緒にいればいい。和尚と道士、こりゃ、参詣人もふえるぜ」

に大笑いが起こるが、武松、

「いんや、住めば都、それに花和尚の納骨堂と林冲の墓もあるんで、そばにいてやらんとね。わしも、ここで大往生をとげるつもりだよ」

と、しんみりする。一同も感に打たれて、それ以上は言えなくなってしまう。

翌朝、魯智深の納骨堂、林冲の墓、浪裏白桃の張順の廟にも詣でたのだが、

「李俊兄いも同じく潯《じん》陽江の豪傑で、しかも一緒に梁山泊につどうて頭領となったのに、死んだ者はそのまま、生きている者はシャム国のあるじとは、人生すべて運命の支配下にあるんだなあ」

と太い息をつく。武松に別れた一同は、昭慶寺にもどったが、時あたかも清明節も近いとあって、吹く夜風もあたたかく、花はほころび、加えて月も明るいため、燕青・柴進・楽和の三人は、湖畔のそぞろ歩きとしゃれ込むことにした。ぶらぶら歩いて行くと、三人の男が一人の女に歌を唄わせて聴き惚れている。雲を留め、月をも止めるような、なまめいた嬌声である。その女は、これまたその声にふさわしい美型と来ている。近づいて、その女を一目見た燕青、あわてて柴進を引っぱって後もどりする。

「何だ。こんな月夜だ。あのすばらしい歌を、もう少し聴こうではないか」

「とんでもない。あの女は李師々だぞ。とっつかまったら困るではないか」

李師々とは、北宋末の東京府切っての名妓で、徽《き》宗の想い者だった女。かつて宋江・柴進・特に燕青とも関わりがあったというか、燕青は惚れられたことがあるので、彼はあわてて逃げ出したのである。

「何だって？　それにしても、どうしてここにいるんだろ」

「下世話にも〝鳩は景気のいいところへ飛んで行く〟というからな」

「景気のいい北の方へ飛んで行かないだけ、まだしもというところかな」

笑って宿にもどり、

「燕青兄いは大変な薄情者だ。東京の李師々を見付けたのに、また言い寄られたら大変だと逃げ出して来た」

と柴進が披露すれば、当の燕青はムキになって、

「あの売女《ばいた》め、太上皇帝のお情を受けながら、まだこんな所で媚を売ってやがる。あんな奴にまたからまれるのは、まっぴらだ」

285　金軍を破って南宋の高宗の急を救い，李俊は勅命によりシャム国王となる

「まあそう固いことを言うな。ああした商売女に、操を守れったって、そりゃムリというものだ」

翌日、一同が寺の前に立っていると、一人の男がやって来て、燕青を認めると話しかけた。

「これは一郎兄さん。こんなところでお目にかかろうとは。李姐さんは、いつもあなたの噂をして、とても会いたがっていますよ」

この男は王小間という、くるわのたいこもちで、李師々について東京から臨安に来ているという。柴進と蕭譲は中へ呼び入れて十両与え、

「船を一艘やとい、酒の席を用意しておいてくれ、あとで姐さんを訪ねて行くから」

王小間は心得て立去り、柴進は、たくさんの玉、香、かんざし、反物を師々に進物として届けさせた。

「わしと孫兄いは行くのをよすか」

と呼延灼が言うと、燕青、

「行かないって法はないよ。あの女は、兄いらのような助平のひげ男が好きなんだから」

そこへ王小間が呼びに来たので、燕青も仕方なしに一緒に行くことにした。


李師々の住居のあたりは、なかなか景色のいい所である。中へ案内されると、屛風の後から蘭麝《らんじゃ》の香がただよい、李師々が姿を見せた。三十を過ぎてはいるが、天子まで迷わした色香はなお十二分に残っている。燕青を認めると、

「まあ、お久しぶりね。きょうはどういう風の吹き回しなの?」

みんなで出されたお茶を飲んでいると、船の仕度ができたという知らせ、さっそく乗り込んで漕ぎ出す。みんなは、はしゃいで、しゃべったり唄ったりだが、燕青だけは黙り込んでブスッとしている。

「久しくお会いできなかったんですもの、少しは嬉しそうな顔をなさってもよいじゃありませんこと? よそよそしい態度で、本当に憎らしいったらありゃしない。ねえ、折角だから、あたしの家で何日間か、ゆっくりしていらしたら?」

と未練たらたらである。燕青、

「朝廷のご用があるので、あすにも発たなくちゃ」

とにべもない。李師々は、みんなに座のとりもちをしながらも、燕青に対しては特別に「あなた」「あな

た」の連発、これじゃさっき呼延灼が、同行するのを遠慮しよう、と言ったのも無理もない。

一同、大いに飲みかつ食べ、李師々の歌にも十分堪能し、名残り惜しげな師々を帰して宿へ戻って来た。

「ぜひもう一度、遊びにいらして」と師々は燕青に頼み込んだが、燕青が行かなかったことは、いうまでもない。

一日おいて勅命がくだり、宿元帥が勅書を手にしてシャム国へ下向することになった。柴進は、とりあえず元帥に会って出発の日どりを決め、六和塔に出向いて武松に帰国のあいさつをして、かたみの品々を贈り、涙ながらに別れを告げる。勇み立った数人は、また町へ出て、いろいろ珍しい品を買い込んだが、燕青は、

「シャムにはロクな音曲がないから」

と言って、大金を投じて少年歌舞伎一座を買い込んだ。諸事万端終わったところで参内して、みかどにいとま乞いをし、宿元帥ともども船に乗り込んだ。

帰路もまた格別の話もなく、シャム国に安着したが、前もって知らせてあったので、李俊は文武の諸官、合わせて四十三人をひきいて平伏すると、宿元帥は、一同の功績と忠心とを嘉《よみ》する勅書を声高らかに読み上げたのち、次のような天子の辞令を、それぞれに交付した。要約すると——

李俊	シャム国王とし子孫世襲
公孫勝	通真虚寂大国師
柴進	礼部尚書・シャム国宰相
燕青	太子少師・文成侯
楽和	参政知事
裴《はい》宣	吏部尚書
朱武	軍師中郎将
蕭譲	秘書学士
聞煥章	国子監祭酒
金大堅	尚宝寺正卿
安道全	太医院正卿
皇甫端	太僕寺正卿
宋清	光禄寺正卿
戴宗	通政司使
宋安平	翰林院学士
樊《はん》瑞	伏魔護国真人

王進　五虎大将軍、列侯に封ず
関勝　同上
呼延灼　同上
李応　同上
欒廷玉　同上
朱仝《どう》　兵馬正総管武烈将軍、伯爵に封ず
阮小七　同上
黄信　同上
扈成　同上
孫立　同上
花逢春　シャム国駙《ふ》馬《ば》都尉、驃《ひょう》騎将軍
呼延鈺《ぎょく》　竜驤将軍
徐晟《せい》　虎翼将軍
費保　水軍正総管武衛将軍
高青　同上
倪《げい》雲　同上
狄《てき》成　同上
童威　同上
童猛　同上
蔣敬　度支塩鉄使

穆《ぼく》春　工部侍郎
楊林　廉訪使
鄒《すう》潤　留守司
孫新　宣慰使・兵馬都統制武毅将軍
杜興　駅伝道・同
蔡《さい》慶　刑部侍郎
凌《りょう》振　火薬局正総管
顧大嫂《だいそう》　六宮防禦、　恭人
蕭氏（シャム国馬王妃）　王大妃
趙氏（花逢春の母）　宣徳夫人
花氏（梁山泊故人正将秦明の妻）　貞節恭人
宋江（梁山泊頭領、故人）
　上柱国光禄大夫忠国公を追贈
盧俊義（同）　同上
呉用以下、梁山泊の故人　列侯を追贈
魏定国以下、梁山泊の副将故人　伯爵を追贈
　以上の物故者は廟宇を建立し、有司をして春秋に祭祀せしめる

一同、ありがたくお受けし、宴を設けて遠来の宿元帥をもてなし、主客ともに歓をつくした次第。

翌日、使命をとどこおりなく終えた宿元帥、帰途につきたいと言い出したので、李俊、

「さきに、みかどは、手前に仰せられました。日本は凶暴かつ残忍、つねに周辺を侵掠するによって、その方は高麗王とはかって防衛の手だてを講ぜよと。どうか閣下、いましばらく、ご逗留下さい。その間、使者を高麗につかわして協議させ、その結果をも閣下に復命していただきたく」

宿元帥も承知したので、さっそく神足の戴宗と、かつて高麗王の病気を直した安道全の二人を、高麗へ派遣した。二十余日あまり経って二人は帰って来て、高麗王は全面的に承諾したとのこと、元帥には、よいみやげが出来たわけである。

「高麗王は、わしが前に病気を直した功を思い出されて、たくさんの品を賜わったわい」

と安道全が言えば、李俊、

「この前は、海底の竜王にやってしまったので、そのおぎないってわけだ。それにしても、あのとき船が難破しなかったら、われわれの其の後は変わった展開をしていただろうな。思えば不思議な縁だ」

と感慨ぶかそうに述べる。一同、同感のていである。

宿元帥の帰朝警備のため、明州まで送って行った楊林と穆《ぼく》春が帰って来て言う。

「大宋の皇太后陛下のお達しで、臨安城内にも、東京にならって大相国寺を建立することになり、打虎武松兄貴が国師として招かれた。花和尚のともした法灯は、これから栄えることだろう」

ともあれ、李俊は大宋国皇帝から、正式にシャム国王に冊立されたわけで、これは宋の従属国ないしは親邦、藩屏となったことを意味する。

二〇　好漢たちに結婚の盛事が続き、大饗宴を催して大いに楽しむ

さて、宿元帥の出発を見送った李俊は、その翌日、諸官をことごとく召して切り出した。

「拙者は、もし一介の匹夫《ひっぷ》に過ぎなかったのに、兄弟衆のお力ぞえによって、正式に国王に冊立《さくりつ》されたのは、身に余る光栄。しかしながら、何分にも徳うすく才またとぼしくて、国民の期待にもそいかねる向きもあろうから、今後とも兄弟衆の助力をお願いしたい。また、各位の官位は、朝廷において、その功を勘案して授けられたものなのであり、拙者に甲乙の差はない。万一、分をこえて禄位を望み、おきてを犯すにおいては、拙者、私情を捨てて対処せんければならなくなる。そのへんのところを、お忘れなきよう」

一同も頓首したので、法令を定め、宋朝の正朔《さく》を奉じて紹興の年号を用い、儀礼も宋朝のそれにならい、人民にもシャムの旧俗を改めさせることとしたほか、学制、兵制などもととのえ、さらに金鼇《ごう》・青霓《げい》・釣魚・白石の諸島は、これまで通り王進・阮《げん》小七・費保・高青・関勝・楊林・欒《らん》廷玉・扈《こ》成・朱仝《どう》・黄信に守らせ、二十四島は分割統治、倪《げい》雲・狄《てき》成には、もと通り清水澳《せいすいおう》を守備させることにした。こうした努力のおかげで、国情は日ならずして一変し、これまでの蛮邦は、文明の華咲く地と化したのである。

ところで、城の西門外の丹霞山は、山が深くて、さながらの仙境、公孫勝は、以前からその清幽を愛していたので、あるとき李俊に言った。

「かねてから出家遁世を願っていたのに、いろいろ世間の事にかかわって、その機を得なかった。いまや、それも一段落したので、この際、丹霞山に隠れ棲んで仙道修行に没頭したい」

公孫勝の志は、李俊もかねて承知していたので、これまでの大功を謝した上、

「道観を建てて進ぜるから、そこで存分に行ないすまされるがよい。もし国の大事が起こったら、山中に赴いて教えを乞えばよいわけだから」

と許可すれば、朱武・樊《はん》瑞の二人も、公孫勝を師と仰ぎ、ともに入山して修行したいと申出る。そこで急ぎ壮麗な道観を建てたので、公孫勝ら三人はこれに入り、浮世を離れて仙道にいそしむとともに、宋江・盧俊義ら、梁山泊の天罡《こう》・地煞《さつ》あわせて七十四人の神像と、シャムの前国王馬賽真の祠に対する祭祀の明け暮

れを送った。

ある日、燕青がやって来て言う。

「万事はうまく運んでいますが、ひとつ大事なことを忘れていました」

同志であり兄弟なのだが、いまや相手は国王に封ぜられたので、燕青も敬語に改めている。

「まだ大事が残っていたかな?」

「人間は夫婦で一対のもの、まして国王に王妃がいないのは、どう考えてもおかしいではありませんか。ひとつ、大急ぎで王妃を冊立し、世嗣ぎをこしらえて下さい」

さすがの勇者李俊も、この突然の進言には驚き、かつあわてた。

「ま、待ってくれ。わしはあくまで仮りの王位だと思っている。だから、しばらくしたら公孫勝先生に従って世を棄てる所存、そのときは、兄弟衆の中から、適当な人が王位についてくれればよい。王位を子孫に伝えるなど、とんでもない」

「いいや、それでは却って争いのもとになりましょう」

言い合っているところへ柴進と裴宣《はい》とが、そろってやって来た。燕青から話を聞くと、二人も大乗気、

「それは、よいところに気がついた。さすがは知恵者の燕青兄いだ。いいことは積極的に進めるに限る。なあに、李俊兄貴、おっとっと、国王は、てれていらっしゃるだけだから、かまうこたあねえ、どしどし進めろ」

というわけで、あっけにとられている李俊の前から退出した三人、まず安道全に相談すると、道全、ポンと膝をたたいた。

「なるほど、定めは前世の約束ごと、すべて単なる偶然ではない。というのは、わしは以前、高麗からの帰りに、船が難破して金鼇島に救われ、その折り国王の脈を診察したところ、すこぶる尊貴で、一国の支配者になる相が出ておった。いま、その験があらわれたのだ。その後、聞煥章どのの邸に難をのがれ、病気の娘御をみとったが、これまた高貴で、一国の王妃となる相が出ておった。加えて娘御は、容貌・挙措進退・淑徳・学芸のどれをとっても、一点の非の打ちどころはない。全く王妃にふさわしい方だと、わしは考え

る」

さっそく聞煥章《ぶんかんしょう》を呼んで話を持ちかけると、初めは辞退していたものの、安道全の話にウソはないし、自分も、かつて夢の中で仙女から、

「娘御は貴人になる相をそなえているから、かりそめの者にとつがせてはなりませぬ」

と念をおされていたことと思い合わせ、これも前世の定めごととして承諾した。

一同、大いに喜んで、その足で再び参内し、「聞煥章どのの娘御に衆議一決しました。すぐにも結納・婚儀あって然るべし」

「それは困る。第一、わしは四十路《よそじ》を越えているのに、聞の娘御は、いまや娘ざかり。こんな爺さんのところへ来させては、かわいそうだ。それにわしは、気持の上では皆の衆と兄弟なので、その盟約にはそむけぬ」

「むかし蜀《しょく》の劉備が入婿したときは五十にもなっていました。縁組というものは前世の約束ごとであって、年齢とは関係ありません。あくまでも国の慶事として推進します」

李俊も、その強引さに負けたかっこうで、しぶしぶ承知したが、かねて聞煥章の娘のことはよく知っていたので、内心では大いに喜んだのである。

ほどなく婚儀は盛大に行なわれた。半生をいくさの庭に過ごし、長い辛苦の歳月をかさねて来た李俊も、ここにようやく若くて美しい妻を得たのである。その嬉しさは察するにあまりあろうというもの。

めでたいことは重なる。二、三日たって呼延灼《しゃく》は聞煥章を訪ねて言う。

「実は手前の娘も、ようやく長じましたので、徐晟《せい》を婿に迎えたい。仲人をして下さらぬか」

「いかにも、承知した」

「もう一つ、お願いがござる。手前のせがれも、まだ独り者なので、かつての同志、呂元吉の娘御、せがれが梁山泊においてムカデを殺して奪い返した娘御だが、身よりもなく、いまは宮中におり申すが、これをせがれの嫁に迎えたいと存ずるが」

「それはまた良縁。しかし、これは拙者の一存というわけには参らぬので、国母さまに申上げて、よしなに取はからうと致そう」

「何分とも、よろしく……」

呼延灼が辞去すると、聞煥章は徐晟を呼んで話したところ、徐晟に否はない。また呼延鈺の縁談についても、

「兄さんは、呂お嬢さんを奪い返したときから、お嬢さんにひかれている様子ですから、これも天が結んだ縁というべきでしょう」

そこで二人して国母のもとへ伺候して申上げたところ、これまた二つ返事で賛成した。

翌日、呼延灼が蕭讓のもとへ結婚契約書作成を頼みに行くと、しばらく思案していた蕭讓、

「ところで、手前にも娘がおり、もうとしごろだが、文の道がすこぶる好きなので、婿えらびに苦心している。手前の見たところ、宋安平は好学の士なので、あれを婿としたい。兄者に肝いりをお願いできまいか」

「こりゃまた、いい話だ。さっそく仲に立とう」

さっそく宋家に赴いて、この話を持ち出せば、これまた大喜びで承諾した。呼延灼が辞去して蕭讓に話のまとまったことを返事していると、

「李国王・柴宰相・裴《はい》吏部・戴通政・燕少師、それにお二方を加えて、相談したい儀があるとのこと、急ぎお越し下さい」

という国母からの通知。七人が顔をそろえたところで国母はにこやかに、

「燕少師、そなたは目から鼻へ抜けるような知恵者ですが、わたしがきょう、皆さんにお越しいただいたわけが判りますか」

「いいえ、とんと判りかねます」

「各家の婚儀が、みなめでたくととのいましたのに、盧の娘御だけは、まだ宮中にいます。これは、そなたにも関わりあることなのに、なぜ放っておかれるのですか」

「これは私としたこと、うかつでした。さっそく国母さまと盧の奥方さまのおはからいで、然るべき方とめあわせて下さいませ」

「ところが、あの母娘、そなた以外に婿はいないと堅く決めておりますぞ。戴通政、そなたは東京府において、この話をまとめると母娘に約束した由、その時の約に従って、ぜひ仲に立って下され」

「決して忘れているわけではございません。ようや

く国事にも身辺にもゆとりが出て来ましたので、誓って約束を果たします」

と戴宗が頭を下げれば、こんどは燕青があわてる番である。

「恩人の奥さまとお嬢さまのお力になるのは当然のこと。もし、そういうことをすれば、初めから下心があったと人に見られますので、その儀は困ります」

「下心がないそなただからこそ、いまこうして、すすめているのですよ。みなさん、燕少師がことわらぬよう、口をそえて下さい。あの娘《こ》は、わたしの娘分として、嫁入り仕度もみんなそろえてあるのです。呂の娘御ともども、わたしの手で送り出しましょう」

国母のことばに、李俊も身をのり出して、

「弟よ。いいかげんに降参せい。おぬしは先日、わしを強引に説き伏せたではないか。こんどは、わしがウンといわせる番だ。さあ、観念しろ」

一同、ドッと笑う。燕青、別に異存があってのことではないので、内心は大いに喜んで、しかも表面だけはしぶしぶという形で承知する。

「これで四組の夫婦が一ぺんに出来ました。一緒に金鑾《らん》殿で式をあげたらよろしいでしょう。さぞみごとに違いありません。いまから楽しみです」

と国母は、うれしそうに奥へ入る。一同の思いも同様である。

ほどなく、古今にもまれな盛大かつ豪華けんらんたる合同結婚式が宮中で行なわれたわけだが、それがとどこおりなく終わると、国母は諸官を召し、

「李俊どのが宋朝の冊封を受けて、正式にシャム国王に就任された今日、わたくしが宮中にあって、国王が元帥府におられるのは、どうあってもおかしなこと。これを機会に、わたくしは宮中を出て娘の公主のもとに同居し、国王には宮中にお越し願います。でないと、しめしがつきませぬ」

李俊は辞退しようとしたが、みんなは、

「まことに道理に叶った国母さまのおことば、辞退なさっては、却って国母さまをお苦しめするばかり、ここはお従いなされ」

と言ったので、李俊もやむなく承知、それぞれの引っ越しがすんだところで、職権は名実ともに一に帰し、いよいよ太平無事の世とはなった。

297　好漢たちに結婚の盛事が続き，大饗宴を催して大いに楽しむ

そうしたある日、燕青が参内して李俊に言う。

「もう一つ、やり残したことがあります」

「まだ何かあったかな?」

「われわれ兄弟は若いときから、血気にはやって酒を飲み、武芸にはげんだ末、戦乱に明け暮れて、女色というものにはトンと関心がありませんでしたが、よく考えてみれば、これは人間本来の欲望、このように泰平の世となってみると、よくそれが判ります。兄弟たちは、みなおかげをもって富貴を得たものの、なお柴進・関勝・李応・朱仝・費保・蕭譲・金大堅・宋清・孫立・蔡慶・呼延灼以外の者は独り身、これでは、身もさびしく、世嗣ぎもできません。彼らはいま男ざかり、まだ家庭を作り、子をもうけることができますし、その子が成長すれば、お世嗣ぎを輔け参らせるでしょう。さもなければ、われら亡きあとは朝廷に勲戚がなくなり、わが党以外の、心を異にする者ばかりの天下となり、この国も他人の手に渡りかねません。これは口惜しいことです。

さらに、わが党以外の、この国生え抜きの旧臣も、いまやわけへだてなく遇されているとはいえ、心はまだ十分とけ合っているとは申せません。そこでこの際、これら旧臣とわが党の士とが互いに姻戚関係を結べば、心はとけ合い、血も交わり合って、両者は一体となって、この国の支えとなりましょう。また兵士らも同様、シャム国人と結ばせれば、人びとみな、この国を母国と心得て、この国のために働き、この国のために死のうと考えるに至るでしょう。要するに、血の融合ほど強い結びつきはないと思います」

李俊は感心した。

「まこと、おぬしは知恵者の名に恥じぬ。人の情、物事の道理に通じた至言といえる。さっそく、そのようにとりはからってもらいたい」

「これについては、柴宰相や裴《はい》吏部をわずらわす必要はありません。拙者と楽参政、それに顧大嫂《だいそう》に手つだってもらいます」

「あの婆さまに何をやってもらうんだね?」

「われら男の役人が、女性をしげしげのぞき込んだり、人の家庭の奥向きの話に首を突っ込んだりはできませんので、それは顧大嫂にまかせたいのです」

李俊も感心して、まかすことにしたので、燕青と楽和がそのむねを布告したところ、国中の者は、いずれも中華の人物を婿にと望む。顧大嫂は、その中から適当な女子数十人を選び出して、しかるべき結納の金品をおくったのち、吉日を選んで宮中へ送りとどければ、国王夫妻もこれを検分する。顧大嫂の目ききだけあっては、いずれも容姿人品ともに、宮廷の高官の伴侶たるにふさわしい女性ばかり。こうして、何十組かの夫婦が一挙に誕生し、国じゅうに新婚ホヤホヤ組があふれるという、いとも楽しい世の中が現出した。ただ、公孫勝・朱武・戴宗・樊《はん》瑞の四人は、「われらは出家遁世の志あり、いまさら妻なんぞ要りませぬ」と固辞するので、国王も無理強いをやめた。

シャム国のある高官の娘、狄《てき》成にかたづくことになったが、清水澳《おう》は遠くて重要なところなので、彼は軽軽しく任地を離れることができない。そこで船を仕立てて花嫁を送り届けるという一幕もあった。

また、白石島にいる楊林と高青に使いを立て、本国にもどって婚儀をあげるように伝えたところ、高青は喜んで応じたが、楊林は浮かぬ顔をしている。家族持ちで留守居役の関勝が、わけをたずねると、

「先だって、この白石島を攻撃した際、もし方明がいなかったら不成功に終わったでしょう。その娘は屠《と》崆《こう》にけがされたとはいえ、なかなかの美人、方明から、娘をもらってくれと何度も頼まれている。いま、ほかの女をめとれば、方明の真心にそむくことになるし、本国に出向かねば国王の厚意に反することになる。板ばさみになって困っているんだ」

そこで関勝は、李俊に手紙を送って事情を説明し、本国からの縁談をことわる一方、自ら仲人となって楊林と方明の娘とを結ばせた。

一連のめでたい話は、なおも続く。ある日、花逢春《かほうしゅん》がやって来て李俊に言う。

「わたしは楽《がく》おじさんに大恩を受けていながら、いまだに恩返しが出来ずにおります。おじさまは、おばさまを亡くされて以来、おひとり。ついては公主に仕える呉釆仙という二十になる女性は、潮州の生まれで、それは美しい方、公主は姉妹同様にしておりますが、この方を楽おじさまの奥方にと私は考えておりますが、いかがなものでしょうか」

「いや、わしも彼のことは気にならぬでもなかった

が、彼の大功を思えば、余人と同列に扱いかねて延び延びになってしまった。いい話を持って来てくれたので、ひとつ燕青に仲立を頼むとしよう」

燕青を呼んで話すと、これまた、もろ手をあげて賛成、

「じゃあ、さっさとその花嫁さんを楽兄いのところへかつぎ込むことだ」

と言い残して、楽和の邸をたずね、よもやま話の末に、わざとまゆをひそめ、

「国王はわしに、もう一ぺん臨安へ行って来いといわれるんだ」

「どんな用事で？」

「都からとび切り上等の娘をつれて来い。楽和の奥方にするから、というのだよ」

「じょ、じょうだんじゃない。わしは女房と名付く女さえいりゃ、それでいい。わざわざ、おぬしに遠路はるばる行ってもらう必要はないよ。それにしても李兄いは水くせえな。わしは自分で出向いて、お礼かたがた断わって来る」

「どうしても断わるというんなら、有り合わせのを一人お連れしよう」

「兄い、じょうだんがきついぜ。有り合わせの女房なんて、あるもんかい」

そう話し合っているところへ、花逢春が一挺の大かご四人の官女とを従え、その後にたくさんの花嫁道具をかつがせて「おめでとうございます」と言いながらやって来た。

「どうだ。話にウソはなかろう。さあ、奥方さま。かごからお出ましを」

燕青の声に応じて、呉采仙は、かごから降り立つ。見れば絶世の美人である。花逢春が手みじかに、こうなったいきさつと、彼女についての紹介を述べれば、楽和は大よろこび、こうして偕老のちぎりを結んだ次第。

さて翌日、李俊は呼延鈺《ぎょく》を呼んで言う。

「そなた、さきに共濤の娘の命乞いをしたが、いまは正妻もあるのだから、そばめにしてやったらどうだ」「とんでもありません。わたしはまだ側妾を持つのは早うございます」

「では、なぜ命を助けた？」

「あの女は、心ならずも薩頭陀《さつとうだ》の妻になりましたが、親の共濤に似ぬ美しい、気立てのよい女、わたくしが命乞いをしましたのは、かの鄆哥《うんこう》、俠気もあり、かつ李家道口において、われら三人の生命を救ってくれ、鄆城県を攻め破った功績もありますので、彼に与えて妻としてやりたいと思ったからです」

「それは、よいところへ気がついた」

というわけで、この話もまとまった。李俊はさらに、

「まだ五、六人、ほうびをとらせていない者がいたわい」

と言って、熊勝《ゆうしょう》・許義・唐牛児・吉孚《きちふ》・和合児・鄆哥・花信・方明の八人を呼び寄せた。ただ方明だけは白石島にいるので、すぐには伺候できない。

「熊勝は竜角塞を破った功がある。許義は韭《きゅう》山関を投降させた働きがある。吉孚、唐牛児は柴宰相を救出したし、鄆哥は、わしの三人の甥を助け、かつ還道村での骨折り。和合児は内応して共濤を破り、方明は白石島攻略に功があり、花信は花家三代に忠勤をはげんだ。いずれも深く嘉すべき者なので、ここに統制の職をさずける」

そこで、公孫勝らが辞退した相手の女性に、さらに三、四人を選んで、いずれも妻として与えた。その結果、鄆哥は呼延鈺の付き人、唐牛児・吉孚は宰相官邸づめ、花信は、もうとしだからと後添えを辞退して花逢春邸の執事、方明は引続き白石島づめ、熊勝は城内警備司令、許義は船をひきいての海上巡察隊司令と決められた。一同、ささやかな功にも必ずむくいる国王李俊の恩沢に感激して退下する。

ある日、

「高麗王が突如、シャムを訪問され、すでに近くまで来ておられる」

という青霓《げい》島からの注進がとどいた。急いで数人を迎えにやり、一日たって高麗王は、二人の大臣・五人の内臣・五百人の護衛近衛軍をつれただけでやって来た。名札には、

――同宗の弟、頓首して拝す――

とある。同宗というのは、いずれも李姓だからである。あいさつののち、高麗王、

「弊国は大宋の東方の藩屏をもって自ら任じておりますが、倭王は己の強をたのみ、しばしば侵犯いたす

ため、ともにこれに当たろうとの先般のご提案、心強く承りました。私はとしもとしなので、位をせがれに譲りましたが、そのせがれの年少愚昧かつ柔弱を恐れますので、威武海外にほまれ高く、文武に忠良精強の臣の雲のごとき貴国と兄弟のよしみを結びたく、かくは推参した次第です」

「もし両国が手を結び、互いに助け合えば、倭王もあえて手は出しますまい。兄弟の国になることは、わが方としても望むところです」

こうして盟約は成り、年長の高麗王が兄、年下の李俊は弟と呼ぶようになった。そのあと、高麗王は、以前に病気を直してもらった安道全に、もう一度診察してもらいたいと言い出したので、さっそく安道全を召す。精神を統一して、その脈をみた道全、

「精神は衰弱しておいでですが、脈は澄んでいらっしゃいますので、長寿を保たれましょう。かねて神仙の相も出ております」

「わしはすでに譲位した身、国務をはなれて道行に志したいところじゃ。聞けば、こちらには公孫勝先生がいらっしゃるとのこと、一度お目にかかりたい。お引き合わせを頼む」

李俊も、いちど訪ねてみたいと思っていたところなので、同行を承知し、柴進と道全の二人だけを従えて馬を進める。

丹霞山に着くと、高麗王、

「弊国には、にごった河と岩山ばかり、こんな仙境は見たことがありません」

と大いに気に入った様子。公孫勝をまじえて、しばし清談に時をすごしたが、このとき、高麗王は、公孫勝のもとに入門して出家することに心を決めたと見えて、

「一たん帰国して、せがれの執務ぶりを見、まずまずと思えましたら、再び参上して入門したい。その節は万事よしなに」

と公孫勝に頼み込んだ。

さて、久しぶりで公孫勝を訪ねた李俊の用件は、

「天を祀って神明に感謝し、かつ宋江兄以下の追善供養をしたい」

というにあった。公孫勝、こころえて三日目から祈り始めることとし、それから七日間、七七は四十九人

の高徳の道士を選んで法要を開くことになった。

やがて満願の日の夜半、公孫勝は、ひたすら祈念をこらしている。空には一輪の明月があるばかりで、万里にわたって雲はなく、風もそよともしない。と突然、西北の空にあたって大きな物音がして、それにつれて七彩の雲がわき起こったと見ると、空中には妙なる音楽の音と、ふくいくたる香り。その雲の上には、いまは亡き宋江以下の兄弟と旧国王馬賽真とが立っているではないか。一同、ひれ伏しておろがむうちに、雲も人も次第に消えて行き、あとはこうこうたる月が中天にあるばかり。真心が通じた、これも公孫勝のすぐれた道法のたまものと、なみいる一同は心から感心したのであった。

高麗王が帰途につき、いつしか師走も過ぎて春が立ちかえり、上元の佳節も近づいたので、李俊は、国内の文武諸官はもとより、金鼇《ごう》島以下四島および清水澳の将領たちも都に迎えて、一同で盛大に元宵の佳節を祝うことにした。この祝宴には、出不精の公孫勝までが山から下りて参加したので、四十四人の好漢ことごとくがそろったわけである。

国王李俊は盃をあげ、改めて泰平をことほぎ、兄弟たちの協力に感謝の念をあらわす。「年に一度、こうして無礼講で兄弟たちの旧交をあたため合おうではないか」というお話が即座にまとまった。

酒もたけなわになったころ、李俊は楽手たちの手をちょっと休ませて提案する。

「わしは生来のがさつ者だが、詩歌の道にも関心はある。今宵の盛会に、それを詠んだ詩がないのは、いささかさびしい。ただ大酒をガブのみし、肉をつっつくだけなら、梁山泊の酒盛りと同じだ。だから、皆の衆のうちで、詩をよくする人は、それぞれ一首をモノしてもらいたい。できない者は罰として三斗（三升）の酒を飲み乾すこと。言い出しっぺのわしは、詩が作れぬので、まず罰杯を受けるとしよう」

そう言うと、近臣から大杯三つを受けとって飲み乾し、かたわらの文筆用具を机の上にのせる。一同、たがいに譲り合っていたが、宰相の柴進が筆をとったのを皮切りに、聞煥章、燕青、蔣敬、楽和・宋安平・花逢春と次々に詩を書きつけると、脱俗派の公孫勝までが浮かれ出し、

「わしは詩はダメだが、ひとつ俗曲を」

と言って、小歌をひとくさり。李俊はすっかり上機嫌になり、全員に大杯をふるまえば、阮小七、

「詩のできぬ者は大杯三ばいの罰杯ということだが、わしはロクに字も知らんから、六杯飲まにゃならんわい」

と言って一同を笑わす。折しも、燕青が前に臨安府から買って来た少年歌舞伎が、演し物の目録をさし出したので、柴進がパラパラとめくってみると「水滸記」というのがあった「どんな筋か」と訊ねると、

「これは王さまと殿さまがたのことを仕組んだもので、有名な周美成学士の作です」

「われわれのやったことが、まさかそのまま芝居になったのじゃあるまいな」

「そのままです。筋のうちには、さしつかえのある場面もあるかも知れませんので、ここでの上演は、ちとはばかられます」

李俊が口をはさんで、

「かまわん。思うままにやるがよい」

そこで、座頭《ざがしら》は引き下がり、やがて芝居が始まった。いずれも、身に覚えのあることばかりなので、手に汗をにぎったり、拍手をしたり、野次をとばしたり、ハラハラしたりしながら、往事を思い出して感慨うたたというところ。

「出る幕、出る幕、ようもまあ、うまく筋書きを仕組んだものだ。いま思い返せば、全く一場の夢だな。だれかこのあとを続ける者がいたら、われわれのその後を芝居に組み、今夜の元宵の佳節に、一同打ちそろって大いに楽しむところで大団円ということになるじゃろうて」

という柴進のことばは、みんなの感懐でもあった。

歓楽の夜は明けやすく、はや鶏の声も聞こえて来たので、うたげをお開きにして、一同は散会した。こうして三日間、ぶっ続けに楽しんだのち、それぞれの持ち場にもどって行ったのである。

以来、国は安らかで、民は生を楽しみ、風雨は順調で五穀は豊穣、外にもわずらいはないという、まことに泰平の世となった。

李俊国王は次の年に世嗣ぎをもうけたが、かつての徐神翁のことば――もし荷をおろしたかったら、登の

来るのを待て——を思い出して李登と名づけた。苦労をともにした兄弟たちも、それぞれに子宝を得て、のちには互いに縁組をし合う。

高麗王も、いつぞやの言の通り、道服に改めて近侍と小姓各二人をつれただけでやって来て、丹霞山の公孫勝に弟子入りした。

李俊国王は七十歳になると位を登にゆずって文字通り〝荷をおろし〟同じく丹霞宮に入って道をおさめ、八十歳のとき、病いもなく大往生をとげた。好漢たちも、いずれも長寿を保ったが、公孫勝だけは身体はそのままで魂魄だけが天にのぼって行った。道教のいう〝尸解《しかい》〟である。

登太子は宋安平を宰相に、花逢春・呼延鈺《ぎょく》・徐晟《せい》を将軍とし、諸公卿の子供たち、いずれも譜代の世臣となった。李登は仁慈の心ふかく、よく父の遺業を守って数代のちに王位を伝え、南宋の臨安府とも行き来があったが、南宋が滅亡するに及んで、中国とは交わりを断ったという。『水滸伝』の好漢豪傑たちが果たせずに終わった夢は、域外の地でこうして、みごとに実を結んだ次第。まずもって、めでたし、めでたし。（終）

訳者略歴

寺尾 善雄（てらお・よしお）
1923年（大正12年）岡山県生まれ。作家、中国文学研究家。東京外国語学校（現東京外語大学）中国語部文学科卒業。岡山日々新聞社、産経新聞東京本社、秋田書店に勤務。1987年（昭和62年）没。
著訳書に『水滸後伝』、『後西遊記』（以上、秀英書房）、『中国文化伝来事典』、『中国故事物語』、『漢詩故事物語』、『宦官物語』（以上、河出書房新社）、『三国志物語』（光風社出版）、『諸葛孔明の生涯』、『知略の人間学』『貞観政要に学ぶ』（以上、三笠書房）ほか多数。

水滸後伝 第二版

2023年3月25日　第1刷発行

著　者　陳　忱
訳　者　寺尾善雄
発行者　瀬戸起彦
発行所　株式会社 秀英書房
東京都世田谷区宮坂3-2-10　〒156-0051
電話　03-3439-8382
https://shueishobo.co.jp

装　丁　タカハシイチエ
印刷所　歩プロセス
製本所　ナショナル製本

ISBN978-4-87957-150-2

安泰の世は永く続かず！ 再びはじまる戦国時代！

後三國演義（『三国志』後伝） 寺尾善雄 訳

三国鼎立時代の最後に天下を統一した魏は、権臣・司馬炎に国を奪われて晋の時代となったが、諸王の権力争いから朝政は乱れた。女道士・石珠と武人・劉弘祖の二人は、続々と集まる憂国気概の同志と結んで、天下平定のために晋都洛陽を目指す。知謀あり、武勇ありの武術、妖術が入り乱れる混戦のうちに、首尾よく勝利の日を迎える痛快な歴史物語。

定価（本体 二五〇〇円＋税）

あなたの知らない『西遊記』、真の結末とは!?

後西遊記 寺尾善雄 訳

玄奘《げんじょう》三蔵（三蔵法師）が持ち帰った真教は難解で、解釈の誤りから仏教は堕落し、世相は乱れた。時の高僧・大顚《だいてん》、二代目孫悟空の石猿・孫履真、猪八戒の子、猪一戒、沙悟浄の弟子、沙弥の四人は、経の真解を求めて再び西天へと旅立つ。神魔小説の醍醐味を十二分に伝える痛快極まる『西遊記』の後日譚。

二〇二三年四月発売　定価（本体 二五〇〇円＋税）